Janette Oke

Louisa – Mit den Augen des Herzens

Janette Oke

LOUISA

MIT DEN AUGEN DES HERZENS

SCHULTE & GERTH

Die amerikanische Originalausgabe erschien
im Verlag Bethany House Publishers
unter dem Titel „The Bluebird and the Sparrow“.

Aus dem Amerikanischen übersetzt von Eva Weyandt.

Best.-Nr. 815 826
ISBN 3-89437-826-3
1. Auflage 2003
Umschlaggestaltung: Dan Thornberg/Michael Wenserit
Satz: Typostudio Rücker
Druck und Verarbeitung: Ebner & Spiegel, Ulm
Printed in Germany

Mit tiefem Dank an Dan Thornberg
von Bethany House Publishers,
einen talentierten Künstler,
der meine mit Worten gemalten Charaktere
sichtbar für die Leser gezeichnet
und sie ihnen als Menschen vorgestellt hat,
die sie zu kennen glauben.

Das Geschenk

Trotz der unheimlichen Stille im Haus schienen die Leute in schrecklicher Eile zu sein, wenn sie von einem Zimmer ins andere gingen. *Hektisch, so nennt Mama das*, dachte die dreijährige Louisa, die sich in einem Sessel zusammengerollt hatte und wartete. Und wartete.

Sie hatte den Eindruck, eine Ewigkeit zu warten. Warum dauerte, was immer *es* war, so schrecklich lange?

Sie seufzte tief, strich sich ihr dunkles Haar aus den Augen und setzte sich auf.

Wenn nur – wenn sich nur irgendjemand die Mühe machen würde, ihr zu sagen, was überhaupt los war.

Erneut hörte sie eilige Schritte im Flur und eine weitere hektische Person betrat den Raum. Es war Mrs. Pringle, die Nachbarin. Louisa sprang auf.

„Wo ist Mama?", fragte Louisa, bevor die Frau weitereilen konnte.

Mrs. Pringle blieb abrupt stehen. Sie betrachtete das kleine Kind mit weichem Blick.

„Sie ist – sie ist in ihrem Zimmer. Sie –"

„Hat sie das Baby denn noch nicht?", fragte Louisa ungeduldig.

„Nein. Nein, noch nicht. Aber bald. Der Arzt sagt, dass es jetzt bald kommt."

Das war nicht die Antwort, die Louisa hatte hören wollen. „Warum dauert es so lange?", fragte sie verärgert. „Ich möchte Mama sehen."

„Versuch doch, geduldig zu sein", beruhigte die Nachbarsfrau sie. „Deine Mutter ist – ist im Augenblick ziemlich beschäftigt." Sie wandte sich um und erledigte, was immer sie zu tun hatte.

Louisa drehte sich ebenfalls herum und wandte sich wieder ihrem Sessel zu. Sie kletterte hinauf und zog die Füße an. Wenn Mama sie sehen könnte, würde sie schimpfen. Aber Mama konnte sie nicht sehen. Nicht vom Schlafzimmer aus, wohin sie sich zurückgezogen hatte, um das neue Baby zu bekommen – vor unendlich langer Zeit. Louisa empfand ein bisschen Genugtuung angesichts der Tatsache, dass sie allein war und ihre Füße anziehen konnte, wenn sie wollte. Doch die Schuldgefühle veranlassten sie, ihren Rock sorgfältig über die Fußspitzen zu ziehen, damit man sie nicht sah.

Ich weiß nicht, warum das so lange dauert, dachte sie erneut wütend. *Mama ist schon den ganzen Tag fort. Den ganzen Tag. Und Papa ... Papa ...*

Louisa hatte sich in den ganzen drei Jahren ihres Lebens noch nie so vollkommen verlassen gefühlt. Sie hasste es, allein zu sein. Ihr gefielen die gedämpften Geräusche im Haus überhaupt nicht. Es gefiel ihr nicht, dass die Leute im Haus herumeilten, ohne auch nur ein einziges Wort an sie zu richten. Und sie glaubte auch nicht, dass sie sich sehr für dieses neue Baby interessieren würde. Ihre gemütliche kleine Welt hatte sich bereits verändert.

Louisa kuschelte sich in den Sessel, drückte die Fäuste gegen die Augen und begann zu weinen.

⁂

Auch nachdem man ihr endlich sagte, sie habe eine kleine Schwester bekommen, konnte Louisa ihre Mutter nicht sehen.

„Heute Abend noch nicht“, erklärte ihr der Vater, als er sie auf den Schoß nahm und ihr die gute Nachricht mitteilte.

„Du hast eine kleine Schwester. Sie ist gesund und munter – und – und sehr süß.“ Louisa hatte Tränen in den Augen ihres Vaters entdeckt. Es war das erste Mal, dass sie ihren Vater beinahe weinen sah. Das beunruhigte sie und sie wandte sich von diesem unangenehmen Anblick ab. Brachte das neue Baby ihren Vater auch zum Weinen?

„Und Mama geht es gut. Sehr gut“, fuhr ihr Vater mit zitternder Stimme fort.

Louisa starrte ihm ins Gesicht. Wenn es Mama gut ging, warum traten dann Tränen in die Augen ihres Papas und warum klang seine Stimme so seltsam?

„Warum kann ich sie nicht sehen?“, fragte Louisa.

„Mama ist heute Abend sehr müde. Sie –“

„Warum?“, beharrte Louisa. Sie starrte in das bleiche Gesicht ihres Vaters.

„Ein neues Baby zu bekommen ist harte Arbeit“, erklärte ihr Vater ihr leise. „Und Mama hatte einige – einige Schwierigkeiten –“

„Und warum hat sie es denn nicht einfach gelassen?“, fragte Louisa ärgerlich und wild gestikulierend. Sie vermisste ihre Mutter.

Die Lippen ihres Vaters verzogen sich zu einem Lächeln. Er drückte Louisa an sich und strich ihr das Haar aus dem Gesicht.

„Warte nur, bis du deine neue Schwester siehst“, sagte er und seine Stimmung schien sich zu bessern. „Sie ist ein hübsches kleines Mädchen. Ihr werdet so viel Spaß zusammen haben. Sie wird dir bestimmt eine gute Spielgefährtin sein.“

„Aber ich möchte Mama sehen.“

„Morgen früh. Morgen früh bringe ich dich zu Mama.“

„Warum kann ich sie nicht jetzt sehen?“

„Das geht nicht. Weil sie sehr müde ist. Der Arzt hat ihr eine Medizin gegeben, damit sie schlafen kann. Sie muss sich ausruhen.“

„Aber ich –“

„Mach jetzt keine Schwierigkeiten, Louisa.“

Die Stimme ihres Vaters klang irgendwie anders, angespannt.

„Bist du krank?“, fragte sie schnell.

„Nein, nur sehr, sehr müde“, antwortete er. „Ich denke, wir alle brauchen jetzt unseren Schlaf.“ Er sah zum Wandkalender hinüber und schien laut zu denken. „6. Juni 1894 – der längste Tag meines Lebens. Es war wirklich eine lange Quälerei.“

Louisa hatte keine Ahnung, was eine Quälerei war, aber sie verstand, dass es keine angenehmen Umstände waren, und das brachte sie mit dem neuen Baby in Verbindung.

*

Wie versprochen wurde Louisa am nächsten Morgen ins Zimmer ihrer Mutter gebracht. Ihr Vater nahm sie an der Hand und führte sie dorthin. Irgendwie war es nicht richtig, auf Zehenspitzen durch das Haus zu schleichen, als wäre jemand krank oder würde noch schlafen. Sie hatte so gehofft, dass am Morgen alles wieder normal sein würde.

Normalerweise lag ihre Mutter um diese Zeit nicht mehr im Bett. Als sie sie jedoch dort liegen sah, schlich sich eine bislang unbekannte Furcht in das Herz des kleinen Mädchens. Sie wollte ihren Vater danach fragen, aber dafür war keine Zeit. Sie standen am Bett und sahen ihre Mutter an, die blass und schlaff unter den weißen Laken lag. Ihre Augen waren geschlossen. Das Haar bauschte sich auf dem Kissen um ihre Schultern. Schnell drehte sich Louisa zu ihrem Vater um. Ihre Augen waren weit aufgerissen und eine Menge Fragen standen darin. Doch bevor sie auch nur eine davon stellen konnte, regte sich ihre Mutter.

„Louisa", murmelte sie. „Louisa", sagte sie genauso, wie sie den Namen immer ausgesprochen hatte. „Komm hierher, neben mich, mein Schatz." Sie klopfte auf das Laken.

Louisa spürte, wie sie hochgehoben und neben ihre Mutter auf das Bett gesetzt wurde. Ihre Mutter legte den Arm um sie, tätschelte ihr die Schulter und drückte sie an sich.

„Hast du deine neue Schwester schon gesehen?", fragte Mama sie.

Louisa schüttelte den Kopf. „Ich wollte *dich* sehen", erwiderte sie mit bebenden Lippen.

Der Arm legte sich fester um sie. „Ich habe dich vermisst", flüsterte ihre Mutter.

„Ich dich auch", erwiderte Louisa. „Es hat so lange gedauert –"

„Ja. Ja, es hat lange gedauert. Aber es hat sich gelohnt. Jede Minute. Das wirst du auch finden. Warte nur, bis du deine kleine Schwester siehst. Sie ist sehr hübsch."

Ihre Mutter lächelte.

Louisa wand sich. Der Gedanke an das neue Baby behagte ihr nicht. Sie wechselte das Thema. „Es ist Zeit zum Aufstehen", verkündete sie. „Wir wollen jetzt frühstücken."

Louisa konnte nicht verstehen, warum ihre Eltern lachten.

„Mama wird heute nicht zum Frühstück aufstehen", erklärte ihr Vater. „Sie wird im Bett frühstücken."

„Warum?", fragte Louisa.

„Mama muss ein paar Tage im Bett bleiben und sich ausruhen", erwiderte ihr Vater. „Ein Baby zu bekommen ist schwere Arbeit. Mama braucht jetzt viel Ruhe."

Louisa war verwirrt. Dann wurde sie zornig. Wenn es so schwere Arbeit war, wenn das ganze Leben auf den Kopf gestellt wurde, wenn ihre Mutter von ihr fern gehalten wurde, warum brauchten sie dann überhaupt ein neues Baby?

Sie löste sich aus dem Arm ihrer Mutter und rutschte von der Bettkante herunter. „Ich möchte jetzt frühstücken", sagte sie. Ohne ihren Eltern einen einzigen Blick zu gönnen, marschierte sie zur Tür.

„Möchtest du denn deine kleine Schwester nicht sehen?", rief ihre Mutter ihr nach.

Louisa schüttelte den Kopf und ging unbeirrt weiter. „Ich möchte frühstücken", wiederholte sie. „Ich habe Hunger."

Ihr Vater folgte ihr aus dem Zimmer.

*

Ihre Mutter bekam viel Besuch. Und Louisa wurde ihrer kleinen Schwester vorgestellt. Zuerst traute sie ihren Augen kaum. Dieses neue Baby war so klein, dass man es auf dem Arm ihrer Mutter kaum erkennen konnte. Es war in Decken eingehüllt, und das Einzige, was man sehen konnte, war das winzige Gesicht mit dem geöffneten Mund. Ihre Mama sagte, es sei hungrig, aber Louisa hatte den Eindruck, dass es *immerzu* hungrig war.

Louisa wurde aufgefordert, das Baby doch mit Hilfe von Mrs. Pringle, die einige Zeit bei ihnen blieb und die Familie versorgte, auf den Schoß zu nehmen. Mama lächelte vor Freude und Mrs. Pringle schnalzte mit der Zunge. Louisa betrachtete das kleine in Decken eingehüllte Bündel.

Der Kopf des Babys bewegte sich, sein geöffneter Mund verzog sich. Louisa fürchtete einen Augenblick lang, das kleine Kind könnte sich umdrehen und sie beißen. Dann öffneten sich die kleinen Augen. Es war das erste Mal, dass Louisa das Baby mit offenen Augen sah. Es hatte den Anschein, als würde ihre kleine Schwester ihr direkt ins Gesicht sehen.

„Oh, sieh nur", rief ihre Mutter hocherfreut. „Sie sieht dich an. Sie möchte ihre neue große Schwester kennen lernen."

Mrs. Pringle stimmte in den Jubel ein. „Seht euch das an. Seht euch das nur an", rief sie. „Sie betrachtet dich – da bin ich mir ganz sicher."

Einen Augenblick lang, nur einen kurzen Augenblick lang, rührte sich etwas im Herzen des kleinen Mädchens. Das Baby sah sie an. Ihr Baby.

Und dann drehte sich das sich windende kleine Ding und suchte erneut mit geöffnetem Mund. Das kleine rote Gesicht verzog sich protestierend, und das Geräusch, das Louisa bereits zu hassen gelernt hatte, ertönte erneut. Der Bann war gebrochen. Louisa zog sich von dem Baby zurück und schob es von ihrem Schoß. Mrs. Pringle nahm es entgegen.

„Die Kleine hat Hunger", konstatierte die Frau, als ob eine Erklärung nötig wäre. Sie nahm das Baby und brachte es zu ihrer Mutter.

Louisa rutschte von dem Stuhl und marschierte zur Tür. Sie würde gehen. Wenn niemand in der Küche war, würde sie sich einen Keks aus der Keksdose holen.

*

Endlich war Mama wieder auf den Beinen und lief im Haus herum. Mrs. Pringle ging nach Hause. Louisa war bereit, wieder ins normale Leben zurückzukehren.

Nur war nichts mehr so, wie es gewesen war. Da war das neue Baby, und es hatte den Anschein, als würde dieses Baby eine unglaublich große Menge der Zeit ihrer Mutter in Anspruch nehmen. Es wurde gebadet und gefüttert, die Windeln wurden gewechselt, und es wurde geschmust – und Louisa war immerzu auf sich allein gestellt. Das gefiel ihr nicht, denn sie vermisste ihre Mutter.

Oh sicher, es gab auch Zeiten, in denen sie ihrer Mutter in der Küche helfen konnte. Auch wurden ihr Geschichten vorgelesen, wenn die kleine Glenna schlief. Sie konnte sich noch immer auf den Schoß ihres Vaters setzen, mit ihm in den Wald oder auf die Felder gehen. Abends wurde auch weiterhin gebetet und tagsüber wurde sie in den Arm genommen, aber es war nicht mehr dasselbe.

Louisa wünschte, sie könnten das Baby einfach wieder zurückschicken.

⁂

„Mama, sieh nur. Sie hat meinen Finger gepackt."

Mrs. Berdette sah von dem Strumpf auf, den sie gerade stopfte, und lächelte ihre beiden Töchter an.

„Ich glaube, sie mag ihre große Schwester", sagte sie leise.

Louisas Augen leuchteten, als sie ihre kleine Schwester betrachtete. Glenna war bereits ein ganzes Stück gewachsen. Aber es fiel Louisa schwer, sich daran zu erinnern, wie klein sie vorher gewesen war. Sie wirkte noch immer so winzig, so hilflos.

„Weißt du noch, ich habe dir gesagt, dass sie mit dir spielen würde, bevor du dich umgedreht hast", sagte Mrs. Berdette.

Louisa nickte.

„Nun, sie möchte bereits spielen."

„Ich werde mein Puppengeschirr holen", bot Louisa großzügig an.

„Oh nein“, erklärte ihre Mutter schnell. „Für so etwas ist sie noch nicht groß genug.“

„Was kann sie denn?“, fragte Louisa. Ihre Stimmung war bereits wieder gedämpft.

„Nun … bisher kann sie nur lächeln … und Finger umklammern. Aber schon bald wird sie kleine Dinge halten können – Spielzeug, ihre Zehen. Sie wird weiter wachsen und sich verändern. Und eines Tages, bevor du weißt, wie dir geschieht, wird sie sitzen und mit dir spielen können.“

Louisa hatte den Eindruck, als würde es unendlich lange dauern, bis sie die ihr versprochene Spielgefährtin bekam. Sie löste ihren Finger aus der Umklammerung des Babys und nahm sich eines ihrer Bücher.

„Liest du mir was vor?“, fragte sie ihre Mutter.

„Ich lese dir vor, wenn Glenna schläft. Sie möchte bald gestillt werden. Wir hätten nicht die Zeit, die Geschichte zu Ende zu lesen.“

Ihre Mutter legte den Strumpf und das Garn beiseite und massierte sich die müden Halsmuskeln. Sie wirkte noch immer erschöpft.

Louisa setzte sich auf den Teppich und legte sich das Buch auf den Schoß. Dann würde sie sich eben nur die Bilder ansehen.

Konkurrenz

„Sie ist so süß! Sieh dir nur diese Locken an. Und die blauen Augen. Sie ist einfach goldig!"

Louisa war an diese Worte gewöhnt. Wann immer Damen ins Haus kamen oder ihre Mutter auf der Straße trafen, waren solche Bemerkungen zu hören. Alle schwärmten von Glenna.

Louisa blendete die Stimmen aus und blätterte eine Seite in ihrem neuen Bilderbuch um. Zwei kleine Kinder spielten mit einem kleinen Hündchen auf einem großen grünen Rasen. Louisa wünschte, sie hätte einen kleinen Hund. Ob ihre Mutter ihr wohl einen Hund erlauben würde, wenn sie sie danach fragte? Mit ihrem Vater hatte sie bereits darüber gesprochen. Er hatte gemeint, es wäre ein schlechter Zeitpunkt. Ein kleiner Hund und ein Baby würden nicht gut zusammenpassen, hatte er lächelnd geantwortet. Louisa warf schnell einen Blick zu der kleinen Glenna und den säuselnden Frauen hinüber. Vielleicht könnte man eine dieser Damen überreden, Glenna mit nach Hause zu nehmen.

Dann ließ Louisa ihren Blick zu ihrer Mutter wandern. Nein. Das würde Mama nie zulassen. Sie schien von der Neuen völlig begeistert zu sein. Ihr Gesicht glühte, die Augen leuchteten. Sie nickte zustimmend zu allem, was die Besucherinnen sagten. Glenna war wirklich sehr hübsch.

Louisa wandte sich wieder ihrem Buch zu. Sie blätterte eine weitere Seite um und war zornig darüber, dass diese beiden Kinder aus dem Buch einen Hund haben konnten, wo sie mit einer Schwester geschlagen war.

Molly, die Halbtagskraft ihrer Mama, brachte ein Tablett mit Tee und Keksen herein. Louisa legte ihr Buch zur Seite und gesellte sich zu den Damen, die noch immer viel Aufhebens um das Baby machten. Glenna lächelte und gurrte und machte Blasen, während die beiden Besucherinnen und Mama sie bewunderten, bestaunten und sich gar nicht wieder einkriegen konnten. Sie nahm ihr Bilderbuch und ging zur Tür.

„Louisa", rief ihre Mutter. „Willst du nicht mit uns Tee trinken?"

Louisa schüttelte den Kopf. Ihr glattes Haar tanzte um ihr Gesicht und schlug sanft gegen ihre Wangen. Sie mochte die Berührung ihres Haares, darum schüttelte sie noch heftiger den Kopf.

„Es gibt deine Lieblingskekse", drängte ihre Mutter.

Louisa war hin- und hergerissen. Sie liebte die Zuckerkekse mit den Mandelstückchen.

„Molly hat dir auch ein Glas Milch gebracht", lockte ihre Mutter.

Noch immer zögerte Louisa.

Mrs. Berdette wandte sich an ihre Gäste. „Louisa ist mir eine große Hilfe", teilte sie den Damen mit. „Ich wüsste gar nicht, wie ich ohne sie auskommen sollte. Sie erledigt den ganzen Tag kleine Botengänge für mich. Und die kleine Glenna liebt ihre große Schwester. Sie lächelt viel –"

Plötzlich fasste Louisa einen Entschluss. Sie hatte bleiben wollen, aber als sich die Aufmerksamkeit wieder dem Baby zuwandte, entschied sie sich dagegen.

Sie ließ den Kopf sinken, damit ihr Haar nach vorne fiel und sie sanft an den Wangen streichelte.

„Komm", lud ihre Mutter sie ein und klopfte auf den Schemel neben ihrem Stuhl.

Louisa schüttelte den Kopf. Irgendetwas in ihr rebellierte. Ohne es in Worte fassen zu können, wusste sie instinktiv, dass ihre Mutter traurig sein würde, wenn sie ging, und das gab ihr ein seltsames Gefühl von Macht. Irgendwie wollte sie diese Macht gebrauchen, um ihre Mutter nur ein klein wenig zu verletzen. Nicht viel. Nur so viel, dass ihre Mutter bedauerte, mit ihren Gästen so viel Aufhebens um Glenna gemacht zu haben.

Louisa schob trotzig das Kinn vor und ihre dunklen Augen

wurden noch dunkler. „Ich möchte keine Kekse", sagte sie mit fester Stimme. „Ich möchte schaukeln gehen."

Ihre Mutter wirkte tatsächlich traurig. Louisa empfand so etwas wie Triumph. Doch dann hellte sich das Gesicht ihrer Mutter wieder auf und sie lächelte. „In Ordnung", erwiderte sie sanft. „Du kannst schaukeln gehen, wenn du möchtest."

Ein kleiner Teil des Triumphgefühles verschwand, als ihre Mutter ihre Zustimmung gab. Und dann lächelte ihre Mutter wieder. Louisa war nicht sicher, ob sie nun gewonnen oder verloren hatte. Sie warf ihr neues Buch auf den Stuhl neben der Tür und floh aus dem Zimmer zur hinteren Veranda.

*

Es war schwer, Glenna nicht zu mögen. Vom ersten Augenblick an schien sie ihre große Schwester anzubeten. Sogar Louisa konnte das spüren. Von dem Moment an, als das Baby sie am Morgen erblickte, bis zu dem Zeitpunkt, wenn sie abends ins Bett gebracht wurde, quietschte und lachte sie vor Freude und schenkte ihr ihre volle Aufmerksamkeit.

Bei den seltenen Gelegenheiten, bei denen die beiden Kleinen allein in einem Zimmer waren, konnte Louisa ihrer kleinen Schwester nicht widerstehen. Aber sie wollte nicht, dass ihre Mutter dies bemerkte.

Ohne das Wort dafür zu kennen, wusste Louisa, dass ihre kleine Schwester und sie in einem Konkurrenzkampf standen. In einem Konkurrenzkampf um die Zeit und Aufmerksamkeit ihrer Mutter. Louisa wandte jeden Trick an, den sie kannte, um ihre kleine Gegnerin zu schlagen, aber Glenna brauchte nur ihr hübsches kleines Gesicht zu verziehen und zu weinen, und Mama ließ, was immer sie zusammen taten, stehen und liegen und ging zu dem Kind. Louisa hatte sogar den Trick mit dem Weinen ausprobiert, aber sie hatte feststellen müssen, dass das bei ihr längst nicht so gut funktionierte. Mama hatte sie beruhigt und getröstet, allerdings aus der Ferne. In ihren Armen lag bereits die kleine Glenna.

„Einen Augenblick“, sagte ihre Mama dann. „Sobald Glenna fertig getrunken hat, nehme ich dich auf den Arm, und dann lesen wir eine Geschichte.“

Aber Louisa wollte nicht warten, bis Glenna fertig war, denn das bedeutete, dass Glenna erneut gewonnen hatte. In diesem Augenblick beschloss sie, den Trick mit dem Weinen nicht mehr zu verwenden. In diesem Spiel würde Glenna immer die Siegerin sein.

Und so suchte Louisa unbewusst nach neuen Methoden, um diesem kleinen Eindringling überlegen zu sein. Allerdings wusste sie nicht so genau, welche Methoden das sein könnten. Aber keinesfalls würde sie sich bei Glenna etwas abgucken. Das wusste sie. Allmählich kam Louisa zu der Erkenntnis, dass sie auf keinen Fall so sein wollte wie Glenna. Was Glenna mochte, würde sie nicht mögen. Sie würde genau das Gegenteil von ihrer kleinen Schwester sein. Dann würde sich schon zeigen, wer der Sieger war.

⁂

„Wie oft schlafen noch?“, fragte die kleine Glenna.

Mrs. Berdette strich ihr die seidenweichen Locken zurück und lächelte ihre dreijährige Tochter an. „Das letzte Mal“, erklärte sie ihr.

„Dann is Weih’achten?“

„Ja“, stimmte ihre Mutter zu.

Glenna rutschte vom Schoß ihrer Mutter herunter und eilte zu Louisa. „Berty“, rief sie mit vor Freude funkelnden Augen. „Weih’achten is’ dann.“

„Nicht ‚dann‘“, korrigierte Louisa sie mit der Überlegenheit der Sechsjährigen. „Morgen früh, Glenna. Weihnachten –“ Sie sprach das Wort mit übergroßer Deutlichkeit aus. „Morgen früh ist Weihnachten.“

Glenna nickte und ihre Locken tanzten bei jedem Nicken. „Ja – nächsten morgen früh“, stimmte sie zu.

Louisa seufzte, hob den Kopf und blickte ihren Vater in

gespielter Verzweiflung an. „Sie spricht es nie richtig aus“, stöhnte Louisa.

Ihr Vater lachte. „Nun, wenn ihr morgen früh auf sein und sehen wollt, was in euren Strümpfen steckt, dann solltet ihr jetzt ins Bett gehen“, sagte er und erhob sich von seinem Stuhl.

Louisa warf einen Blick zum Kamin. Am Kaminsims hingen zwei kleine Strümpfe.

„Aber ich –“, begann sie.

Glenna lief bereits zur Tür. Ihre kleinen nackten Füße platschten auf den Boden. „Berty, komm“, rief sie und streckte ihrer großen Schwester die Hand hin. „Schlafen gehen. Papa sagt.“

„Du hältst den Mund, Glenna“, gab Louisa scharf zurück. „Ich habe Papa gehört.“

„Louisa“, ermahnte ihr Vater sie streng, „sollst du so mit deiner kleinen Schwester reden?“

Louisa betrachtete intensiv sein Gesicht, um seine Laune einzuschätzen. „Sie – sie meint immer, sie müsse mir sagen, was ich tun soll“, verteidigte sie sich.

„Sie hat dich nur aufgefordert, mit ihr zu Bett zu gehen“, warf ihre Mutter ein.

„Ich bin sechs“, beharrte sie, „und sie ist erst drei. Ich weiß, wann ich zu Bett gehen muss.“

„Und warum bist du dann noch nicht unterwegs?“, fragte ihr Vater.

Er klang noch nicht ärgerlich. Noch nicht. Louisa wusste nicht so genau, ob sie es wagen sollte, noch weiter zu gehen.

Sie wagte es. „Ich gehe, sobald ich dieses Puzzle fertig habe“, sagte sie und deutete mit dem Kopf zur Seite. Trotzig schob sie das Kinn vor. Sie ignorierte seine Aufforderung.

„Dieses Puzzle wird bis morgen früh warten müssen“, sagte ihr Vater und erhob sich. Seine Stimme klang fest – und befehlend.

„Aber ich bin doch fast –“, setzte sie an.

Glenna stand noch immer an der Tür. Besorgnis zeigte

sich auf ihrem kleinen Gesicht. Die Spannung im Raum war spürbar. Papa hatte etwas gesagt. Louisa widersetzte sich seiner Anweisung. Bald würden alle unglücklich sein. Glenna mochte keinen Streit. Glenna hatte es gern, wenn alle Menschen lächelten und glücklich waren.

„Berty, komm!“, wiederholte sie.

Das war mehr, als Louisa ertragen konnte. Sie wandte sich von ihrem Puzzle ab und fegte die Teile mit einer schnellen Handbewegung vom Tisch. „Du hältst den Mund, Glenna“, sagte sie mit zitternder Stimme. Sie blinzelte die Tränen zurück. Auf keinen Fall wollte sie weinen. „Ich werde kommen, wenn –“

Sie hatte sagen wollen, „wenn ich will“, aber die Stimme ihres Vaters unterbrach sie. „Louisa!“ Seine Stimme war schneidend.

Sie hasste es, den Blick zu heben. Sie wollte den Ausdruck auf den Gesichtern im Raum nicht sehen. Ihr Vater würde so streng aussehen – so groß. Ihre Mutter würde traurig aussehen, vielleicht sogar mit den Tränen kämpfen. Und Glenna – Glenna würde aussehen wie ein verschrecktes kleines Hündchen. Louisa hatte den Ausdruck schon häufiger gesehen. Er gefiel ihr nicht, dieser Ausdruck auf Glennas Gesicht. Dieser flehende, tränenverhangene Blick, der Louisa sagte, dass das kleine Mädchen sie anbetete und zugleich wünschte, sie verteidigen zu können. Louisa wollte nicht, dass Glenna auf ihrer Seite war. Und sie wollte auch nicht für sie eintreten. Glenna – Glenna, die sich *immer* für irgendjemanden einsetzte. Louisa wollte und brauchte Glennas Fürsprache nicht.

„Heb das Puzzle auf“, forderte ihr Vater sie auf.

Louisa sah noch immer nicht auf.

Hinter ihr waren patschende Schritte zu hören. „Ich werde helfen“, ertönte eine leise Stimme.

„Nein, Glenna“, widersprach ihr Vater. „Louisa hat die Puzzleteile verstreut, Louisa wird sie auch aufheben.“

Louisa sah nicht auf. Sie wusste, sie würde Mitgefühl in Glennas Augen sehen. Sie wollte sie nicht ansehen. Und sie wollte auch nicht in die strengen Augen ihres Vaters oder die tränenverhangenen Augen ihrer Mutter blicken.

Sie beugte den Kopf vor, bevor sie sich auf den Teppich kniete. Langsam, so langsam es ging, begann sie, die Teile des verstreuten Puzzles aufzuheben. Schließlich griff sie nach dem letzten Teilchen, das dort lag. Die Familienmitglieder im Raum hatten den Atem angehalten.

„Du hast eins übersehen", sagte ihr Vater. „Hinter dir."

Louisa drehte sich um, nahm das letzte Stück und legte es langsam zu den anderen in die Schachtel.

„So, Zeit fürs Bett", befahl ihr Vater.

Louisa widersprach nicht. Ohne den Kopf zu heben, stand sie auf und ging zur Tür. Glenna kam an ihre Seite und nahm ihre Hand.

Aber Louisa zog ihre Hand fort. Sie wollte nicht von der kleinen Glenna in ihr Zimmer geführt werden.

„Wir kommen gleich zum Beten", rief ihre Mutter ihr hinterher.

Louisa freute sich nicht auf diese Gebetszeit. Sie wünschte, sie würde einschlafen, bevor sie kamen. Vielleicht könnte sie so tun …

Die beiden kleinen Mädchen liefen durch den langen Flur. Glenna griff erneut nach ihrer Hand.

Louisa entriss sie ihr. „Nicht, Glenna", fuhr sie sie leise flüsternd an. „Du, du gehst mir auf die Nerven."

Glennas Augen füllten sich mit Tränen. „Nicht traurig sein, Berty", flehte sie. „Es ist Weih'achten – nächsten morgen früh."

Diese Worte erinnerten Louisa nur daran, wie alles angefangen hatte. Sie warf einen zornigen Blick auf ihre kleine Schwester und marschierte steif über den Flur zu ihrem Zimmer.

⁂

Als Louisa die Augen öffnete, war es draußen noch dunkel. Die unangenehme Auseinandersetzung vom Vorabend hatte sie vollkommen vergessen. Vergessen hatte sie aber nicht, dass dies der Weihnachtsmorgen war. Einen Augenblick lang blieb sie still liegen und lauschte auf die Geräusche im Haus. War es schon Zeit zum Aufstehen? War schon jemand im Haus auf? Würde sie zurückgeschickt werden, wenn sie aus dem Bett sprang und ins Wohnzimmer mit seinem warmen Feuer und den Strümpfen am Kamin hinüberging?

Ganz leise hörte sie gedämpfte Stimmen. Dann leises Gelächter. Ihre Mutter und ihr Vater waren bereits auf.

Louisa warf die Decke zurück und glitt zu Boden. Die Zeit, die Pantoffeln anzuziehen, nahm sie sich nicht.

„Glenna! Glenna!“, rief sie durch das Zimmer. „Es ist Zeit. Es ist Weihnachten!“

Das kleine Mädchen rührte sich.

„Es ist Weihnachten!“, wiederholte Louisa. Sie stand jetzt neben Glennas Bett und hatte eine Hand ausgestreckt, um den Arm ihrer kleinen Schwester zu berühren.

Mit einem Lächeln wachte Glenna auf. „Weih’achten?“, wiederholte sie. „Jetzt?“

„Jetzt!“, antwortete Louisa.

Gemeinsam rannten sie durch den Flur zu dem Licht im Wohnzimmer. Louisa spürte bereits die Wärme des Feuers, die sich im kalten Flur ausbreitete. Sie roch den Duft von heißem, gewürztem Apfelsaft, dem Lieblingsgetränk ihrer Eltern am Weihnachtsmorgen. Es war Weihnachten. Ihre Lieblingsjahreszeit im Jahr. Sie überholte Glenna.

„Fröhliche Weihnachten!“, rief ihre Mutter, als Louisa ins Zimmer platzte.

„Fröhliche Weihnachten!“, echote ihr Vater, der gerade einen weiteren Holzscheit auf das offene Feuer warf.

„Oh-h“, quietschte Glenna hinter ihr. „Eine Puppe.“

Louisa hob den Blick. Ja. Puppen. Wunderhübsche Puppen blickten sie aus zwei gefüllten Strümpfen an. Louisas Atem stockte. Sie blieb abrupt stehen und faltete die Hände. Eine Puppe war in Rosa gekleidet. Die andere in einem weichen Blau. Jede trug eine Haube mit Spitzenrändern und einer Schleife. Louisa hielt noch immer den Atem an.

„Kannst du holen, Papa?“, bat Glenna mit ausgestreckten Armen. Der Strumpf hing außerhalb ihrer Reichweite.

Mit einem zufriedenen Lächeln nahm ihr Vater den Strumpf herunter und legte ihn Glenna in die Arme.

„Meinen auch. Meinen auch!“, rief Louisa.

Der zweite Strumpf wurde ebenfalls heruntergeholt. Louisa ließ sich auf dem Teppich vor dem warmen Feuer nieder und holte ganz vorsichtig die Puppe heraus. Sie dachte nicht einmal daran zu untersuchen, was sonst noch in dem Strumpf steckte. Verzückt betrachtete sie die hübsche Puppe, betastete die weichen Locken und fuhr mit der Hand über die Spitzenrüschen des blauen Kleides. Sie war wirklich wunderschön.

„Sieh nur“, quietschte Glenna. „Sie hat Pumphosen an!“

Louisa wandte sich zu ihr um. Glenna hatte die Puppe auf den Kopf gestellt, und die zahlreichen Unterröcke zerknitterten, während sie die Unterwäsche untersuchte.

„Nicht, Glenna“, ermahnte Louisa sie scharf. „Du machst sie kaputt.“

Schnell drehte Glenna ihre Puppe wieder um und strich die Röcke glatt. „Hat sie aber“, beharrte sie und nickte, um ihre Aussage zu untermauern. „Sie hat Pumphosen an.“

Louisa strich den weichen Umhang ihrer Puppe glatt. „Meine hat ein hübscheres Kleid an“, murmelte sie.

„Und sie hat Schuhe“, fuhr Glenna fort, ohne auf die Bemerkung ihrer Schwester einzugehen.

Louisa betrachtete die winzigen Füße. Ja, da waren richtige Lederschuhe. Schuhe mit Knöpfen.

Louisa sah zu Glenna hinüber. Das kleine Mädchen kämpfte bereits mit den Knöpfen. Ein kleiner Schuh lag schon auf dem Boden neben ihr.

„Nicht, Glenna“, schimpfte Louisa. „Du darfst sie nicht ausziehen. Du wirst sie kaputtmachen –“

„Louisa“, mahnte ihre Mutter leise. „Es ist Glennas Puppe. Lass sie doch so damit spielen, wie sie möchte.“

„Warum seht ihr nicht nach, was sonst noch in euren Strümpfen steckt?“, forderte ihr Vater sie auf. „Und dann werden wir frühstücken.“

Eifrig nahmen beide Mädchen sich ihre Strümpfe vor und begannen, den Rest des Inhalts herauszuziehen. Glenna jubelte über jedes Teil. Louisa betrachtete schweigend ihre neuen Besitztümer. Obwohl sie sich über jedes neue Teil freute, kam nichts, einfach gar nichts, an die hübsche Puppe heran. Vorsichtig nahm sie sie zum Frühstückstisch mit und nur widerstrebend legte sie sie während des Essens beiseite.

Ein Familienausflug

„Wir müssen zusehen, dass ihr bald angezogen seid, damit wir zu Großmutter fahren können", verkündete Mrs. Berdette, sobald die Mädchen ihr Frühstück beendet und ihre Puppen wieder in den Arm genommen hatten.

„Toll", jubelte Glenna stellvertretend für sie beide. Sie gingen gern zur Großmutter.

„Wird Ada auch da sein?", fragte Louisa. Sie spielte gern mit ihrer gleichaltrigen Cousine.

„Ja, Ada, William und die kleine Dorcas."

„Und Ontel Cee?", piepste Glenna.

„Tante Cee", korrigierte Louisa. „Es heißt Tante Cee."

„Tante Cee", wiederholte Glenna.

„Irgendwann wirst du lernen müssen, Cecily zu sagen", lachte ihr Vater.

„Und Ontel John?", fragte Glenna. Sie warf einen Blick auf Louisa, um zu sehen, ob sie wieder korrigiert werden würde.

„Auch Onkel John", stimmte ihre Mutter zu.

„Schön!", jubelte Glenna erneut.

„Ihr dürft eure neuen Kleider anziehen", fuhr ihre Mutter fort. Erneuter Jubel.

„Und ein großes Band in mein Haar?", fragte Glenna.

Ihre Mutter lächelte. „Und ein schönes Band in deinem Haar", antwortete sie dem Mädchen.

„Ich möchte kein Band in meinem Haar", entschied Louisa mit fester Stimme.

Glenna wirkte enttäuscht. „Bänder sind hübsch", erklärte sie ihrer großen Schwester.

„Ich möchte nicht hübsch aussehen", beharrte Louisa.

„Warum nicht?", fragte Glenna unschuldig.

„Weil ich nicht will. Das ist alles."

Glenna wirkte traurig. „Granna gefällt es, wenn wir hübsch aussehen“, wagte sie erneut einzuwenden.

„Louisa braucht kein Band zu tragen, wenn sie nicht möchte“, warf Mrs. Berdette ein, um der Diskussion ein Ende zu bereiten.

Glenna wirkte noch immer unglücklich. „Granna –“

„Ich brauche kein Band zu tragen, wenn ich nicht möchte, Glenna. Das hat Mama doch gesagt“, beharrte Louisa und schob ihr Kinn vor.

Glenna sah aus, als würde sie jeden Augenblick in Tränen ausbrechen. Dann hellte sich ihr Gesicht auf und sie tätschelte den Arm ihrer großen Schwester. „Das ist in Ordnung, Berty“, sagte sie sanft. „Granna wird es verstehen.“

Louisa zog ihren Arm fort. Sie wollte nicht, dass ihre kleine Schwester ihre Partei ergriff.

Sie zogen die neuen Kleider an, die ihre Mutter für sie genäht hatte. Viele Stunden hatte sie dafür an der neuen Nähmaschine gesessen, die Papa ihr zum Geburtstag geschenkt hatte. Die Kleider hatten einen weiten Rock und Rüschen und ganz viele Bänder. Glenna drehte sich im Kreis, damit der Rock fliegen konnte. Dabei wurde ihr schwindelig. Louisa hätte sich auch am liebsten gedreht, aber sie weigerte sich, sich dieses Vergnügen zu gestatten. Trotzdem konnte sie sich einen verstohlenen Blick in den Spiegel an der Wand in Mamas Zimmer nicht verkneifen. Ihr stockte beinahe der Atem. Sie sah aus wie die Prinzessin in ihrem neuen Buch, das sie zu Weihnachten bekommen hatte. Einen kurzen Augenblick lang war sie versucht, nachzugeben und sich von ihrer Mutter das passende Band ins Haar flechten zu lassen.

„Seht mich an“, zwitscherte Glenna vergnügt. „Ich sehe aus wie ein Farn.“

„Ein Farn? Du meinst eine Fee, Glenna. Eine Fee“, korrigierte Louisa.

„Eine Fee“, wiederholte Glenna und wirbelte erneut herum. Dann blieb sie stehen und wandte sich zu ihrer Mutter um. „Meinen Haarreif, Mama. Und die Bänder, damit ich genau wie eine Fee aussehe.“

Louisa wandte sich ab und ging davon. Sie würde keinen Haarreif tragen.

„Ich brauche mein Baby", ertönte Glennas Stimme hinter ihr.

„Das ist kein Baby, Glenna. Es ist eine Puppe", informierte Louisa sie. Sie wirbelte zu ihrer Schwester herum.

Glenna widersprach nicht. „Ich brauche sie", beharrte sie.

Louisa hatte ihre neue Puppe bereits neben ihren Plüschbären und den Hund auf ihr Regal gestellt. „Wir wollen los", erklärte sie ihrer Schwester. „Papa spannt bereits die Pferde ein."

„Ich will sie mitnehmen", erwiderte Glenna. „Ich will sie zu Granna mitnehmen."

„Du kannst sie nicht mitnehmen. Du wirst sie kaputtmachen", erklärte Louisa mit der Festigkeit eines Erwachsenen.

„Ich will aber", jammerte Glenna und Tränen traten ihr in die Augen. „Ich will mit ihr spielen."

„Du kannst sie mitnehmen, wenn du möchtest", beruhigte Mrs. Berdette sie. „Dazu ist sie ja da. Um damit zu spielen." Sie verließ das Zimmer und rief über die Schulter zurück: „Papa wird bald mit dem Wagen da sein. Ich muss das Essen zusammenpacken."

Louisa hörte, wie sich die Schritte ihrer Mutter über den Flur entfernten. Sie wandte sich an Glenna. „Wenn du mit ihr spielst, wirst du ihre Kleider in Unordnung bringen", argumentierte sie.

Glenna nahm ihre Puppe und drückte sie an sich.

„Du zerdrückst ihre Kleider bereits", fuhr Louisa fort.

Glenna wirkte alarmiert. Sie hielt ihre Puppe vor sich und betrachtete sie sorgfältig. „Die Kleider sind nicht zerknittert, Berty", sagte sie schließlich. Aber sie legte die Puppe wieder hin und strich die Röcke glatt.

Doch Louisa hatte ihre Meinung bereits geändert. Es geschah Glenna recht, wenn sie ihre Puppe ruinierte. „Na, los, nimm sie ruhig mit", meinte sie achselzuckend.

Erfreut nahm Glenna ihre Puppe in den Arm und drückte sie an sich. „Danke, Berty", lächelte sie.

Louisa warf den Kopf zurück, sodass ihre Haare gegen ihre Wangen strichen.

„Ich brauche eine Decke“, fuhr Glenna fort. „Sie wird frieren.“

Louisa warf einen Blick auf ihre kleine Schwester. Sie war ja so dumm.

„Ich weiß“, strahlte Glenna. „Ich werde mein Handtuch nehmen.“

Glenna eilte davon und nahm im Bad das Handtuch vom Haken. Dann packte sie ihr Baby so ungeschickt darin ein, dass sogar deren hübsches Gesicht verdeckt war.

Sie wird sie wirklich in Unordnung bringen, dachte Louisa, aber sie sprach es nicht laut aus. Irgendwie gab ihr dieser Gedanke eine seltsame Genugtuung.

⁂

Die Fahrt zu Großmutters Haus machte Louisa immer Spaß – doch niemals so sehr wie am Weihnachtsmorgen. Dick in warme Decken eingepackt, saß sie im weichen Heu auf der Ladefläche und blinzelte in die helle Morgensonne. Interessiert betrachtete sie die vereisten Zweige des kahlen Baumes über ihr.

„Ich glaube, meine Nase läuft“, sagte Glenna zu niemand Bestimmtem. Mrs. Berdette zog einen Handschuh aus und wandte sich mit einem Taschentuch um, um ihrer Tochter die Nase zu putzen.

„Es ist so kalt“, sagte Mrs. Berdette, während sie ihr Taschentusch wieder in die Tasche ihres langen dunklen Mantels steckte.

„Sind wir schon da?“, fragte Glenna schniefend.

„Wir sind doch gerade erst losgefahren“, erwiderte Louisa verärgert. „Wir können doch nicht schon da sein, wenn wir gerade erst aufgebrochen sind.“

Aber nicht einmal diese zornigen Worte konnten die gute Laune des kleinen Kindes trüben. Es begann zu singen. „Dille Nacht, heilide Nacht, alles släft, einsam wacht.“

Louisa hielt sich die Ohren zu. Sie konnte es nicht ertragen, wenn das Lied so falsch gesungen wurde, aber sie wusste, wenn sie protestierte, würden ihre Eltern sofort für Glenna Partei ergreifen. Sie hörten ihr kleines Mädchen gern singen.

*

Bei Großmutter wurden sie fröhlich und überschwänglich willkommen geheißen. Die Cousinen und Cousins kamen herbeigerannt und berichteten aufgeregt, was sie zu Weihnachten bekommen hatten. Tante Cee gab allen einen Kuss, und Onkel John begrüßte mit seiner tiefen Stimme alle sehr herzlich, während Großmutter strahlte, sie umarmte und immer wieder betonte, wie froh sie sei, sie zu sehen, und wie sehr sie seit dem letzten Besuch doch gewachsen seien.

Verheißungsvolle Düfte erfüllten das Haus und versprachen wieder eines von Großmutters leckeren Weihnachtsessen. Aber nachdem sie einmal tief durchgeatmet hatte, verdrängte Louisa den Gedanken an das Essen. Sie konnte es kaum erwarten, dass die Begrüßungen vorbei waren und sie ihren Mantel ausziehen und ihr hübsches neues Kleid vorführen konnte.

Aber natürlich half man Glenna zuerst aus dem Mantel.

„Na, seht euch das an!", rief Großmutter. „Ist das nicht ein schönes Bild?"

„Allerdings", bestätigte Tante Cee. „Was für ein Püppchen."

Glenna hielt ihnen ihre eingepackte Puppe hin. „Hier drin. Meine Puppe", teilte sie ihnen mit, und dann begann sie, das Handtuch aufzupacken.

Tante Cee lachte und half dem Kind, die Puppe in dem Handtuch zu finden.

Großmutter wandte ihre Aufmerksamkeit nun Louisa zu. „Na, sieh dich nur an", sagte sie mit leuchtenden Augen. „Du meine Güte, wie groß du geworden bist! Und du hast auch ein so schönes Kleid an. Wie hübsch du aussiehst. Und so erwachsen."

Nach all der Aufmerksamkeit, die Glenna gerade bekommen hatte, wollte Louisa das neue Kleid nun schnell vergessen. „Ich kann lesen“, teilte sie ihrer Großmutter voller Stolz mit. Sie hielt ihr das Buch hin, das sie mitgebracht hatte.

„Lesen? Schon? Du musst mir unbedingt vorlesen – nach dem Essen.“

Louisa war enttäuscht, dass sie würde warten müssen. Sie wollte die Aufmerksamkeit von Glenna ablenken, die mit funkelnden Augen in ihrem neuen Kleid herumstolzierte. Die dunklen Locken tanzten um ihren Kopf und sie machte ein Familienmitglied nach dem anderen mit ihrer neuen Puppe bekannt.

Die Aufregung hatte sich ein wenig gelegt, als Louisa hörte, wie Tante Cee ihrer Mutter zuflüsterte: „Sie wird mit jedem Tag hübscher.“ Ihr Blick lag voller Liebe und Bewunderung auf der kleinen Glenna.

Ihre Mutter nickte. „Wenn ihr dies nur nicht irgendwann zu Kopf steigt“, antwortete sie mit feuchten Augen.

„Glenna? Ich kann mir nicht vorstellen, dass sie sich verändert. Sie lässt sich nicht verderben. Sie liebt es, Menschen glücklich zu machen. Sie sprudelt geradezu über.“

Louisa sah ihre Mutter nicken.

Sie richtete den Blick auf die kleine Glenna. Es stimmte. Sie plapperte unentwegt. Sie strahlte. Und sie machte die Menschen tatsächlich gern glücklich.

„Ich kenne ein Weihnachtslied“, teilte sie ihren Cousins und Onkel John mit. „Wollt ihr es hören?“

Oh nein, dachte Louisa. *Sie wird es wieder ganz falsch singen.*

Sie versuchte, sich die Ohren zuzuhalten, als sie aus dem Zimmer eilte. Ihr Buch hatte sie sich unter den Arm geklemmt. Sie würde nie zeigen können, wie gut sie schon lesen konnte. Aber plötzlich war ihr das gleichgültig. Sie warf das Buch in eine Ecke des Flurs und eilte die Treppe hinauf zu dem kleinen Dachzimmer, in dem Großmutter die Spielzeugkiste für Besucher aufbewahrte. Sie wollte nicht spielen, aber der Raum war die einzige Zuflucht, an der sie allein sein konnte.

Es war nicht so sehr die Tatsache, dass ihre kleine Schwester das Lied falsch singen würde, sondern vielmehr, dass alle in Begeisterungsstürme ausbrechen würden, egal, wie schlecht sie es vortrug. Dies veranlasste Louisa, aus der Gemütlichkeit des weihnachtlich geschmückten Wohnzimmers ihrer Großmutter zu fliehen.

In dem ungeheizten Spielzimmer war es eiskalt. Es gab keinen Kamin mit einem fröhlich brennenden Feuer. Zitternd ließ sich Louisa auf den Teppich sinken. Ihr Blick wanderte zu der großen Metallkiste, in dem die ganzen Ankleidesachen lagen, die Großmutter ihnen zum Spielen gegeben hatte. Ihr war nicht nach Verkleiden zu Mute. Außerdem machte es keinen Spaß, ganz allein zu spielen. Sie wünschte, Ada würde kommen. Sie wünschte ... Sie zitterte erneut.

Langsam erhob sie sich vom Boden und ging zum Fenster. Gedankenversunken begann sie, den Frost von der Scheibe zu kratzen. Ihre Finger begannen vor Kälte zu kribbeln, doch das machte ihr nichts aus. Sie kratzte weiter und machte das Guckloch immer größer.

Als sie endlich hindurchsehen konnte, musste sie feststellen, dass es nichts zu sehen gab. Nur schneebedeckte Felder und schneebedeckte Büsche und eine schneebedeckte Straße. Sie wandte sich vom Fenster ab und ließ die Schultern sinken. Dann brachte ein Gedanke ihr Gesicht zum Strahlen und ihre Augen zum Leuchten.

Ich bin eine Helferin, dachte sie. *Das sagt Mama immer. Ich werde hinunter in die Küche gehen und Granna helfen.*

Mit schnellen Schritten verließ sie den Raum. Es würde gut tun, in die warme Küche zu kommen – fort aus der eisigen Kälte des kleinen Dachzimmers. Es würde gut tun, helfen zu können. Sich das Lob der Großmutter zu verdienen. Auf einmal erschien ihr der Weihnachtstag sehr viel heller.

Atemlos kam sie in die Küche gerannt, wo sich ihre Großmutter über den Backofen beugte und die Weihnachtsgans herausholte. Tante Cee und Mama waren bereits da. Louisa tat es Leid, sie zu sehen, aber sie ging an ihnen vorbei und stellte sich vor ihre Großmutter.

„Ich bin gekommen, um dir zu helfen, Granna“, verkündete sie stolz.

Ihre Großmutter sah von der dampfenden Gans auf und lächelte. „Wie nett“, antwortete sie. Dann fügte sie hinzu: „Aber ich weiß nicht so genau, ob die Küche der richtige Ort ist, wenn man ein so hübsches Kleid trägt wie du. Du könntest dich mit Fett bekleckern oder –“

Louisas Enttäuschung zeigte sich auf ihrem Gesicht.

„Aber ich finde bestimmt eine Aufgabe für dich“, fuhr ihre Großmutter fort. „Mal sehen. Wie wäre es …“ Zögernd sah sie sich in der Küche um. „Ich weiß. Du kannst ein paar Walnüsse in diese Creme rühren – für den Nachtisch.“

Das erschien Louisa keine besonders wichtige Aufgabe zu sein. Granna legte die Gans auf eine große Platte. Mutter rührte Kartoffelbrei im Topf und Tante Cee füllte das Gemüse in eine von Grannas Schüsseln mit dem Rosenmuster.

Louisa sah an ihrem hübschen Kleid hinunter. Glennas Weihnachtskleid hatte ihr nichts als Lob eingebracht, aber ihr Kleid mit den Bändern und Rüschen hatte sie daran gehindert, ihrer Großmutter richtig zu helfen. Sie mochte das Kleid nicht. Sie würde es nie wieder anziehen.

*

Vorsichtig drückte Louisa die Form in den ausgerollten Plätzchenteig. Sie arbeitete sehr genau, denn Mama sagte, es sei wichtig zu lernen, wie man Dinge richtig machte. Mama freute sich immer, wenn man sich anstrengte.

„Wie kommt ihr zurecht?“, fragte ihre Mutter von der Seite.

„Die hier sind schon alle fertig“, antwortete Louisa.

„Meine auch“, rief Glenna.

Louisa warf einen schnellen Seitenblick zu Glenna hinüber.

„Glenna“, sagte sie aufgebracht, „du hast alles verkehrt gemacht. Du hast Kekse aus den Keksen ausgestochen. Sieh her. Das ist nicht richtig. Du sollst sie nebeneinander ausstechen. Nicht übereinander.“

Glenna sah verletzt auf.

„Mama“, Louisa wandte sich an ihre Mutter, „die wirst du gar nicht backen können. Das sind alles kleine Stücke.“

„Das ist in Ordnung“, sagte ihre Mutter und kam näher. „Wir können kleine Keksstücke backen.“ Sie lächelte.

Glennas Gesicht hellte sich auf.

„Aber sieh nur –“, jammerte Louisa. „Sie sind – kaputt.“

„Na ja, wenn es sein muss, rollen wir den Teig einfach noch einmal aus“, beruhigte ihre Mutter sie.

Sie beugte sich über den Tisch und putzte sich die Hände an einem Handtuch ab, während sie das Werk ihrer Jüngsten betrachtete.

„Das sollten wir tun“, entschied sie. „Ich rolle den Teig noch einmal aus, und du kannst Glenna helfen, die Plätzchen auszustechen.“

„Sie kann das nicht“, widersprach Louisa.

„Deshalb sollst du es ihr ja zeigen. Du kannst es. Du kannst es deiner Schwester zeigen.“

„Aber *ich* bin doch die Helferin“, protestierte Louisa.

Es gefiel ihr nicht, wenn Glenna die Dinge lernte, die ihr beigebracht worden waren. Das bedeutete, dass Glenna sich einmischte.

„Ja“, antwortete ihre Mutter. „Du bist meine große Helferin. Aber wir – du und ich –, wir müssen Glenna beibringen, wie sie uns auch helfen kann. Sie kann unsere kleine Helferin sein.“

Während sie sprach, rollte Mrs. Berdette den Teig erneut aus. Schon bald lag er wieder vor ihnen.

„So“, sagte sie lächelnd zu Louisa. „Du nimmst Glennas Hand und hilfst ihr, ein paar Plätzchen auszustechen.“

Widerstrebend griff Louisa nach der kleinen Hand. Glenna strahlte ihre große Schwester an und ließ sich von ihr führen.

„Siehst du“, sagte Louisa, „du musst sie nebeneinander ausstechen. Nicht übereinander.“

Glenna kicherte.

„Und jetzt stichst du eins aus“, befahl Louisa.

Glenna streckte die Hand nach dem Plätzchenteig aus. Ihr Blick hing noch immer an Louisas Gesicht.

„Nein, nicht so“, rügte Louisa scharf. „Du machst es ja schon wieder übereinander.“

Glenna wandte ihre Aufmerksamkeit dem Teig zu.

„So", erklärte Louisa und nahm die kleine Hand erneut. Dann wandte sie sich mit einem ärgerlichen Seufzer an ihre Mutter. „Ich glaube nicht, dass sie es je lernen wird", sagte sie ungeduldig. „Ich glaube, ich bleibe besser deine einzige Helferin."

Ihre Mutter lächelte. „Warte nur ab", erwiderte sie lachend. „Wenn du es deiner kleinen Schwester beibringst, dann werde ich bald zwei gute Helferinnen haben."

Louisa wusste, dass die Worte ein Kompliment waren. Sie verstand es zwar nicht so ganz, doch plötzlich fühlte sie sich wichtig. Sie wandte sich ihrer kleinen Schwester wieder zu und half der kleinen Hand, ein weiteres Plätzchen aus dem vor ihnen ausgerollten Teig auszustechen.

Die Schulzeit

Louisa liebte ihre kleine Schule in Allsburg. Vom ersten Schultag an war sie eine gute Schülerin, und jeden Nachmittag kam sie aufgeregt nach Hause und konnte es kaum erwarten, ihrer Mutter zu zeigen, was sie gelernt hatte. Dann musste sie lange warten, bis ihr Vater von der Arbeit nach Hause kam, damit sie auch ihm stolz ihre neuen Kenntnisse vorführen konnte. Sowohl ihr Vater als auch ihre Mutter sparten nicht mit Lob, wenn sie vorlas, auswendig Gelerntes aufsagte und ihnen Aufgaben vorrechnete, um ihnen zu zeigen, was sie lernte. Schon bald wurde sie aufgefordert, Glenna abends etwas vorzulesen.

Glenna war eine gute Zuhörerin, und Louisa stellte fest, dass ihr das Vorlesen gefiel. Glennas große blaue Augen lösten sich nicht vom Gesicht ihrer Schwester. Sie drückte sich fest an Louisa und hing an ihren Lippen.

Diese abendliche Vorlesezeit wurde schließlich auf jede freie Minute ausgedehnt. Von dem Augenblick an, da Louisa fröhlich hüpfend aus der Schule kam, bis sie schließlich ins Bett geschickt wurden. Glenna war immer bereit, eine Geschichte zu hören, und Louisa war mehr als willig, ihr Können zu zeigen.

Mrs. Berdette strahlte vor Stolz über die beiden. Sie freute sich über Louisa, ihre Helferin, die so lieb war und ihrer kleinen Schwester immer Geschichten vorlas. Ihre Lesefähigkeiten konnten der kleinen Glenna nur von Nutzen sein. Auch sie begann, Bücher zu lieben, auch wenn es sich dabei noch um Kindergeschichten handelte.

Es kam der Tag, an dem Glenna fröhlich neben Louisa über den kurzen Gehweg aus Brettern zum Feldweg hüpfte, der zur Straße führte. Sie drehten sich um und winkten, während Mrs.

Berdette in der Tür stand und den beiden nachsah. Sie sahen nicht die Tränen, die ihre Mutter sich mit der Schürze aus den Augen wischte.

„Du musst aufmerksam zuhören und aufpassen", teilte Louisa ihrer jüngeren Schwester mit. „Du darfst nicht reden und du darfst auch nicht …"

Die Stimme verklang in der Ferne. Glenna nickte zu allen Anweisungen eifrig mit dem Kopf.

Glenna erwies sich ebenfalls als hervorragende Schülerin. Sie hatte eine schnelle Auffassungsgabe, und bevor ein Jahr vorüber war, konnte sie einfache Geschichten selbst lesen.

Das war eine schwierige Situation für Louisa. Sie vermisste die Vorlesestunden. Sie vermisste Glenna, die sich an sie drückte und deren Augen im Laufe der Geschichte immer größer wurden.

Eines Donnerstagnachmittags kamen die Mädchen vom Unterricht nach Hause gerannt. Sie nahmen sich nicht die Zeit, in der Küche vorbeizuschauen, ihre Mutter zu begrüßen und Milch und Kekse zu verspeisen. Über die Schulter hinweg erzählte Glenna ihrer Mutter, sie habe eine neue Fibel bekommen und könne es gar nicht erwarten, die Geschichten zu lesen. Die beiden legten ihre Mäntel und Butterbrotdosen auf den Tisch in der Ecke und Louisa ließ sich auf dem Sofa nieder. Glenna setzte sich neben sie.

Louisa streckte die Hand nach dem neuen Buch aus, aber Glenna drückte es schützend an sich.

„Ich werde es lesen", sagte sie mit fester Stimme.

„Nein, Glenna – lass mich vorlesen", widersprach Louisa.

„Aber ich möchte es selbst lesen", erwiderte Glenna mit leiser Stimme.

„Aber ich kenne mehr Wörter als du", beharrte Louisa.

„Die Lehrerin hat gesagt, ich solle üben", entgegnete Glenna und schüttelte ihren Lockenkopf. „Und ich soll doch zuhören und gehorchen." Das waren Louisas Anweisungen gewesen.

„Du kannst später üben", erwiderte Louisa. Sie war nicht bereit nachzugeben.

„Aber ich möchte wissen, was in den Geschichten steht.“

„Ich werde sie dir vorlesen. Dann weißt du es.“

Glenna wirkte enttäuscht. „Aber ich möchte die Überraschung lesen.“

„Welche Überraschung?“

„Die Überraschung am Ende der Geschichte.“

Louisa griff nach dem Buch. „Du wirst von der Überraschung erfahren, wenn ich sie vorlese. Ich bin größer. Ich soll dir helfen.“

„Ich brauche deine Hilfe nicht mehr“, behauptete Glenna laut. Sie drückte ihr Buch noch immer an sich.

Louisa riss Glenna das Buch aus der Hand. Als Mrs. Berdette aus der Küche kam, um zu erfahren, warum die Mädchen so laut wurden, hörte sie das Reißen von Papier.

„Mädchen!“, rief sie. Mit einem Blick erfasste sie die Szene.

Glenna brach in Tränen aus, als sie das beschädigte neue Buch sah.

In Louisas Augen stand noch immer zorniger Trotz. „Sie wollte mich nicht vorlesen lassen“, verteidigte sie sich. „Sie hat ihr Buch versteckt – so.“

„Ich wollte es lesen“, weinte Glenna. „Ich wollte es selbst lesen.“

„Und seht nur, was passiert ist. Das Buch ist beschädigt – und euer Vater wird es bezahlen müssen“, schimpfte Mrs. Berdette. Sie deutete auf die zerrissene Seite.

Dies war ein ernüchternder Gedanke.

„Und eure Lehrerin wird sehr enttäuscht sein, dass ihr so mit einem Buch umgegangen seid“, fuhr ihre Mutter fort. „Und ich bin auch enttäuscht. Ich dachte, ihr zwei hättet gelernt, wie man ein Buch behandelt.“

In Glennas blaue Augen traten Tränen der Scham. Ihr Buch war zerrissen; ihre Mutter war traurig. Ihr Vater würde auch traurig sein und ihre Lehrerin würde sie vermutlich ausschimpfen.

„Es ist Glennas Schuld“, behauptete Louisa trotzig.

„Mama, es tut mir Leid“, schluchzte Glenna. „Es tut mir so

Leid. Ich werde Louisa vorlesen lassen. Ich verspreche es." Bei diesen Worten rutschte sie vom Sofa herunter, rannte zu ihrer Mutter und barg das Gesicht in ihrer Schürze.

„Einen Augenblick mal", sagte Mrs. Berdette und legte die Hand auf die Schulter ihres kleinen Mädchens. „Ich bin nicht sicher, dass Glenna die Schuld hierfür auf sich nehmen sollte." Sie blickte Louisa an.

Diese schob das Kinn vor. Ihre dunklen Augen funkelten. „Es war aber ihre Schuld", behauptete sie.

Mrs. Berdette setzte sich in einen Sessel und legte den Arm um die schluchzende Glenna. „Jetzt beruhige dich", sagte sie zu der Kleinen. „Sei still, und wir versuchen jetzt, Klarheit in diese Angelegenheit zu bringen."

Glenna richtete sich auf, und das Schluchzen verwandelte sich in einen Schluckauf, während sie sich mit dem Handrücken die Tränen abwischte.

„Also, fangen wir vorne an", sagte ihre Mutter. „Wessen Buch ist das?"

Niemand antwortete.

„Wessen Buch?", fragte sie erneut.

Endlich ergriff Louisa das Wort. „Glennas, aber –"

Mrs. Berdette hob die Hand. Louisa brach ab. „Und Glenna wollte ihr Buch selbst lesen?", fragte Mrs. Berdette, um diesen Punkt zu klären.

„Ich soll ihr vorlesen", verkündete Louisa. In ihrer Stimme lag noch immer Zorn.

„Es tut mir Leid", entschuldigte sich Glenna mit zitternder Stimme.

„Einen Augenblick", fuhr Mrs. Berdette fort. Die beiden Mädchen schwiegen.

„Es war sehr nett von dir, dass du Glenna immer vorgelesen hast, Louisa. Sie hat die Geschichten gern gehört. Aber jetzt kann sie selbst lesen. Sie braucht deine Hilfe bei den Büchern nicht mehr. Sie möchte gern selbst entdecken, was die Worte bedeuten – ganz allein. Kannst du das verstehen?"

Louisa weigerte sich anzuerkennen, dass ihre Mutter Recht hatte. Mrs. Berdette wandte sich der kleinen Glenna zu. „Also, du hast das Buch Louisa nicht gegeben, weil du es selbst lesen wolltest, ist es so?“

Glenna nickte langsam.

„Sie hat es weit weggehalten“, rief Louisa ärgerlich.

„Und weil du es ihr nicht geben wolltest, hat Louisa beschlossen, es dir wegzureißen. Stimmt das?“

Glennas große Augen füllten sich erneut mit Tränen.

„Sie wollte nicht teilen“, beschuldigte Louisa ihre Schwester.

„Ich habe nicht geteilt“, wiederholte Glenna. Tränen liefen ihr nun über die Wangen.

„Aber –“, begann Mrs. Berdette, und einen Augenblick lang schien sie nicht zu wissen, wie sie fortfahren sollte. Schließlich begann sie langsam: „Es ist schön, wenn man teilt. Das möchte Gott. Er möchte, dass wir ... großzügig sind. Freundlich. Liebevoll miteinander umgehen. Aber ... aber man muss nicht immer alles abgeben, was ein anderer haben möchte. Es gibt bestimmte Rechte, Besitzrechte. Rechte, die wir akzeptieren müssen. Versteht ihr?“

Keines der Mädchen nickte.

„Louisa“, fuhr Mrs. Berdette fort, „es war nicht richtig, dass du deiner Schwester dieses Buch wegnehmen wolltest. Es ist *ihr* Buch. Sie hat die Aufgabe, es zu lesen. Du trägst die Schuld an dieser zerrissenen Seite. Ich denke, euer Vater wird das Geld für das neue Buch von deinem Sparbuch nehmen.“

Louisa fuhr hoch. Sie hatte jeden Penny, den sie geschenkt bekam, gespart. Noch hatte sie nicht entschieden, was sie mit dem Geld tun wollte, aber voller Freude hatte sie zugesehen, wie die kleine Summe langsam wuchs.

„Aber es war Glenna –“, begann sie.

Glenna war in Tränen aufgelöst. „Ich habe nicht geteilt“, schluchzte sie. „Ich habe mein Buch nicht geteilt, und jetzt –“ Die Tränen erstickten ihre Stimme. „Ich werde bezahlen“, brachte sie schließlich heraus. „Ich werde es bezahlen, Mama.“

„Du hast ja gar kein Geld“, schleuderte die zornige Louisa ihrer jüngeren Schwester entgegen. „Du gibst ja alles für Süßigkeiten aus.“

„Dann werde ich – werde ich –“ Glenna fiel nicht ein, wie sie die Schulden bezahlen konnte.

Mrs. Berdette erhob sich kopfschüttelnd. Offensichtlich wusste sie nicht, was sie mit den beiden machen sollte.

„Ich denke, ihr solltet auf euer Zimmer gehen“, bestimmte sie leise. „Wir werden später darüber sprechen, wenn euer Vater nach Hause kommt.“

Sie kehrte zu der Vorbereitung des Abendessens zurück. Nach einiger Zeit spähte sie in das Zimmer ihrer beiden Töchter. Beide hatten sich auf Louisas Bett zusammengerollt. Glennas dunkles Haar lag ausgebreitet auf dem weißen Kissen, und ihre tiefblauen Augen waren vor Entzücken weit aufgerissen, während Louisa ihr aus ihrem Lesebuch vorlas.

*

Nachdem ihr Vater ihnen eine Strafpredigt gehalten hatte, bezahlte er das beschädigte Buch. Von da an lieferte Glenna ihre neuen Bücher pflichtschuldigst, wenn auch ein wenig traurig, bei Louisa zum Vorlesen ab. Erst danach fühlte sie sich frei, die Geschichten immer und immer wieder selbst zu lesen. Aber es war nicht ganz dasselbe. Nie konnte sie die „Überraschung“ in der Geschichte selbst entdecken.

Louisa jubelte im Geheimen. Sie hatte ihre Position gestärkt. Sie war die Ältere. Sie hatte das Sagen.

*

„Wir müssen uns beeilen“, drängte Louisa.

Sie wollten zum Gottesdienst aufbrechen. Mrs. Berdette band die letzten Schleifen in Glennas Haar. Mr. Berdette hatte das Haus bereits verlassen, um den Wagen anzuspannen. Er hatte seinen dicken Mantel angezogen, weil es an diesem Wintermorgen kalt draußen war.

Mrs. Berdettes Blick wanderte zum Kaminsims. „Wir haben noch viel Zeit“, erwiderte sie.

„Das haben wir nicht“, entgegnete Louisa. „Wir müssen

früh da sein. Die Rollen für das Weihnachtsspiel werden heute Morgen verteilt."

„Nun, ich bin sicher, das wird erst passieren, wenn alle da sind", beruhigte Mrs. Berdette.

„Aber sie könnten ..." Louisas Worte verklangen. Sie war noch nie ausgewählt worden, die Maria zu spielen. Dieses Jahr – dieses Jahr würde sie ihre Lehrerin davon überzeugen, dass sie für die Rolle besonders geeignet war.

„Ich möchte ein Engel sein", warf Glenna fröhlich ein.

„Du wärst ein hübscher Engel", sagte Mrs. Berdette und ein Lächeln umspielte ihre Lippen.

Louisa blickte die beiden ungehalten an. Glenna mit ihren Locken und Schleifen lächelte zu ihrer Mutter hinauf. Louisa warf ihr kurzes Haar zurück. Sie wollte keine Locken und Schleifen. Sie bestand auf einfachen Kleidern. Sie wollte nicht einmal Spitze am Rocksaum. Zuerst hatte ihre Mutter ruhig widersprochen, aber schließlich hatte sie nachgegeben. Louisa bemerkte, dass es ihrer Mutter besondere Freude zu machen schien, hübsche Dinge für Glenna zu nähen.

Louisa trat nach dem Tischbein. Wenn sie sich nicht beeilten, würde sie die Rolle bestimmt nicht bekommen.

Als Mrs. Berdette Glenna in den Mantel und Muff geholfen und ihren Mantel fest zugeknöpft hatte, fuhr Mr. Berdette mit dem Wagen vor der Tür vor.

Louisa versuchte, Glenna zu bewegen, sich schnell hinzusetzen, während sie die Decken gegen die Kälte um sie schlang.

Die Pferde schnaubten und warfen die Köpfe zurück und ihr Atem stieg in kleinen Wolken von ihren langen Gesichtern auf.

Endlich waren sie unterwegs. Am liebsten hätte Louisa ihrem Vater gesagt, er solle die Pferde antreiben, aber sie wusste, dass das nichts brachte. Nur ungern ließ er das Gespann bei dieser Kälte schneller laufen. Sie sollten nicht verschwitzt sein, wenn er sie während des Gottesdienstes vor der Kirche anband und die groben Decken über die breiten Rücken warf.

„Ich wette, die Rollen sind schon alle verteilt“, brummte Louisa vor sich hin.

Doch als sie bei der kleinen Kirche ankamen, trafen auch noch andere in dem kleinen Hof ein. Mütter und Kinder wurden vor der Treppe abgesetzt, während die Väter oder älteren Söhne die Gespanne zur Seite fuhren und die Pferde festbanden.

Louisa begrüßte nicht einmal ihre Freunde aus der Kirche. Sie hatte Angst, die Lehrerin könnte auf sie aufmerksam werden, wenn sie ihnen einen Gruß zurief, und sie für die geliebte Rolle in Betracht ziehen.

Die schweren Mäntel wurden an die Haken neben der Tür gehängt, und die Kinder wurden in den kleinen Nebenraum geschoben, in dem die Rollen verteilt werden sollten.

„Setzt euch hin“, forderte Mrs. Twing die Kinder auf. Sie war schon älter und hatte das Weihnachtsspiel seit Urzeiten einstudiert.

Gehorsam suchten sich die Kinder einen Sitzplatz. Da Louisa keinesfalls übersehen werden wollte, setzte sie sich in die erste Reihe.

„Fangen wir mit den Hirten an.“

Drei Jungen wurden als Hirten ausgewählt. Drei weitere bekamen die Rolle der Weisen aus dem Morgenland. Vier Vorschüler strahlten, als ihnen die Rolle eines Schafes zugewiesen wurde.

„Wir werden einen Engelschor brauchen“, sagte Mrs. Twing, „aber damit warten wir bis zum Schluss. Jeder, der keine Sprecherrolle bekommt, wird im Chor singen. Es ist sehr wichtig, dass wir einen guten Chor haben.“

Trotz Mrs. Twings Bemühungen, die Bedeutung ihrer Worte zu verschleiern, hatte Louisa verstanden. Der Engelschor würde sich aus den übrig Gebliebenen zusammensetzen.

„Wir brauchen einen Gastwirt.“

Mrs. Twings Blick glitt über die drei älteren Jungen, die in der allerletzten Reihe saßen und versuchten, trotz ihrer geröteten Köpfe und der Knuffe, die sie sich gegenseitig versetzten, unschuldig dreinzublicken.

„Carl? Möchtest du der Gastwirt sein?"

Carl errötete und wurde von jeder Seite in die Rippen gestoßen. Nur mit Mühe brachte er ein Nicken zu Stande.

Louisa sah zu. Von ganzem Herzen hatte sie gehofft, Mrs. Twing würde Carl die Rolle des Josef geben, denn insgeheim mochte sie Carl.

„Der Engel Gabriel", sagte Mrs. Twing. „Luke, du würdest ein guter Gabriel werden."

Jetzt war es an Luke zu erröten.

Louisa wand sich. Nur noch einer der älteren Jungen blieb übrig. Thomas Hawkins. Sie mochte Thomas Hawkins nicht. Mit ihm als Josef würde sie nur ungern die Maria spielen. Sie wollte protestieren. Beinahe hätte sie die Hand gehoben. Aber Mrs. Twing fuhr bereits fort.

„So, jetzt bleiben nur noch Josef und Maria übrig. Mal sehen. Thomas, du wirst unser Josef sein." Mrs. Twing hielt inne und ließ ihren Blick über die Reihe mit den älteren Mädchen gleiten. Louisa wand sich. Es schien Ewigkeiten zu dauern, bis Mrs. Twing weitersprach.

„Ach, du meine Güte. Das ist eine schwere Entscheidung. Es gibt so viele, die die Rolle der Maria übernehmen könnten. Ach, du meine Güte. Nun …"

Louisa wand sich auf ihrem Platz.

„Louisa wäre bestimmt eine gute Maria." Es war Glenna, die sich zu Wort meldete. Ihre kindliche Stimme zitterte vor Aufregung und ihre blauen Augen leuchteten.

„Ja", sagte Mrs. Twing, „ja, Louisa wäre bestimmt eine gute Maria, da bin ich sicher."

Louisa atmete tief durch. Sie hatte es geschafft.

Aber Mrs. Twing sprach weiter. „Doch dieses Jahr, denke ich, ja, dieses Jahr ist Emilia an der Reihe. Sie hat die Maria noch nie gespielt, und dies ist das letzte Jahr, in dem sie an diesem Weihnachtsspiel teilnimmt."

Louisa spürte, wie alle Luft aus ihren Lungen entwich, und eine Welle des Zorns ging über sie hinweg. Das war nicht fair. Emilia würde eine – eine *hässliche* Maria sein. Es wäre ganz falsch. Ihr hellrotes Haar und das sommersprossige Gesicht würden nicht zu dem blauen Gewand und dem weißen Schleier passen. Sie würde eine schreckliche Maria sein. Sie würde das ganze Spiel ruinieren. Es war nicht fair. Es war einfach nicht fair.

Louisa legte den Kopf zur Seite. Sie wusste, dass alle Augen auf sie gerichtet waren. Sie würden alle wissen, dass sie übergangen worden war. Sie würden –

Louisa hob den Blick. Zu ihrem Erstaunen wurde sie nicht angestarrt. Die anderen schienen ihr Unbehagen gar nicht bemerkt zu haben. Nur ein Augenpaar hing an ihrem Gesicht – die blauen Augen ihrer kleinen Schwester Glenna. In Glennas Augen lag eine solche Pein, ein solches Mitleid, dass Louisa noch zorniger wurde.

„Und ihr anderen", sagte Mrs. Twing gerade, „werdet in unserem Engelschor singen. Ihr –"

„Das werde ich nicht!", rief Louisa. Sie sprang von der Bank auf. „Ein Engel ist gar keine Rolle. Das ist nur ein – ein –"

Aber sie konnte nicht weitersprechen. Zorn erstickte ihre Stimme. Sie wollte weinen, aber sie weigerte sich, den anderen die Genugtuung zu verschaffen zu sehen, wie verletzt sie war.

Mrs. Twing riss vor Erstaunen und Schock die Augen auf.

„Aber Louisa –", begann sie, doch sie wusste nicht, wie sie fortfahren sollte.

Die Jungen in der hinteren Reihe lachten.

Louisa verteidigte ihren Standpunkt. Sie verschränkte die Arme vor der Brust und schüttelte bei jedem Wort den Kopf. „Ich werde keinen Engel spielen. Glenna kann Ihr Engel sein. Ich bin kein kleines Kind mehr. Ich werde kein Engel sein."

Sie warf Emilia einen geringschätzigen Blick zu. „Und Maria hatte keine roten Haare", fügte sie spitz hinzu.

„Louisa", sagte Mrs. Twing mit fester Stimme. „Louisa, setz dich hin."

Louisa schob eigensinnig ihr Kinn vor.

„Setz dich", wiederholte Mrs. Twing.

Sie musste nachgeben. Das wusste sie, aber oh, wie schwer ihr das Nachgeben fiel. Sie ließ sich auf die Bank sinken und die ganze Bank bebte von der Erschütterung. Die Arme hatte sie noch immer vor der Brust verschränkt, ihr Gesicht war vorgeneigt, sodass ihre Haare ihre geröteten Wangen fast ganz verdeckten.

„Ich denke, wir beide sollten uns einmal unterhalten", sagte Mrs. Twing. „Mrs. Lawlor, würden Sie die Klasse bitte übernehmen?"

Das „Gespräch" führte nicht zu einer Änderung bei der Besetzung der Rollen. Allerdings führte es zu einem weiteren Gespräch bei den Berdettes.

Louisa sang im Engelschor – aber innerlich hasste sie die Rolle. Glenna versuchte sie aufzuheitern, indem sie ihr sagte, wie „hübsch" sie in dem weißen Gewand aussah und wie „schön" sie die Lieder singen würde.

Glennas Komplimente waren kein Trost für Louisa. Äußerlich tat sie, worum ihr Vater sie gebeten hatte. Innerlich protestierte sie mit jedem Atemzug.

Doch die Worte ihrer Mutter gingen ihr nicht aus dem Sinn und beunruhigten sie.

„Oh Louisa. Ich weiß nicht, was ich mit dir machen soll. Ich fürchte, dein Trotz und dein Jähzorn werden dir in deinem Leben noch schwer zu schaffen machen."

Teenagerjahre

Schritte weckten Louisa aus tiefem Schlaf. Sie hob den Kopf vom Kissen und lauschte. Sie konnte leise Stimmen hören, die über den Flur in ihr Zimmer drangen, aber sie konnte nicht verstehen, was gesagt wurde.

Sie setzte sich auf und schwang die Füße auf den Teppich neben ihrem Bett. Draußen war es noch dunkel. Irgendetwas Seltsames ging vor.

Sie sah zu ihrer jüngeren Schwester hinüber. Louisa konnte ihre Umrisse unter der von Granna gearbeiteten Patchworkdecke erkennen. Glenna schlief noch.

Ganz leise, um Glenna nicht aufzuwecken, schlich sie zur Tür. Ihr weißes Flanellnachthemd bauschte sich um ihre Knöchel.

Im Wohnzimmer war Licht. Sie konnte den schwachen Schein vom Flur aus erkennen. Louisa ging auf das Licht zu und fragte sich, was dafür verantwortlich war, dass ihre Eltern zu so früher Stunde schon auf waren.

Sie trat zur Tür und war entsetzt, als sie den Arzt erblickte. Bei ihnen war doch niemand krank.

Dann wanderte ihr Blick weiter zu Pastor Jenkins, dem Pastor ihrer kleinen Gemeinde. Er saß auf dem Sofa und hatte die Hand mitfühlend auf den Arm ihrer Mutter gelegt. Eine seltsame Furcht ergriff von Louisa Besitz.

Louisa betrat den Raum. Drei Köpfe hoben sich. Drei Augenpaare richteten sich auf sie. Sie merkte, dass ihre Mutter weinte.

„Was ist los?“, brachte Louisa mühsam heraus. „Was ist passiert?“

„Oh Louisa“, schluchzte ihre Mama und sie streckte die Hand nach dem Mädchen aus.

Louisa lief schnell zu ihr und kniete vor ihr nieder. Sie legte die Hand an die feuchte Wange ihrer Mutter. „Was ist passiert?“, fragte sie erneut, aber ihre Mutter war nicht in der Lage, ihr zu antworten. Sie schluchzte haltlos.

Der Pastor ergriff das Wort. „Dein Vater“, erklärte er langsam und traurig.

Louisas Kopf fuhr hoch, die Augen vor Furcht weit aufgerissen. „Was?“, fragte sie. „Was ist passiert?“

„Es war ein Herzanfall“, erwiderte der Arzt mit mitfühlender Stimme. „Wir konnten ihn nicht retten.“

„Sie meinen –?“, begann Louisa und blickte von einem zum anderen. Sie konnte den Satz nicht zu Ende sprechen. Sie würde sich nicht einmal gestatten, den Gedanken zu Ende zu denken.

Pastor Jenkins nickte. „Es tut mir Leid. So Leid“, sagte er. „Er ist tot.“

Louisa sprang auf. Das stimmte nicht. Es konnte nicht stimmen. Noch vor wenigen Stunden hatte sie ihren Vater gesehen. Sie waren gemeinsam durch die Wiesen am Bach gelaufen und hatten Pflanzen für ihren Biologieunterricht gesucht. Ihm ging es gut. Er war in Ordnung. Es musste sich um einen Irrtum handeln.

Sie sah erneut auf ihre Mutter. Diese weinte noch immer. Erneut kniete Louisa vor ihr nieder und nahm ihre Hand.

„Mama?“ Das Wort war eine Frage. Ein Flehen.

Ihre Mutter legte ihre Hände an Louisas Wangen. Die Trauer in den Augen ihrer Mutter beantwortete die Frage. Es stimmte. Es war tatsächlich geschehen. Sie hatten ihren Vater verloren. Louisa barg ihr Gesicht im Schoß ihrer Mutter und weinte ohne Scham.

Was würden sie nur ohne ihn anfangen?

Ihre Gedanken wanderten weiter. Er war so viel mehr als ein Vater gewesen. Er war ihr Freund gewesen, er hatte ihr Mut gemacht, ihr Liebe und Akzeptanz gegeben. Was sollte sie nur ohne ihn machen?

*

Irgendwie überstanden die beiden Mädchen und ihre Mutter die schwierigen Tage, die nun folgten. Irgendwie gelang es ihnen, am offenen Grab zu stehen, während Pastor Jenkins ein paar Abschiedsworte sprach. Irgendwie, irgendwie überstanden sie auch die ersten schlimmen Wochen, die Monate, die sich schließlich zu einem Jahr erstreckten. Sie klammerten sich aneinander. Sie teilten den Schmerz, doch enthielten sie sich verborgene Gedanken vor.

Sie stellten fest, dass das Leben weiterging. Es gelang ihnen sogar, eine Art tägliche Routine statt des Vertrauten zu schaffen. Die Mädchen gingen an den Werktagen weiterhin zur Schule. Ihre Mutter verbrachte die Zeit mit Backen, Nähen – der normalen Hausarbeit. Doch Louisa hatte den Eindruck, dass die Farbe aus den Wangen ihrer Mutter gewichen war und dass das Leuchten ihre Augen verlassen hatte. Sie fragte sich, wie oft sie wohl ihr Kopfkissen mit Tränen nass weinte, nachdem sie sich am Ende des Tages in das leere Schlafzimmer zurückgezogen hatte.

Glenna war ihr Sonnenstrahl. Trotz ihres eigenen Kummers fand sie Wege, ein wenig Freude und etwas Lachen in den sonst so düsteren Haushalt zu bringen. Und schließlich schaffte es sogar ihre Mutter, wieder zu lachen.

Aber Louisa fiel das Lachen schwer. Obwohl sie es nie gesagt hätte, war sie zornig. Zornig auf das Leben und noch zorniger auf den Tod. Welches Recht hatte der Tod, ihnen den Vater zu nehmen? Ihr glückliches Zuhause zu zerstören? Louisa vergrub ihre Gedanken tief in ihrem Innern und schob eigensinnig das Kinn vor. Ihr Vater war ein guter Mensch gewesen. Selbstlos. Freigiebig. Er hat sich bemüht, Gottes Gebote zu erfüllen, seine Mitmenschen zu lieben und ihnen zu dienen. Vielleicht zahlte sich das nicht aus. Was hatte es ihm gebracht?

Louisa hätte solche Gedanken nie ausgesprochen, aber in ihrem Inneren gab sie ihnen Raum zu wachsen. Sie hatte nicht die Absicht, untätig daneben zu stehen und zuzusehen, wie jeder ihr nahm, was sie verdient hatte. Auch würde sie den Schmerz nicht nur deshalb ertragen, weil sie nichts dagegen tun konnte. Niemand würde einem passiven Menschen zu Hilfe eilen, dachte sie. Sie würde für sich kämpfen. Sie würde ihre Interessen durchsetzen.

*

„Darf ich dich nach Hause begleiten?"

Thomas Hawkins stand vor ihr. Louisa senkte den Blick. Nicht, dass Thomas Hawkins nicht gut anzusehen gewesen wäre. Er hatte sich wirklich zu einem netten jungen Mann entwickelt. Louisa stellte fest, dass sie ihm häufiger verstohlene Blicke zuwarf.

Und er war – nun, auch sehr freundlich. Diese Tatsache konnte Louisa nicht leugnen. Thomas Hawkins beeindruckte sie schon seit Monaten. Er beeindruckte auch einige ihrer Klassenkameradinnen. Eine Reihe von Mädchen unterhielten sich flüsternd über ihre Gefühle für Thomas Hawkins.

Aber Louisa war erstaunt, dass Thomas Hawkins sie bemerkt hatte. Warum gerade sie – unter all ihren attraktiven Schulfreundinnen? Warum fragte er sie, ob er sie von der Schule nach Hause bringen durfte?

Sie errötete. Sie war nicht sicher, was sie antworten sollte. „Ich – ich muss mich beeilen", sagte sie schließlich. „Mama braucht mich."

„Wir werden schnell gehen", entgegnete er leichthin.

Aber Louisa schüttelte den Kopf. „Ich muss sofort nach Hause. Mama braucht meine Hilfe."

Es war die Wahrheit – gestreckt zu einer Unwahrheit. Sie half ihrer Mutter tatsächlich bei der Haus- und Gartenarbeit. Aber ihre Mama würde nicht an der Tür stehen und ungeduldig auf ihre Ankunft warten.

„Dann eben ein anderes Mal", sagte Thomas lächelnd. Er nickte ihr freundlich zu und wandte sich zum Gehen.

Louisa nahm ihre Bücher. Ihr Gesicht war noch immer gerötet. *Warum hat Thomas mich gefragt, ob er mich nach Hause begleiten darf?*, überlegte sie erneut. Warum – wo es so viele andere Mädchen gab? Zum Beispiel die rundgesichtige

Matilda oder Violet mit den braunen Augen oder die vorlaute Mary Jane.

Sie war – sie war doch nur *Louisa*. Ihr dunkles Haar, das sie sich Mama zuliebe nun hatte wachsen lassen, war zu einer einfachen Rolle am Halsansatz zurückgesteckt. Mit ihren strengen Röcken und den einfachen Blusen ohne Bänder und Spitzen sah sie doch eher unweiblich aus. Das ergab einfach keinen Sinn. War es eine Falle? Wollte er sie dadurch vielleicht nur in Verlegenheit bringen? Oder versuchte er, über sie in Glennas Nähe zu kommen? Alle Jungen aus der Schule schienen eine Vorliebe für Glenna zu haben, die bloß ihr nettes Lächeln zeigte und sie alle wie große Brüder behandelte. Wollte Thomas sich auf diese Weise aus der Gruppe von Glennas Bewunderern lösen und zusätzliche Aufmerksamkeit bekommen?

Louisa schob eigensinnig ihr Kinn vor und marschierte nach Hause. Sie würde Thomas nicht gestatten, sie zur Zielscheibe des Spottes ihrer gesamten Klasse zu machen. Sie würde ihn zurückweisen, bevor er Gelegenheit hatte, sie zurückzuweisen.

*

„Du hast etwas verloren."

Louisa erkannte die männliche Stimme nicht, die leise hinter ihr sprach, aber sie wusste, sie war gemeint. Sie wandte sich um und blickte in tiefbraune Augen.

Der junge Mann lächelte.

Louisa ließ ihren Blick über sein Gesicht wandern. Er war neu. Sie hatte ihn noch nie zuvor in der Kirche gesehen.

Sie spürte, wie sie errötete.

„Hier", sagte er und lächelte. „Du hast das hier verloren."

Louisas Blick fiel auf das saubere weiße Baumwolltuch, das er in seiner ausgestreckten Hand hielt. Ihr Taschentuch. Sie errötete. Er würde sicher denken, sie habe es bewusst fallen gelassen, um seine Aufmerksamkeit zu erregen. Dies war ein Trick von jungen Damen, den er bestimmt kannte.

„Ich – ich –“, begann sie, aber sie wusste nicht so genau, wie sie fortfahren sollte. Dann gewann ihr Stolz die Überhand und sie schob trotzig ihr Kinn vor. „Ich habe es nicht mit Absicht fallen gelassen“, verkündete sie eigensinnig. „Ich wusste nicht einmal, dass du in der Nähe bist.“

Erstaunen zeigte sich auf seinem Gesicht – doch dann lächelte er. „Touché“, sagte er lachend. „Ich bin davon überzeugt, dass du es nicht mit Absicht gemacht hast.“

Louisa blieb standhaft und drückte ihr Sonntagsschulmaterial fest an ihre weiße Bluse.

„Wie auch immer“, sagte der junge Mann, der noch immer amüsiert wirkte, „du darfst es an dich nehmen, wenn du möchtest.“

Louisa errötete erneut. Sie streckte die Hand aus und nahm ihr Taschentuch an sich, dann drehte sie sich auf dem Absatz herum und marschierte mit hoch erhobenem Haupt in den kleinen Raum, in dem ihre Sonntagsschulklasse wartete.

Aber es fiel ihr nicht leicht, sich zu konzentrieren. Immer wieder sah sie die amüsierten braunen Augen vor sich. Das Grübchen in dem ausgeprägten Kinn. Die sonnengebräunten Wangen, die frisch rasiert waren, wie sie bemerkt hatte. Zum ersten Mal in ihrem jungen Leben war Louisa hingerissen.

*

Sein Name war Parker Oliver. Er war der Sohn des Mannes, der gerade ein Hotel am Ort gekauft hatte. Alle Mädchen schwärmten für ihn, Thomas Hawkins war nun nicht mehr der Favorit des weiblichen Interesses. Louisa beobachtete dies aus der Distanz. Sie tat so, als wüsste sie nicht einmal von seiner Existenz, als würde sich ihr Pulsschlag nicht beschleunigen, wann immer er auftauchte.

Sie hob den Kopf noch ein wenig höher, wann immer sie an ihm vorbeiging. Zum ersten Mal in ihrem Leben war sie versucht, nur ein wenig Spitze auf ihre Sonntagsbluse zu nähen. Ihr Haar ein wenig lockerer aufzustecken, ein paar Strähnen in ihr ovales Gesicht fallen zu lassen.

Sie errötete und machte sich Vorwürfe, und dann richtete sie sich noch ein wenig höher auf, um ihre Entschlossenheit zu stärken.

Aber ihre Entschlossenheit wurde erschüttert, wann immer er ihr ein Lächeln schenkte. Jede Einzelheit seiner Sonntagsgarderobe, jede Verhaltensweise, jedes Wort, das er in ihrer Nähe sprach, wurde bemerkt.

Doch sie tat so, als würde sie es nicht wahrnehmen.

Und dann geschah das Unausweichliche.

„Mama", rief Glenna, noch bevor sie die Tür hinter sich geschlossen hatte. „Oh Mama – du wirst nie erraten, was passiert ist! Parker hat mich zum Maisfest eingeladen. Oh, kann ich gehen, Mama? Bitte – bitte, sag ja." Und Glenna hockte sich vor ihre Mutter hin.

„Warte mal –", erwiderte ihre Mutter und lachte. „Worum geht es überhaupt, Kind?"

„Parker. Oh Mama, er ist, er ist einfach göttlich. Und er hat mich zum Maisfest eingeladen. Oh, ich werde, ich werde weinen, wenn du mich nicht gehen lässt."

Mrs. Berdette lächelte. „Nun, ich bin nur dankbar, dass du nicht diese ärgerliche Ausdrucksweise gebraucht hast, du würdest ‚sterben'", erwiderte sie.

„Na ja, das tue ich vielleicht auch", entgegnete sie, worauf ihre Mutter erneut lachte.

„Ach, ich bezweifle, dass etwas so Schreckliches passieren würde", neckte Mrs. Berdette.

„Bitte, kann ich gehen? Es sind genügend Anstandspersonen dabei. Das Fest wird von der Kirche veranstaltet. Bitte, Mama."

Niemand hatte in Louisas Richtung geblickt. Niemand hatte gesehen, wie sie aschfahl geworden war. Niemand bemerkte den Schmerz in ihren Augen.

Leise erhob sie sich und ging zur Tür, während Glenna bettelnd weitersprudelte und ihre Mutter zu überzeugen versuchte, dass sie nicht zu jung war, um in Begleitung zu dem Jugendfest zu gehen.

„Du bist doch noch nicht einmal 15", wandte Mrs. Berdette

ein, aber Louisa hatte den Eindruck, dass ihre Einwände nicht besonders ernst gemeint waren.

„Alle sagen, ich würde mindestens wie 16 aussehen und mich auch so verhalten“, teilte Glenna ihrer Mutter gerade mit, als Louisa sich aus dem Raum schlich.

Louisa hätte das nicht geleugnet. Glenna war tatsächlich sehr reif für ihr Alter. Aber Parker? Parker war schon fast 20. Louisa hatte diese Information seiner kleinen Schwester entlockt. Wollte er tatsächlich mit der kleinen Glenna zu diesem Fest gehen?

Ja. Ja natürlich wollte er das.

Alle Jungen suchten die Aufmerksamkeit ihrer fröhlichen Schwester zu ergattern. Alle Mädchen waren insgeheim neidisch auf sie – und trotzdem mochten sie sie, egal, wie sehr sie sich bemühten, wütend auf sie zu sein. Louisa wusste dies. Glenna war eben – nun, sie war eben Glenna. Sie hatte etwas an sich, das man nicht ablehnen oder missbilligen konnte. So war es schon immer gewesen. So würde es immer sein.

Zorn und Schmerz machten sich in Louisa breit. Einen schrecklichen Augenblick lang wünschte sie, sie wäre Einzelkind, und ihre Mutter hätte sie nicht mit einer kleinen Schwester beglückt. Nicht mit einer Schwester … wie Glenna.

*

„Was soll ich anziehen? Oh, ich weiß nicht, was ich anziehen soll. Das hier oder das? Was meinst du?“

Mama hatte Glenna die Erlaubnis erteilt, das Maisfest zu besuchen. Aufgeregt durchsuchte sie ihren Kleiderschrank und versuchte zu entscheiden, mit welchem Kleid sie Parker beeindrucken könnte.

Louisa beschloss, sich nicht mit hineinziehen zu lassen. Sie vergrub ihre Nase in ihrem Buch und versuchte, den Klang von Glennas Stimme auszublenden.

„Was meinst du?“, fragte Glenna erneut.

Als sie noch immer keine Antwort erhielt, ging sie zu

Louisas Bett hinüber. „Was meinst du, Louisa?“, fragte sie noch einmal.

Louisa konnte sie nicht mehr länger ignorieren. „Woher soll ich das wissen?“, stieß sie gepresst hervor.

Glenna sah sie mit ihren großen Augen verblüfft an.

„Und überhaupt: Was geht das mich an?“ Louisa drehte sich in eine bequemere Lage.

„Aber –“, begann Glenna.

Louisa starrte in ihr Buch.

„Gehst du denn nicht hin?“, fragte Glenna, schockiert über die Erkenntnis, dass Louisa sich nicht auf das Fest vorbereitete.

„Nein!“, erwiderte Louisa.

„Aber Thomas hat dich doch –“

Louisa blickte sie scharf an. Sie fragte sich, woher Glenna von Thomas' Einladung wusste.

„Tatsächlich –?“, fragte sie hochmütig.

„Er wird, er wird verletzt sein“, fuhr Glenna schüchtern fort.

„Und wer hat dich zu Thomas' Vormund bestellt?“, fragte Louisa und richtete sich hoch auf. „Und was geht das dich überhaupt an?“

„Nun, nichts, aber –“

„Dann halt dich da raus“, fuhr Louisa sie an.

Glenna blinzelte. „In Ordnung“, nickte sie schließlich. „Ich wollte nicht neugierig sein. Ich dachte nur –“

„Das brauchst du nicht.“

Glenna entfernte sich vom Bett und zog schweigend das Kleid an, für das sie sich entschieden hatte. Als sie sich das Haar aufsteckte und die widerspenstigen Locken feststeckte, wagte sie es, erneut zu sprechen. „Ich finde Thomas nett“, sagte sie vorsichtig.

„Und warum gehst du dann nicht mit ihm?“, erwiderte Louisa grob.

„Weil Parker mich eingeladen hat“, erwiderte Glenna. Sie sah zu Louisa hinüber. Als sie den Ausdruck auf Louisas Gesicht sah, den die ältere Schwester nicht schnell genug verbergen konnte, brach sie ab.

„Oh Louisa“, rief sie, als ihr die Wahrheit dämmerte. Einen Augenblick lang stand sie schweigend da und betrachtete das Gesicht ihrer älteren Schwester. Dann sagte sie: „Magst du ihn?“

Louisa rang um Fassung. Mit trotzig vorgeschobenem Kinn starrte sie Glenna gleichmütig an. „Was meinst du?“, fragte sie so beiläufig, wie sie konnte.

„Parker? Magst du Parker? Denn wenn du –“

Schon wieder. Glenna, die großzügige Glenna, würde wieder die „Gebende“ sein. Sie würde anbieten, Parker an ihre ältere Schwester abzutreten, um Frieden zu halten, damit diese glücklich war. Es war ein großzügiges Angebot. Das großzügigste, das Glenna je gemacht hatte. Aber selbst wenn sie bereit war, dieses Opfer zu bringen, hatte nicht auch Parker in dieser Angelegenheit ein Wort mitzureden? Wäre er bereit, sich „weiterreichen“ zu lassen? Bestimmt nicht. Nicht an das gewöhnlichste Mädchen in der Schule.

„Sei doch nicht lächerlich“, gab Louisa zurück. „Hast du den Verstand verloren? Ich finde, Jungen sind nichts als blöde Langweiler.“

Glenna atmete auf. „Da bin ich froh“, gestand sie. „Sehr froh. Ich mag ihn nämlich sehr.“

Veränderungen

Der kalte Herbstwind ließ Louisas schlanke Gestalt erzittern. Sie zog ihren langen grauen Mantel enger um sich und beschleunigte ihre Schritte. Nach ihrem Schulabschluss hatte sie eine Arbeitsstelle in der Bücherei angetreten.

Sie war dankbar für die Stelle. Auf diese Weise konnte sie zu ihrem Lebensunterhalt beitragen, der von der Rente ihres Vaters bestritten wurde, die sie von der Bank erhielten, bei der er jahrelang gearbeitet hatte. Und sie hatte Gelegenheit, ihre Tage mit Büchern zu verbringen.

Louisa hatte ihre Liebe zu Büchern nie verloren. Sie fand es schwierig, sich nicht in einem zu vergraben, wenn die Pflicht sie rief, und sie stattdessen wieder ins Regal zu stellen. Aber sie lieh sich zahllose Bücher aus, und abends, wenn sie ihre täglichen Pflichten erledigt hatte, zog sie sich in einem Sessel an das Feuer zurück und vertiefte sich in die Seiten.

Sie wäre ganz zufrieden mit ihrem Leben gewesen, wäre da nicht eine Sorge gewesen, die an ihr nagte. Je älter und reifer sie wurde, desto deutlicher erkannte sie, dass mit ihrer Mutter etwas nicht in Ordnung war. Mrs. Berdette war nicht mehr sie selbst. Seit sie ihren Mann verloren hatten, schien sie ihre alte Stärke nicht mehr wieder gefunden zu haben.

Louisa beobachtete sie aufmerksam, bemerkte ihre zunehmende Lustlosigkeit und mangelnde Energie. Sie wusste, dass ihre Mutter versuchte, ihren Gesundheitszustand vor ihnen zu verbergen. Nie sprach sie darüber, wenn Louisa das Thema anschnitt. „Mir geht es gut", verteidigte sie sich, und dann lachte sie. „Denk daran, ich bin nicht mehr so jung wie früher", fügte sie hinzu.

Aber Louisa wusste, dass das nicht der Grund war. Ihre

Mutter war noch immer jung und nicht annähernd alt genug, um Symptome des Alters zu zeigen.

Auch andere hielten sie nicht für alt. Mr. Mills, der allein stehende Besitzer des Eisenwarenladens, bat sie um die Erlaubnis, sie besuchen zu dürfen, doch seine Bitte wurde rundweg abgelehnt. Mr. Willows, ein verwitweter Farmer, hatte seine handwerklichen Fähigkeiten angeboten, und auch diese wurden zurückgewiesen.

Louisa wusste, dass ihre Mutter noch eine junge, attraktive Frau war. Ihr vorgeschobenes Alter konnte nicht die Ursache für ihre Blässe oder ihre langsamen Bewegungen sein.

Aber Louisa schien nichts tun zu können – außer sich Sorgen zu machen und zu beobachten.

Louisa erreichte die Bibliothek und beschleunigte ihre Schritte. Der eiskalte Wind drang durch ihren warmen Mantel hindurch. Sie musste gegen den Wind ankämpfen, um die Tür zu öffnen. Mit aller Kraft zog sie sie auf und trat schnell ein. Die Tür fiel hinter ihr ins Schloss.

„Du meine Güte, ist das unfreundlich draußen“, stöhnte sie, als sie den Schnee von ihrem Schal schüttelte, den sie um den Kopf geschlungen hatte.

Miss Phillips, die Frau, die mit ihr zusammen die Verantwortung für die Stadtbibliothek trug, sah von den vor ihr liegenden Listen auf.

„Sind Sie zu Fuß gegangen?“, fragte sie zerstreut.

Louisa nickte. Es war viel einfacher zu laufen, als den Wagen anzuspannen.

„Haben Sie schon mal daran gedacht, nach Allsburg zu ziehen?“ Diese Frage verblüffte Louisa. Miss Phillips war normalerweise sehr still und zurückhaltend.

„Ach, du meine Güte, nein“, erwiderte Louisa schnell. „Mama braucht mich.“

„Ich meinte ja nicht Sie allein. Ich meine Ihre Familie“, fuhr die Frau fort. „Ich weiß, dass Ihre Mutter das Land verpachtet hat, aber das Haus muss trotzdem eine Belastung für sie sein.“

Louisa wollte widersprechen. Ihr Vater war kein richtiger Farmer gewesen, obwohl er darauf bestanden hatte, ein Stück

Land am Stadtrand sein Eigen nennen zu können. „Ein Gentleman-Farmer“, hatte er sich scherzhaft genannt. Er hatte darauf beharrt, er brauche ein wenig Ablenkung von seinen Pflichten in der Bank. Körperliche Betätigung. Einen Unterstand für sein Pferdegespann. Aber nun, da ihr Vater tot war, waren die Pferde eher eine Last und keine Hilfe. Weder sie noch ihre Mutter spannten die beiden gern vor den Buggy oder den Wagen. Sie gingen sogar zu Fuß zur Kirche, wenn das Wetter es gestattete, und bei schlechtem Wetter boten die Pringles ihnen freundlicherweise an, sie mitzunehmen.

„Ich bin sicher, Mama würde unser Haus nie aufgeben“, erwiderte Louisa, aber während sie ihre täglichen Pflichten erledigte, setzte sich die Idee bei ihr fest.

Bei dem kalten Wind und dem Schneetreiben wagte sich niemand nach draußen und nur wenige Kunden fanden den Weg in die Bibliothek. Der Tag zog sich endlos in die Länge, bis die ältere Frau Louisa schließlich sagte, sie könne sich ein Buch aussuchen und ein wenig lesen. Von da an verflog die Zeit wie im Fluge. Louisa war traurig, als sich die Arbeitszeit ihrem Ende näherte.

„Meinen Sie nicht, Sie sollten die Nacht in der Stadt bei Freunden verbringen?“, fragte die Frau, als Louisa ihren Mantel zuknöpfte und sich den Schal um den Kopf schlang.

„Oh, das geht nicht. Mama würde sich Sorgen machen. Jemand würde sie benachrichtigen müssen und dann kann ich ja auch gleich diejenige sein, die das tut“, erklärte sie mit einem Lächeln.

Miss Phillips nickte und fügte schnell hinzu: „Nun, ich denke, es ist zu weit, um bei solchem Wetter zu laufen. Sie müssen eine Vereinbarung mit Ihrer Mutter treffen, dass Sie an solchen Tagen in der Stadt bleiben können.“

Dann schien sich Miss Phillips auf die Zunge zu beißen. Sie wandte sich abrupt ab, als hätte sie bereits mehr gesagt, als sie beabsichtigt hatte.

Louisa nickte. Sie würde über ihre Situation nachdenken. Auch Glenna hatte einen langen Schulweg. Vielleicht sollten sie wirklich besser in die Stadt ziehen.

Louisa kämpfte sich durch das Schneetreiben, und als sie das Haus der Berdettes erreichte, wurde es draußen bereits dunkel. Sie war froh, als sie die Tür öffnen und in den warmen Flur eintreten konnte.

„Ich habe mir schon Sorgen gemacht“, begrüßte ihre Mutter sie. „Es ist so stürmisch.“

Louisa erschauderte und fragte: „Ist Glenna schon zu Hause?“

„Parker hat sie hergebracht. Er hat sie von der Schule abgeholt. Er hätte dich ja mitgenommen, aber du kannst ja erst nach Dienstschluss kommen –“

„Das ist schon in Ordnung“, unterbrach Louisa sie. Ganz sicher wäre sie nicht gern mit Glennas Parker durch das Schneetreiben nach Hause gefahren.

Die beiden sahen sich jetzt regelmäßig. Sie galten als Paar – sowohl in der kleinen Kirche als auch in der Stadt. Die Leute hatten schon lange aufgehört, Bemerkungen darüber zu machen, dass Glenna noch viel zu jung sei, um einen Freund zu haben.

Aber obwohl Louisa sich damit abgefunden hatte, dass Parker ihre kleine Schwester liebte, machte ihr noch immer die Tatsache zu schaffen, dass sie selbst ihn sehr attraktiv fand.

„Miss Phillips hat gesagt, ich brauche morgen nicht zu kommen, wenn der Sturm anhält“, erklärte sie ihrer Mutter. „Bei einem solchen Wetter kommt sowieso niemand in die Bibliothek.“

Mrs. Berdette nickte. „Ich habe Tee gemacht“, sagte sie zu Louisa und ging ins Wohnzimmer voraus. Im Kamin brannte ein gemütliches Feuer.

Louisa hielt ihre Hände an die wärmenden Flammen. Erst das warme Haus hatte ihr klargemacht, wie kalt es draußen war.

„Ich muss noch zu den Pferden gehen“, murmelte sie, als sie eine Tasse Tee von ihrer Mutter entgegennahm.

Dann waren auch die Hühner und die beiden Kühe zu versorgen, die von dem Viehbestand ihres Vaters noch übrig geblieben waren.

„Glenna erledigt das bereits“, erwiderte ihre Mutter.

„Glenna?“ Die zarte Glenna wagte sich in den Stall?

„Sie wusste, dass du durchfroren sein würdest“, fuhr Mrs. Berdette fort.

Louisa ging mit ihrem Tee zu einem Sessel. „Mama“, begann sie und strich sich eine Haarsträhne aus dem Gesicht. Normalerweise war ihr Haar so streng zurückgekämmt und festgesteckt, dass nicht eine einzige Haarsträhne es wagte, sich aus ihrem Knoten zu lösen. Doch der starke Wind hatte an ihren Haaren gezerrt. „Miss Phillips hat eine interessante Bemerkung gemacht. Sie meinte, wir sollten vielleicht lieber in die Stadt ziehen.“

Louisa wartete, bis ihre Worte einsanken. Sie erwartete, dass ihre Mutter ihr sofort widersprechen würde. Aber sie schwieg.

Louisa sah von ihrer Teetasse auf. Ihre Mutter rieb die Hände aneinander, als wäre sie sehr aufgewühlt. Schließlich ergriff sie das Wort.

„Ich habe auch schon darüber nachgedacht“, erklärte sie der überraschten Louisa. „Es macht keinen Sinn, dass du und Glenna immer in die Stadt und wieder zurücklaufen, vor allem bei solchem Wetter.“

Louisa starrte ihre Mutter an und traute ihren Ohren kaum.

„Glenna wird im Frühling mit der Schule fertig sein“, fuhr ihre Mutter fort, „und ich habe so eine Ahnung, dass Parker mit der Hochzeit nicht mehr länger warten wird. Die Farm …“

Doch die nächsten Worte hörte Louisa nicht mehr. Sie war schockiert über die ruhige Art, in der ihre Mutter von Glenna gesprochen hatte – der kleinen Glenna. Sie war doch ganz sicher noch nicht bereit zu heiraten. Parkers *Frau*?

Louisa schüttelte den Kopf, um ihn wieder klar zu bekommen. Das Zimmer schien sich um sie zu drehen.

„Bist du in Ordnung?“, hörte sie ihre Mutter fragen.

Louisa riss sich zusammen.

„Mir geht es gut. Alles in Ordnung“, beharrte sie. „Ich – ich dachte nur gerade – ich meine – das hat mich überrascht – dass du von – von Glenna und – ich meine – ich betrachte sie immer noch als – als Kind.“

Ihre Mutter lächelte. „Ich würde sie auch gern so sehen“, meinte sie langsam. „Doch wenn ich Parker in die Augen sehe, dann erkenne ich, wie sehr er sie liebt.“

„Aber sie ist doch erst 17“, argumentierte Louisa und stellte ihre Teetasse ab.

„In ihrem Alter war ich schon verheiratet“, erklärte ihre Mutter leise.

Louisa konnte ihre Verblüffung nicht verbergen. Sie hatte dies gewusst, aber nie zuvor hatte sie das in Bezug gesetzt zu einem tatsächlichen Alter – dem Alter ihrer kleinen Schwester.

Schweigend und tief in Gedanken versunken, blieben sie eine Weile sitzen. Schließlich ergriff Louisa das Wort.

„Dann bleiben also nur noch wir beide übrig“, bemerkte sie.

Mrs. Berdette rührte sich. Sie befeuchtete die Lippen und setzte zum Sprechen an, dann rutschte sie unbehaglich auf ihrem Stuhl hin und her. Furcht überkam Louisa. Hatte ihre Mutter ein Geheimnis vor ihr? Hatte sie, ohne es ihr zu sagen, den Heiratsantrag eines ihrer männlichen Bekannten angenommen?

„Hast du Pläne ohne –?“ Louisa brach ab. Sie stellte das Recht ihrer Mutter, ihre eigenen Entscheidungen zu treffen, in Frage. Es lag mehr als nur Sorge in ihrer Stimme. Es lag auch Zorn darin.

„Nun … nicht richtig. Ich meine, ich habe noch keinen Entschluss gefasst … ich habe nur … nachgedacht.“ Sie bewegte sich erneut, als zögere sie fortzufahren.

„Worüber?“, fragte Louisa.

Ihre Mutter schien Mut zu fassen. Sie atmete tief durch und mied Louisas Blick. „Deine Großmutter hat mich gebeten, bei ihr einzuziehen. Sie ist nicht mehr so kräftig wie früher. Onkel John wäre sehr erleichtert, wenn ich mich dazu bereit erklärte. Er hat mir geraten, unsere kleine Farm zu verkaufen, das Vieh loszuwerden, die Hennen, das Gespann. Er denkt –“

Louisa atmete erleichtert auf. Sie war froh, dass ihre Mutter nicht vorhatte, sich wieder zu verheiraten. Es hätte ihr nicht gefallen, wenn ein anderer Mann den Platz ihres Vaters eingenommen hätte.

„Und was wird mit mir?“, fragte sie schärfer, als beabsichtigt. „Wenn du bei Granna wohnst und Glenna heiratet, wo soll ich hin?“

Das war nicht fair. Die Anklage, dass die beiden sie verließen, hing schwer im Raum, auch wenn sie die Worte nicht direkt ausgesprochen hatte.

„Darum – darum habe ich ja noch keine Entscheidung getroffen“, beeilte sich ihre Mutter zu erklären.

„Also –“, sagte Louisa und erhob sich aus ihrem Sessel. Sie ging zum Kamin und starrte auf das Feuer. „Ich behindere dich also bei deinen Plänen? Ich –“

„Louisa“, sagte ihre Mutter mit einem Schluchzen in der Stimme. „Du behinderst mich doch nicht. Du bist –“

Louisa spürte eine Hand auf ihrem Arm und wusste, dass ihre Mutter dicht neben ihr stand. Sie wusste, in den Augen ihrer Mutter würden Tränen stehen. Na, und wenn schon. Es war nicht fair. Es war nicht fair, dass die beiden planten, ihr Leben zu verändern, und sie – nun, sie konnte sehen, wie sie zurechtkam.

„Louisa“, wiederholte ihre Mutter flehend. „Niemand hat bisher irgendwelche Pläne geschmiedet. Wir müssen darüber reden. Entscheidungen treffen. Wir müssen tun, was das Beste für uns ist – für uns alle.“

Ihre Stimme klang sehr gepresst. Louisa hatte Angst, dass ihre Mutter anfangen könnte zu weinen.

„Ich muss nachdenken“, bemerkte Louisa und löste sich von der Hand ihrer Mutter. Dann ging sie in das Schlafzimmer, das sie noch immer mit Glenna teilte.

Sie war aufgewühlt und wünschte, sie hätte ein eigenes Zimmer. Einen Ort, an dem sie ungestört sein konnte. Wo sie Ruhe hatte. Von ganzem Herzen hoffte sie, Glenna würde nicht mit vom eiskalten Wind geröteten Wangen hereingeplatzt kommen. Sie musste die Kontrolle zurückgewinnen. Aber im Grunde hatte sie die Kontrolle nie gehabt. Nicht wirklich. Sie hatten sie zum Narren gehalten. Sie hatte gedacht, dass sie, da ihr Vater tot war, die Verantwortung für die Familie tragen würde. Aber sie hatten die ganze Zeit Pläne geschmiedet – im

Geheimen. Pläne, in die sie nicht mit einbezogen war. Sie verspürte den Wunsch zu weinen. Die Welt anzuschreien, die sie anscheinend immer nur verletzte.

Aber sie weinte nicht. Sie weigerte sich. Sie lag einfach still und zornig auf ihrem Bett.

Schließlich erhob sie sich und warf ihr Kissen wieder auf das Bett.

„Also gut", sagte sie laut und straffte die Schultern. „Wenn sie mich nicht brauchen – ich brauche sie auch nicht. Sollen sie ruhig ihre Pläne schmieden. Von jetzt an werde ich mein Leben so einrichten, wie es mir passt. Sie können *ihren* Weg gehen – ich werde meinen gehen. Und mir wird es sehr gut gehen – auch ohne sie."

Parker

Das Abendessen verlief schweigsam. Sogar Glenna, die normalerweise fröhlich plauderte, schien die gedrückte Stimmung der beiden anderen am Tisch zu spüren und war ungewöhnlich still und nachdenklich. Louisa hatte eine Entscheidung getroffen. Bis Glenna die Schule beendet hatte, würde alles so weiterlaufen wie bisher, dann würde sie ihren eigenen Weg gehen. Vielleicht konnte Miss Phillips ihr ein Zimmer zur Miete vermitteln. Sie würde es sich sicher von ihrem Lohn leisten können. Sie brauchte ja nicht mehr zum Unterhalt ihrer Familie beizutragen.

Auch Mrs. Berdette schien in Gedanken meilenweit entfernt zu sein. *Was denkt sie?*, überlegte Louisa, aber sie fragte nicht. Sie trug nicht mehr zur Unterhaltung bei als: „Reich mir bitte die Butter."

Obwohl der Sturm auch weiterhin wütete, kam Parker zu Besuch. Louisa hob den Blick von dem Buch, das sie sich aus der Bibliothek mitgebracht hatte. Sie bemerkte Glennas eifrige Begrüßung und Parkers bereitwillige Reaktion. Mit schwerem Herzen wurde ihr klar, dass ihre Mutter vermutlich Recht hatte. Parker würde bestimmt in Kürze um Glennas Hand anhalten.

„Guten Abend", begrüßte Parker sie freundlich.

Louisa war davon überzeugt, dass er keine Ahnung hatte, wie sehr seine Liebenswürdigkeit ihr Herz zum Klopfen brachte.

Sei kein Narr, schimpfte sie sich. *Er ist schließlich Glennas Freund*.

Sie gab sich Mühe, auf seine Kommentare einzugehen, ohne ihre wahren Empfindungen zu verraten, und als sie das Gefühl hatte, sich ausreichend an der Unterhaltung beteiligt zu haben, entschuldigte sie sich.

„Oh, geh doch nicht. Bleib hier. Wir können uns doch alle miteinander unterhalten", lud Glenna sie ein.

Louisa deutete auf das Buch in ihrer Hand. „Ich bin gerade an einer sehr spannenden Stelle." Sie brachte ein halbherziges Lächeln zu Stande. „Ich fürchte, ich kann nicht erwarten zu erfahren, wie es ausgeht."

„Aber wir wollten dich nicht vom warmen Feuer vertreiben", sagte Parker. „Glenna und ich gehen gern in die Küche, wenn –"

„Nein. Nein, das ist nicht nötig. Ich habe einen warmen Bademantel – und Pantoffel. Ich werde das Feuer nicht vermissen."

Damit eilte Louisa aus dem Raum, bevor sie noch weiter in sie dringen konnten.

„Ich denke, ich gehe heute früh schlafen", hörte sie ihre Mutter sagen. „Es ist ein langer Tag gewesen. Ich bin ziemlich müde."

Louisa blieb stehen. Sie war nicht sicher, ob sie das junge Mädchen und ihren Freund allein im Wohnzimmer lassen konnte.

„Ich werde nicht lange bleiben", versicherte Parker.

Louisa eilte den Flur entlang.

Das Buch hatte seine Faszination verloren. Sie überflog die Seiten und verstand kaum, was sie las. Schließlich warf sie es beiseite und traf Vorbereitungen, zu Bett zu gehen. Doch bevor sie zwischen die behaglichen Flanellbetttücher schlüpfen konnte, hörte sie Glenna den Flur entlangkommen.

Als diese das Zimmer betrat, sah sie Louisa an. „Soll ich das Feuer ausmachen?", fragte sie.

Das war immer Louisas Aufgabe gewesen.

„Ist Parker bereits gegangen?", fragte Louisa statt einer Antwort.

„Er hielt es für das Beste", erwiderte Glenna und erläuterte: „Er hat immer Angst um meinen Ruf. Er ist so süß."

Louisa schwieg.

„Also, soll ich jetzt das Feuer ausmachen?", wiederholte Glenna ihre Frage.

„Nein, ich mache das“, erwiderte Louisa und steckte die Füße erneut in ihre Pantoffeln. Sie band sich ihren Morgenmantel zu.

„Mama schläft bereits. Ich habe in ihr Zimmer gesehen“, bemerkte Glenna.

Louisa sah auf. Sie nickte.

„Louisa, stimmt mit Mama etwas nicht?“

Louisa blickte ihre jüngere Schwester gleichmütig an. „Warum fragst du?“

„Nun … ich – ich weiß nicht. Sie wirkt irgendwie – besorgt. Beunruhigt.“

„Ich schätze, sie hat viel zu bedenken“, erwiderte Louisa, während sie zur Tür ging.

„Was denn zum Beispiel?“, fragte Glenna offen.

Louisa wandte sich zu ihr um. Auf keinen Fall würde sie Glenna sagen, dass ihre Mutter damit rechnete, dass Parker Glenna schon bald einen Heiratsantrag machen würde. Auch wollte sie nicht verraten, dass sie vorhatte, sich so bald wie möglich ein eigenes Zimmer zu nehmen. Stattdessen erklärte sie: „Granna geht es nicht so besonders gut. Onkel John meint, Mama solle bei ihr einziehen.“

Glenna starrte sie an. „Und warum weiß ich davon nichts?“

„Ich wusste auch nichts davon“, schoss Louisa zurück. „Bis heute Abend. Mama hat es mir erzählt, kurz bevor du vom Füttern hereingekommen bist.“

„Deshalb die gedrückte Stimmung“, überlegte Glenna.

Louisa nickte.

„Und wir sollen allein hier bleiben?“, fuhr Glenna fort.

„Nein. Nein, die Farm soll verkauft werden.“

„Verkauft?“, echote Glenna ungläubig.

Louisa nickte.

„Aber sie war doch – sie war doch Papas Stolz. Er –“

„Das ist eine gute Idee“, sagte Louisa. „Es ist lächerlich, dass wir Kühe, Hühner und zwei Pferde haben, die wir gar nicht brauchen.“

Sie ging weiter zur Tür.

Erneut hielt Glenna sie auf. „Und wir alle sollen bei Granna wohnen?“

„Bitte, Glenna“, stöhnte Louisa. „Ich habe keine Ahnung. Ich weiß nicht einmal, was Mama zu tun beschließt. Das wird sich zeigen, wenn die Zeit gekommen ist.“

Glenna sah aus, als würde sie jeden Augenblick in Tränen ausbrechen. Sie senkte schnell den Kopf, und als Louisa zurücksah, biss sie sich auf die Lippen und blinzelte mit ihren langen Augenwimpern.

„Ich hasse Veränderungen“, flüsterte sie. „Ich hasse das. Das ist alles so – so beunruhigend.“

Louisa wandte sich ab.

Du hast keine Ahnung, wie beunruhigend es sein wird, dachte sie bei sich. *Aber du bist hier die Glückliche.*

*

Parker kam mindestens dreimal pro Woche zu Besuch. Während der Wintermonate bis in den Frühling hinein erschien er mit dem Hut in der Hand vor ihrer Tür. Und dreimal pro Woche entschuldigte sich Louisa und verschwand zum Nähen in der Küche oder zum Lesen in ihrem Schlafzimmer.

Da sie nun wusste, dass das, was ihre Mutter gesagt hatte, tatsächlich zutraf, hatte der Schmerz ein wenig nachgelassen. Parker würde in Kürze Glennas Ehemann werden. Louisa gab sich Mühe, den jungen Mann so zu sehen.

Aber er bereitete ihr dennoch unwissentlich Kummer. Zum Beispiel brachte er ihr einmal einen Strauß einfacher Frühlingslilien mit. Und ein anderes Mal kam er mit einem mit Spitzen besetzten Taschentuch für sie von einer Reise zurück.

„Ich dachte, du hättest vielleicht alle anderen schon verloren“, neckte er sie in Anspielung auf ihre erste Begegnung.

Louisa errötete.

Auch ihrer Mutter erwies er kleine Gefälligkeiten. Er nahm sie und Glenna zu einem Sonntagsausflug mit. Er hatte auch Louisa eingeladen, aber diese war unter einem Vorwand zu Hause geblieben.

Und er brachte Pralinen und bunte Baumwollfäden für Stickarbeiten mit, und sogar kleine Witze und nette Geschichten, die er aus Zeitungen ausgeschnitten hatte. Mrs. Berdette konnte wirklich keinen Fehler an Parker Oliver entdecken.

„Es wäre mir ein Vergnügen, meine drei Lieblingsdamen nächsten Samstagabend zum Abendessen auszuführen", verkündete Parker an einem Donnerstagabend, als er sich gerade verabschieden wollte.

Glenna errötete vor Vergnügen. Tiefen Grübchen zeigten sich in ihren Wangen.

Mrs. Berdette sah von ihrer Näharbeit auf. Ihre Augen begannen zu funkeln. „Das wäre sehr nett. Vielen Dank", erwiderte sie.

Parker wandte sich an Louisa.

„Ich – ich bin nicht sicher. Vielleicht –"

„Bitte", Parker verblüffte sie mit seinem Bitten. „Ich fände es so schön, wenn es ein Familienessen sein könnte."

Und du hast die Absicht, unsere Familie auseinander zu reißen, war die unausgesprochene Erwiderung.

„Bitte, Louisa", flehte nun auch Glenna. Sie trat neben sie und legte den Arm um ihre Taille. „Bitte – dieses eine Mal."

„Ich werde … sehen", erwiderte Louisa.

Das war fast die Zusage, dass sie mitkommen würde.

*

So sehr sie auch hin und her überlegte, Louisa fand keinen Vorwand, die Familie nicht zum Abendessen in das Hotel am Ort zu begleiten. Einerseits freute sie sich auf den Abend, andererseits fürchtete sie sich aber auch davor.

Er wird bei Mama um Glennas Hand anhalten, ich weiß es einfach, redete sie sich ein. *Im nächsten Monat beendet Glenna die Schule.*

Um Punkt sechs Uhr, der vereinbarten Zeit, fuhr Parker mit seinem Buggy vor dem Haus vor, und die drei Damen standen an der Tür bereit, um ihn zu begrüßen. Er ließ seinen Blick über sie gleiten.

„Ihr seht wunderschön aus“, sagte er aufrichtig und mit dieser Bemerkung war nicht nur Glenna gemeint. „Heute Abend werden mich alle Herren in der Stadt beneiden.“

Glenna lächelte ihre Mutter und Schwester an und nahm Parkers dargebotenen Arm. „Du machst dich über uns lustig“, lachte sie, „aber es gefällt uns trotzdem.“

Er half den Damen umsichtig in den Buggy und fuhr los. Trotz ihrer düsteren Stimmung stellte Louisa fest, dass ihr die Fahrt in die Stadt Spaß machte.

Von dem Oberkellner des Hotels wurden sie in den Speisesaal zu einem Tisch geleitet, der mit einem feinen Leinentischtuch und glänzendem Silberbesteck gedeckt war.

„Du meine Güte“, rief Mrs. Berdette erstaunt aus, „ich wusste gar nicht, dass es in unserer Stadt so ein elegantes Restaurant gibt! Es ist Jahre her, dass ich an einem solchen Tisch gesessen habe.“

Parker verschwieg natürlich, dass er mit dem Hotel seines Vaters besondere Vereinbarungen getroffen hatte.

Mit jedem Gang wurden Louisas Augen größer. *Wie viel Mühe er sich gemacht hat, um die Familie seiner zukünftigen Frau zu beeindrucken, bevor er ihr einen Heiratsantrag macht*, dachte sie bei sich. *Nun, mich wird das kaum beeindrucken.*

Und sie wappnete sich innerlich für das, was sicherlich kommen würde.

Doch der Abend verlief, ohne dass die bevorstehenden Hochzeitspläne angesprochen wurden. Parker bezog alle drei Damen in seine lebhafte Unterhaltung mit ein. Mit seinen amüsanten Geschichten und gutmütigen Kommentaren brachte er sie zum Lachen.

Der Abend verging viel schneller, als es ihnen lieb war. Bevor sie wusste, wie ihr geschah, wurde Louisa aus dem Speisesaal mit seinen Kerzen und den Spiegeln geleitet.

„Es war ein sehr schöner Abend“, bedankte sich Mrs. Berdette aufrichtig.

„Das müssen wir unbedingt wiederholen“, sagte Parker. „Bald.“

Also wird er warten, bis wir nach Hause kommen, bevor er

über seine Absichten spricht?, dachte Louisa. *Das ist wirklich nicht sehr fair von ihm. Was sollen wir denn sagen, nachdem er uns mit Kalbsschnitzel und frischem Pfirsichkuchen gefüttert hat?*

Aber Parker kam nicht einmal mit ins Haus, obwohl Glenna ihn dazu einlud. „Kommst du nicht noch mit herein?", fragte sie freundlich, als er sich an der Tür verabschieden wollte.

„Nein, nicht heute Abend", antwortete er. „Ich werde dich morgen früh zum Gottesdienst abholen."

Sie bedankten sich bei ihm und gingen ins Wohnzimmer, nachdem sich Parker verabschiedet hatte.

„Was für ein netter junger Mann", rief ihre Mutter, während sie die Handschuhe auszog.

„Ist er nicht wundervoll?", fragte Glenna. „Ich bin so – so gesegnet."

Louisa runzelte die Stirn und ging zum Kamin, um das Feuer zu schüren. Die Flamme war ausgegangen, aber an den Abenden war es mittlerweile so warm, dass sie es nicht mehr unbedingt brauchten. Sie hatte nicht die Absicht, es noch einmal neu anzuzünden. Trotzdem stocherte sie darin herum. Und während sie das tat, dachte sie nach. Was hatte es mit dem Abend auf sich gehabt? Natürlich war er sehr schön gewesen. Ein besonderer Leckerbissen für drei Damen, die nur selten ausgingen. Aber was hatte Parker damit bezwecken wollen?

Sie schüttelte noch immer verwirrt den Kopf, als sie in ihr Zimmer ging, um ihr bestes Kleid gegen ihren Morgenrock zu tauschen.

Kleines Mädchen, sagte sie innerlich zu ihrer kleinen Schwester, *du bist weit mehr gesegnet, als du ahnst.*

*

Endlich sollte die Frage gestellt werden. Parker beschloss, mit Mrs. Berdette unter vier Augen zu reden, bevor er mit Glenna zu einem besonderen Abendessen ausging. Louisa wurde in das Geheimnis eingeweiht, doch Glenna hatte keine Ahnung.

„Sie denkt, es handle sich um ein Geburtstagsessen", vertraute Mrs. Berdette Louisa an, und sie strahlte bei dem Gedanken an die Überraschung, die auf ihre jüngste Tochter wartete.

Louisa warf den Kopf in den Nacken. „Sie wird doch bestimmt nicht so dumm sein", rief sie. „Alle anderen in der Stadt haben das schon seit Monaten kommen sehen."

„Glenna ist noch so süß naiv", gestand ihre Mutter ein.

Louisa ignorierte die Bemerkung. „Und wie lange ist er bereit zu warten?", fragte sie ihre Mutter.

„Nicht mehr lange, fürchte ich. Er möchte im August heiraten."

„Schon im August! Da haben wir ja kaum Zeit für die Vorbereitungen", protestierte Louisa.

„Es wird genügen", widersprach ihre Mutter.

„Warum muss alles so schnell gehen?", fragte Louisa.

„Er hat vor, im August mit dem Studium zu beginnen."

„Mit dem Studium? Was für ein Studium?"

„Das weißt du nicht? Ich dachte, alle wüssten das. Er will Arzt werden."

Louisa starrte sie mit offenem Mund an. Warum hatte ihr das niemand gesagt? Nicht einmal Glenna hatte ein Wort über seine Pläne verloren.

„Du wusstest das nicht?", wiederholte Mrs. Berdette ihre Frage.

„Nein, nein, ich hatte keine Ahnung", erwiderte Louisa. Dann fügte sie schnell hinzu: „Wusste Glenna davon?"

Mrs. Berdette sah von ihrer Näharbeit auf. Die Nadel mit dem Faden kam zum Stillstand. „Natürlich", antwortete sie. „Aber ich glaube, Glenna ist davon ausgegangen, dass er seine Ausbildung zuerst zu Ende bringen wird, bevor er eine Heirat in Betracht zieht."

„Und warum macht er das nicht?", fragte Louisa spitz.

„Das Studium wird er in einer anderen Stadt beginnen. An unserer kleinen Universität hier in Allsburg kann man nicht Medizin studieren."

„Weggehen?" Dieser Gedanke gefiel Louisa überhaupt

nicht. „Warum geht er nicht allein und lässt Glenna hier, bis er fertig ist?“

Eine Weile ließ Mrs. Berdette die Frage unbeantwortet. Schließlich ergriff sie das Wort. „Glenna ist ein sehr schönes Mädchen“, erklärte sie aufrichtig. „Ich glaube nicht, dass ein Mann riskieren möchte, zu lange zu warten.“

„Nur weil sie – weil sie schön ist, heißt das doch nicht, dass sie wankelmütig ist“, erwiderte Louisa scharf.

„Wankelmütig? Glenna?“ Mrs. Berdette lachte leise. „Glenna würde nicht wankelmütig werden, und wenn sie es sich noch so vornehmen würde“, erwiderte sie. Dann fuhr sie fort: „Ich habe Gott immer dafür gedankt, dass sie nicht verwöhnt wurde. Bei all der Aufmerksamkeit, die sie unablässig bekommen hat – sie ließ sich das einfach nicht zu Kopf steigen. Ich habe gebetet und gebetet, Gott um Weisheit bei ihrer Erziehung gebeten, habe ihn gebeten, ihr Herz rein zu halten und sie vor Hochmut zu bewahren.“

In ihren Augen schimmerten ungeweinte Tränen. „Nun, er hat mein Gebet erhört“, fuhr sie fort. „Im Übermaß. Ich habe nie einen freundlicheren, großzügigeren Menschen erlebt. Ihr Vater wäre so stolz auf sein kleines Mädchen.“

Louisa rutschte nervös auf ihrem Stuhl hin und her. Diese Lobeshymne auf Glenna war ihr unangenehm. Alles, was ihrer Mutter an Glenna so gefiel, hatte Louisa nicht, das wusste sie. Kein Wunder, dass ihre Mutter Glenna immer bevorzugt hatte.

Ja, es stimmte. Louisa hatte es sich nie bewusst gemacht. Aber ihre Mutter bevorzugte ganz eindeutig ihre jüngere Tochter.

„Wie wirst du je ohne sie klarkommen?“, fragte sie sarkastisch.

Mrs. Berdette sah auf. „Ich werde nicht ohne sie auskommen müssen“, erwiderte sie einfach. „Sie wird immer meine Tochter sein. Stattdessen werde ich nun endlich mit einem Sohn gesegnet.“

„Phhh!“, schnaubte Louisa. „Wir werden sehen.“ Bei diesen Worten erhob sie sich und floh aus dem Zimmer.

Das Leben geht weiter

Der Morgen des zehnten August brach klar und sonnig an. *Glennas Hochzeitstag*, das war der erste Gedanke, der Louisa überfiel, als sie die Augen öffnete.

„Mama hat dafür gebetet, dass heute schönes Wetter ist", verkündete eine aufgeregte Stimme auf der anderen Seite des Raumes.

Glenna stand am geöffneten Fenster. Ihr langes dunkles Haar fiel ihr offen über die Schulter, ihre Hand hielt den Vorhang zurück.

„Du nicht?", murmelte Louisa.

„Oh nein", erwiderte Glenna und wandte sich halb um. „Ich hätte es nicht gewagt, so – so selbstsüchtig zu sein. Gott hat mir bereits so viel geschenkt."

„Dann solltest du wohl für Mamas Gebete dankbar sein", gab Louisa zurück und schwang die Füße über die Bettkante in die Pantoffeln.

Glenna seufzte nur und ließ den Vorhang los.

„Louisa –", begann sie.

Ihre Schwester sah sie nicht an. Sie ging zu ihrer gemeinsamen Kommode, nahm die Bürste und begann ihr Haar zu bürsten.

Im Spiegel konnte sie ihre Schwester sehen. Diese betrachtete lächelnd den Ring an ihrem Finger.

„Ich bin so – gesegnet", sagte sie schließlich, aber Louisa wusste nicht, ob sie zu ihr oder zu sich selbst sprach. „So gesegnet. Stell dir vor, ich heirate den meistbegehrten jungen Mann in der Stadt."

Sie hob den Kopf, und jetzt sprach sie eindeutig zu Louisa.

„Er ist so – so wundervoll. Alles an ihm ist so wundervoll. Ich – ich fühle mich wie – Aschenputtel."

„Nun, meine Prinzessin“, bemerkte Louisa trocken, „wenn du jetzt nicht aus deinem Nachthemd schlüpfst und in das neue Kleid steigst, wirst du den Ball verpassen.“

Glenna kicherte. „Oh Louisa“, rief sie, „ich werde deinen verrückten Sinn für Humor vermissen!“

Bei diesen Worten rannte Glenna zu ihrer älteren Schwester und umarmte sie.

Das Ganze kam vollkommen unerwartet für Louisa. Gewöhnlich zeigten sie sich ihre Gefühle nicht so offen. Es blieb ihr nichts anderes übrig, als ihre Schwester ebenfalls zu umarmen, und als sie die Arme um das jüngere Mädchen legte, wurde ihr plötzlich klar, dass auch sie Glenna vermissen würde.

Wer würde sie mit seinen Geschichten von Missgeschicken in der Schule zum Lachen bringen? Wer würde jede ihrer Stimmungen spüren und mit Liebe und Verständnis darauf reagieren?

Louisa kämpfte gegen die Tränen an, dann ließ sie Glenna los und stieß sie zurück. „Ich werde das Kaffeewasser aufsetzen“, sagte sie ungeduldig. „Du ziehst dich jetzt besser an. Wir haben heute viel zu tun.“

Mrs. Berdette war bereits in der Küche, da das Hochzeitsessen nach dem Traugottesdienst noch vorbereitet werden musste. Louisa wusste, sie drei würden den ganzen Vormittag herumhetzen, um alles zu schaffen.

„Ist Glenna schon wach?“, fragte ihre Mutter.

„Wach – und einer Ohnmacht nahe“, erwiderte Louisa, ohne ihre Mutter anzusehen.

„Kein Wunder“, erwiderte Mrs. Berdette. Am Klang ihrer Stimme merkte Louisa, dass sie lächelte.

„Die beiden werden ein schönes Paar sein“, fuhr ihre Mutter fort. „Sie ist so hübsch und er so gut aussehend. Sie werden sehr glücklich miteinander werden.“

„Ich wusste nicht, dass das Glück zweier Menschen von ihrem Aussehen abhängt“, murmelte Louisa, während sie den Kaffeetopf aufsetzte.

Mrs. Berdette sah schnell auf. „Ach, Louisa“, sagte sie mit

einem Hauch von Ungeduld in der Stimme. „Das habe ich so nicht gemeint, und das weißt du auch."

Louisa schwieg eine Weile. Sie holte das Brot, um Toast zu machen. „Trotzdem", sagte sie zu ihrer Mutter, „es liegt ein Körnchen Wahrheit darin. Es war Glennas ‚hübsches Aussehen', das ihr den begehrtesten Mann in der Stadt verschafft hat. Und ich wage zu sagen, dass es sein gutes Aussehen war, das ihre Aufmerksamkeit auf sich gezogen hat."

Sie bemerkte den Ausdruck auf dem Gesicht ihrer Mutter und wünschte, dass sie ihre Worte zurücknehmen könnte, doch sie war ehrlich genug, es nicht zu tun.

„Aber es –", begann Mrs. Berdette.

„Es scheint nicht fair zu sein", fuhr Louisa fort. „Was ist mit uns gewöhnlichen Menschen? Welche Chance haben wir?"

„Du bist alles andere als gewöhnlich, Liebes", antwortete ihre Mutter.

Aber diese Bemerkung beantwortete Louisas Frage nicht wirklich. Sie war gewöhnlich, und das wusste sie auch. Nur eine Mutter würde dieser Tatsache widersprechen.

Louisa wollte gerade zu einer Erwiderung ansetzen, als die Braut, wie üblich energiegeladen und strahlend lächelnd, in die Küche platzte.

„Mama", rief sie, noch bevor sie durch die Tür trat, „vielen Dank für deine Gebete. Sieh dir nur diesen herrlichen Tag an."

Mrs. Berdette stellte die Pfanne ab und wollte ihre jüngere Tochter in die Arme nehmen.

Louisa wandte sich wieder dem Toasten des Brotes zu.

*

Selbst Louisa musste zugeben, dass es eine wunderschöne Hochzeit war. Glenna strahlte und sah noch hübscher aus als je zuvor und Louisa hörte viele bestätigende Kommentare von den anwesenden Gästen. „Und auch so freundlich", fügten die Leute sehr oft hinzu.

„Und er sieht so gut aus. Sie sind wirklich ein hübsches Paar, nicht wahr?"

Louisa entfernte sich von den Stimmen. Ihre Gedanken überschlugen sich. Es schien nicht fair zu sein, dass das, was einem im Leben zustieß, vom eigenen Aussehen bestimmt wurde. Glenna hatte Parker erobert. Doch hatte nicht sie, Louisa, ihn zuerst gesehen? Hatte er ihr nicht lächelnd das heruntergefallene Taschentuch gereicht? Aber er hätte ihr nie einen zweiten Blick geschenkt, dessen war sie sicher. Sie war nicht so hübsch wie Glenna.

Sie zuckte die Achseln und sah nach, ob auf den Tischen alles in Ordnung war. Das Essen schien sich in Luft aufzulösen, während die lange Reihe von Gästen an den Tischen vorüberging und die Teller füllte.

Ohne nachzudenken, griff Louisa nach ihrem Knoten, um sich zu vergewissern, dass alle Haare festgesteckt waren. Sie war froh, dass sie nicht nachgegeben und ihn nicht etwas lockerer und weicher gesteckt hatte. Dies hätte bedeutet, der Gesellschaft „nachzugeben“. Es wäre ein Versuch gewesen, „hübsch“ auszusehen, um ihren Ansprüchen zu genügen. Sie hatte jedoch nicht die Absicht nachzugeben. Sie würde gegen das ungerechte System ankämpfen, bis sie starb.

⁂

Louisa war nicht klar gewesen, wie sehr sie Glenna vermissen würde. Sie hatte erwartet, dass ihre Mutter traurig wäre. Aber Mama wirkte ausgesprochen fröhlich, so als habe sie beschlossen, das Leben müsse weitergehen. Sie schien nicht vorzuhaben, sich durch die Veränderungen allzu sehr beeinträchtigen zu lassen.

Louisa dachte an ihr Gespräch zurück. Es standen noch weitere Veränderungen an, das wusste sie. Bestimmt hatte ihre Mutter die Idee, bei Granna einzuziehen, noch nicht aufgegeben.

Louisa beschloss, den ersten Schritt zu tun. Sie würde sich nicht mehr länger von den Entscheidungen anderer abhängig machen.

Aus diesem Grund zog sie in der Stadt diskret Erkundigungen ein. Von ihrem geringen Lohn konnte sie sich nicht viel leisten. Na ja, daran war nun einmal nichts zu ändern. Sie würde eben einfach weitersuchen, bis sie etwas Preiswertes fand. Bestimmt gab es etwas – irgendwo.

Sie war über die ganze Suche bereits sehr entmutigt, als Miss Phillips von einer Mrs. Cray erzählte, die ein Zimmer zu vermieten hatte. „Es ist klein, aber hübsch. Sie können die Mahlzeiten mit der Familie zusammen einnehmen oder Mrs. Cray schickt sie Ihnen aufs Zimmer“, erklärte ihre Kollegin. „Ganz wie Sie wünschen.“

Louisa war von diesem Vorschlag begeistert und machte sich auf den Weg, um sich das Zimmer anzusehen.

Sehr zu ihrer Freude lag die Miete im Bereich dessen, was sie sich leisten konnte. Nachdem sie ihre Entscheidung gefällt hatte, legte sie auch die Miete für den ersten Monat auf den Tisch.

„Ich werde am Wochenende einziehen“, teilte sie der Vermieterin mit und eilte zur Bibliothek zurück, um Miss Phillips für den Tipp zu danken.

An diesem Abend verlief ihr Heimweg sehr nachdenklich. Louisa war froh, dass sie die Initiative ergriffen und ein Zimmer gefunden hatte, schämte sich aber dennoch ein wenig über die Art und Weise, wie sie vorgegangen war. Sie hätte zuerst mit ihrer Mutter sprechen sollen. Sie hätte ihr von ihren Plänen erzählen sollen. Jetzt würde sie ihre Mutter vor vollendete Tatsachen stellen müssen. Das war nicht klug gewesen und auch nicht fair.

Louisa fürchtete sich vor der bevorstehenden Auseinandersetzung. *Aber darum ging es doch. Ich wollte Mama „zeigen“, dass sie mein Leben nicht beherrscht.* Und der Gedanke, dass Glenna so etwas niemals gemacht hätte, steigerte ihre Schuldgefühle noch zusätzlich.

Bei dem Gedanken an Glennas rücksichtsvolles Verhalten und ihre Umsicht versteifte sich Louisa.

Also gut, ich bin nicht Glenna, zischte sie. Glenna war niemals selbstsüchtig, weil sie das nicht zu sein brauchte. Sie bekam immer alles, was sie wollte, allein auf Grund ihres guten Aussehens. Und was bekam sie für ihr gutes Aussehen? Nichts. Sie war einfach nur geboren worden – was für ein Glück.

Und so war Louisa durchaus nicht nachsichtig gestimmt, als sie das Haus betrat.

Sie nahm sich nicht die Zeit, ein wenig mit ihrer Mutter zu plaudern, sondern eilte sofort in ihr Zimmer, um die Sachen, die sie in der Bibliothek trug, gegen alte Kleider zu tauschen, die sie immer für die Arbeit im Stall anzog. Sie wollte diese Arbeit so schnell wie möglich hinter sich bringen. Und bald wäre sie diese lästige Aufgabe ganz los, dachte sie dankbar. Ein anderer würde sich um die Pferde, Kühe und Hühner kümmern müssen.

Während sie Heu und Getreide austeilte, fiel ihr ein, dass noch gar nichts entschieden worden war. Die Farm war noch nicht verkauft. Na und, was ging sie das an? Das war nicht ihre Verantwortung. Sollte ihre Mutter sich doch darum kümmern. Schließlich war es Mama gewesen, die darüber nachgedacht hatte, bei Granna einzuziehen.

Das Abendessen begann schweigend. Mrs. Berdette schien die finstere Stimmung ihrer Tochter zu spüren und versuchte nicht, ihr ein Gespräch aufzuzwingen. Mit grimmiger Entschlossenheit platzte Louisa schließlich mit ihrer Neuigkeit heraus. Sie versuchte gar nicht erst, den Schlag abzumildern, suchte keine sanfte Einleitung zum Thema. Sie schleuderte ihrer Mutter die Tatsache einfach entgegen.

„Ich ziehe aus."

Mrs. Berdette sah verblüfft auf.

Louisa redete weiter und versuchte, alles so schnell wie möglich hinter sich zu bringen.

„Miss Phillips kennt eine Frau, die ein Zimmer vermietet. Ich habe es genommen."

Noch immer sagte Mrs. Berdette kein Wort.

„Ich werde am Wochenende einziehen", fuhr Louisa fort.

Ihre Mutter senkte den Blick. „Ich … verstehe", brachte sie leise heraus.

„Nun, du hast gesagt, du hättest vor, bei Granna einzuziehen", schleuderte Louisa ihr entgegen.

„Ich bin gefragt worden … ja", erwiderte ihre Mutter noch immer leise.

„Ich habe es satt, die Pferde zu füttern – die Kühe – und – die Hühner. Wenn ich abends nach Hause komme, bin ich müde. Es ist ein weiter Weg in die Stadt, und –"

„Ja", sagte ihre Mutter, „es ist schwer für dich."

Erneut schwiegen sie.

„Dieses Wochenende?", fragte ihre Mutter.

Louisa nickte.

„Brauchst du Möbel?"

„Nein, es ist möbliert."

Erneut Stille.

„Wirst du dort auch verpflegt?"

„Ich bekomme die Mahlzeiten auf mein Zimmer. Mir war das lieber, als mit der Familie zusammen zu essen."

Ihre Mutter nickte und schob die Erbsen auf ihrem Teller herum. „Ich werde dich vermissen", sagte sie schließlich. „Du bist immer – ich habe mich immer auf dich verlassen." Sie sah hoch und brachte ein Lächeln zu Stande.

Louisa unterdrückte die Tränen und die Worte, die, wie sie wusste, ganz falsch herauskommen würden, falls sie sie laut aussprechen würde. *Deine „Verlässliche"? Glenna war deine Hübsche – deine Nette. Ich war deine Verlässliche. Soll das ein Kompliment sein? Falls das so ist, dann fürchte ich, verstehe ich es nicht. In meinen Ohren klingt das wie ein alter Schuh – ein zerschlissener Lieblingssessel.*

Louisa schob den Teller zurück. „Ich bin sehr müde", sagte sie. „Ich denke, ich gehe zu Bett."

Ihre Mutter nickte nur, doch bevor Louisa sich abgewand hatte, bemerkte sie noch die Tränen in den Augen ihrer Mutter.

⁂

Danach ging alles sehr schnell. Innerhalb von wenigen Tagen waren die Pferde verkauft worden. Onkel John nahm die beiden Kühe auf seine Farm. Die Hühner wurden in eine Kiste gepackt und zum Markt geschickt. Plötzlich gab es für Louisa keine Arbeit mehr, wenn sie abends nach Hause kam.

Ihre Mutter gab ihr Zeit, ihre Sachen und Haushaltsgegenstände wie Bettwäsche und Handtücher zusammenzupacken. Sie stapelten sie auf Glennas leerem Bett in Louisas kleinem Zimmer.

Die Fürsorge ihrer Mutter verärgerte Louisa. Da diese um sie herumwuselte, dies holte und ihr jenes zeigte, hatte sie das Gefühl, ihre Unabhängigkeit wieder zu verlieren. Der Umzug war nicht mehr „ihr Umzug", solange ihre Mutter dafür sorgte, dass alles problemlos über die Bühne ging.

„Mama, ich wünschte wirklich, du würdest nicht einen solchen Aufstand machen", stöhnte sie. „Ich kann meine Sachen doch selbst zusammenpacken."

„Natürlich kannst du das", erwiderte ihre Mutter, „doch es macht mir Spaß, dir zu helfen."

„Aber –", protestierte Louisa.

Ihre Bitte, in Ruhe gelassen zu werden, schien auf taube Ohren zu stoßen.

„Wann wirst du deine Sachen packen?", fragte Louisa.

„Mach dir keine Sorgen um mich. Ich habe noch viel Zeit. Ich werde die Farm im Frühling verkaufen."

„Im Frühling? Was willst du denn im Winter machen?"

„Ich werde hier bleiben."

„Aber du kannst doch nicht –"

„Unsinn. Ich bin doch auch früher schon alleine gewesen."

„Aber, Mama –"

„Jetzt mach dir keine Sorgen um mich. Ich brauche ein wenig Zeit. Ich will nichts überstürzen. Jetzt habe ich den ganzen Winter Zeit zu überlegen, was ich behalten und was ich verkaufen will. Ich brauche diese Zeit. Ich bin so dankbar, dass ich mich jetzt nicht mehr um die Tiere kümmern muss. Wir hätten das schon vor langer Zeit machen sollen. Das hätte dir die ganze Arbeit und Mühe erspart. Ich weiß nicht, warum ich das so lange aufgeschoben habe – aber du weißt ja, dass ich immer schrecklich lange brauche, um einen Entschluss zu fällen. Dein Papa war derjenige, der die Entscheidungen traf."

Louisa gefiel die Situation nicht, aber die Würfel waren, wie es schien, gefallen.

Ein neues Zuhause

„Mrs. Cray ist eine gute Köchin“, erzählte Louisa Miss Phillips, während die beiden die Bücher auf das Regal in der Bibliothek stellten.

Miss Phillips sah auf und schob ihre Brille auf ihre Nase. Sie antwortete nicht, und Louisa fragte sich einen Augenblick lang, ob ihre Kollegin sie gehört und ihre Bemerkung verstanden hatte.

„Sie ist eine gute Köchin“, wiederholte Louisa. „Sie schickt mir jeden Abend einen Teller voller Essen auf mein Zimmer.“

Miss Phillips nickte.

„Ich frühstücke nicht viel“, fügte Louisa hinzu. „Morgens esse ich nur Toast und Marmelade. Sie besteht aber darauf, ich sollte eine schöne Schüssel Porridge essen, aber ich –“

Louisa brach ab. Es war ungewöhnlich für sie, so viel zu erzählen. Sie und Miss Phillips sagten nur selten mehr als „Guten Morgen“ und „Auf Wiedersehen“. Louisa spürte, wie sie vor Verlegenheit errötete. Sie wandte sich von der älteren Frau ab, um ihr zu zeigen, dass sie nicht die Absicht hatte, sie mit weiteren Bemerkungen noch mehr zu langweilen.

Zu Louisas Erstaunen setzte die Frau die Unterhaltung jedoch fort. „Das ist gut. Es ist schön, wenn man das Abendessen serviert bekommt. Ich – ich fürchte, ich bin keine gute Köchin. Wenn ich nach Hause komme, nehme ich mein Buch und –“ Sie brach ab.

Louisa stellte fest, dass sie Miss Phillips eingehender betrachtete. Sie war schrecklich dünn und zerbrechlich. Louisa fragte sich, ob sie überhaupt jemals für sich kochte. Was aß sie?

„Mir hat Kochen nie Spaß gemacht“, fuhr die andere Frau

mit fester Stimme fort, während sie ein schweres Buch auf das Regal stellte, als sei damit alles gesagt.

Sie wandte sich um und ging zu ihrem Tisch neben dem Eingang zurück, wo sie ihre Sachen zusammensuchte.

Louisa betrachtete sie weiter.

Wie alt ist sie?, fragte sie sich. *Sie scheint mir sehr alt zu sein – doch andererseits kann sie so alt noch nicht sein. Älter als Mama? Jünger. Ihre Haare sind noch nicht sehr grau – aber ihre Wangen sind hohl und blass. Sie sieht sehr zerbrechlich aus. Erschöpft? Oder einfach nur vom Leben gelangweilt?*

Louisa hatte sie nie auf den Straßen ihrer Stadt gesehen. Sie wusste, dass sie jeden Abend ein Buch aus der Bücherei mit nach Hause nahm. Und häufig tauschte sie das Buch am folgenden Tag aus. Louisa hatte nie darüber nachgedacht, wie es kam, dass sie so viele Bücher so schnell lesen konnte. Tat sie wirklich gar nichts anderes? Ging sie gar nicht unter Menschen? Nicht einmal ein wenig? Hatte sie keine Freunde? Keine Hausarbeit zu erledigen? Ernährte sie sich überhaupt richtig?

Nein, vermutlich nicht. Miss Phillips blieb für sich – in ihrem gemieteten Zimmer. Offensichtlich wurde nur ihr Appetit auf das Lesen gestillt. Wenn man so lebte, konnte man verhungern, körperlich und gesellschaftlich.

Werde ich auch so werden?, fragte sich Louisa beunruhigt, als sie sich den letzten Büchern auf dem Regal zuwandte. *Seit ich in die Stadt gezogen bin, habe ich mich in Mrs. Crays kleinem Zimmer eingeigelt und gelesen und gelesen. Am vergangenen Sonntag habe ich sogar den Gottesdienst versäumt.*

Louisa spürte, wie ihre Wangen warm wurden.

Nicht einmal Mama habe ich besucht. Ich bin noch immer zu – zu – verärgert. Zu stolz? Ich weiß nicht, aber auf jeden Fall habe ich versucht, irgendetwas zu beweisen. Ich schätze, ich wollte, dass sie mich vermisst. Dass sie erkennt, wie viel sie verloren hat. Nicht nur durch Glenna, sondern auch durch meinen Auszug.

Nur selten war Louisa so vollkommen ehrlich zu sich selbst. Ihre Offenheit erstaunte sie jetzt.

Und was habe ich erreicht?, fragte sie sich. *Ich habe mich in meinem Zimmer mit meinen wundervollen Büchern eingesperrt und so getan, als brauche ich nichts anderes. Nun, vielleicht nicht viel. Aber ich will nicht wie Miss Phillips werden – alt und kalt.*

War das der Grund, warum Louisa versucht hatte, ein Gespräch mit der spröden Miss Phillips zu beginnen? Vermisste sie die zwischenmenschliche Nähe? Und wenn sie nicht bald wieder unter Menschen ging, würde sie sich dann damit zufrieden geben, sich in ihrem Zimmer einzuigeln? Für immer?

Louisa stellte das letzte Buch ins Regal und wandte sich um. Miss Phillips zog gerade ihre Handschuhe an.

„Auf Wiedersehen, Miss Berdette“, sagte die Frau, während sie ihr Buch für den Abend einpackte. „Wir sehen uns morgen früh. Und vergessen Sie nicht, die Tür abzuschließen.“

Ihre Worte verärgerten Louisa.

„Ich verschließe die Tür jeden Abend, Miss Phillips“, erwiderte sie kurz angebunden.

Einen Augenblick lang wirkte Miss Phillips überrascht, dann nickte sie, wandte sich um und verließ das kleine Gebäude.

Louisa suchte ihre Sachen zusammen. „Du denkst wohl, ich sei noch ein Kind“, sagte sie laut.

Louisa ließ ihren Blick ein letztes Mal durch den Raum schweifen, um sich zu vergewissern, dass alles in Ordnung war, dann zog sie ihren Mantel an und nahm ihre Handschuhe und das Buch.

Einen Augenblick lang starrte sie auf die Neuveröffentlichung in ihrer Hand. Sie konnte es kaum erwarten, dieses Buch zu lesen. Miss Phillips hatte es bereits mit nach Hause genommen und mit einem zufriedenen Ausdruck auf ihrem blassen Gesicht auf seinen Platz zurückgestellt.

Entschlossen marschierte Louisa zum Regal mit den Romanen und stellte das Buch an seinen Platz. Bevor sie es sich anders überlegen konnte, wandte sie sich um, verließ die Bibliothek und schloss die Tür hinter sich ab.

Es ist noch hell, überlegte sie. *Ich werde bei Mrs. Cray vorbeigehen, Laufschuhe anziehen und ihr sagen, dass ich heute Abend kein Abendessen brauche. Und dann werde ich Mama besuchen.*

Nachdem sie diesen Entschluss gefasst hatte, setzte sich Louisa in Bewegung.

*

Der Fußmarsch zur kleinen Farm am Rande der Stadt war sehr angenehm. Louisa war erstaunt, wie sehr ihr das Laufen gefehlt hatte.

Ich muss häufiger nach draußen gehen, schimpfte sie sich. *Ich werde mich noch in einen Kürbis verwandeln*, bemerkte sie, als sie in den Feldweg einbog.

Ihre Wangen waren von der Anstrengung und dem leichten Wind, der an ihren Mantelärmeln und ergebnislos mit ihrem festgesteckten dunklen Haar spielte, gerötet, als sie an dem kleinen Stall vorbei zum Haus hinüberging.

Sie vermisste die Tiere. Die beiden schlanken Pferde, die ihre langen Hälse immer über das Gatter gereckt und sie mit einem Wiehern begrüßt hatten. Die dicken braunen Kühe, die reglos im Schatten des Stalles standen und wiederkäuten. Sie vermisste sogar die Hühner – ihr Stall erschien ihr ohne die gackernden und pickenden Bewohner seltsam still und leer.

Glenna hatte Recht, dachte Louisa. *Unser Leben hat sich verändert. So sehr. Für immer.*

Sie erschauderte in der warmen Nachmittagssonne und fragte sich, ob sie anklopfen sollte. Immerhin war dies nicht mehr ihr Zuhause. Doch wenn sie anklopfte, bedeutete dies, dass sie eine weitere Veränderung akzeptierte. Eine schmerzliche Veränderung. Sie brauchte das Gefühl, hier zu Hause zu sein. Sie wollte sich als Teil dieses Hauses fühlen.

Schließlich öffnete sie die Tür und trat leise ein. Ihr Blick schweifte über all die vertrauten Dinge. Ungewollt stiegen ihr Tränen in die Augen, doch sie wischte sie fort und richtete sich hoch auf.

In der Küche hörte sie ein Geräusch. Ihre Mutter kochte vermutlich das Abendessen. Sie hatte gehofft, dass ihre Mutter noch richtig kochte und sich nicht von Keksen ernährte und das ein Abendessen nannte, wie Miss Phillips dies höchstwahrscheinlich in diesem Augenblick tat.

Sie ging auf das Geräusch zu und überlegte sich, dass es vermutlich sinnvoll war, ihre Mutter vorzuwarnen, anstatt sie durch ihr plötzliches Auftauchen zu erschrecken.

„Mama“, rief sie, bevor sie in der Tür stand. „Mama, ich bin es, Louisa.“

Mrs. Berdettes Kopf fuhr hoch und ihre Augen begannen zu strahlen. „Louisa!“

Nur dieses eine Wort, doch es sprach Bände. Erneut drohte Louisa, in Tränen auszubrechen. Sie senkte den Blick und zog ihre Handschuhe aus, um ihre Gefühle zu verbergen.

„Ich dachte, ich sehe mal nach dir –“, begann sie schnell. Ihre Mutter sollte nicht wissen, dass sie selbst den Kontakt brauchte, dass sie nach Hause kommen wollte.

Es kam keine Antwort, und als Louisa aufsah, bemerkte sie, dass ihre Mutter sich ohne Scham über die Augen wischte.

„Ich bin so froh, dass du gekommen bist“, sagte sie schließlich einfach und sie entschuldigte sich nicht für ihre Gefühle. „Ich habe dich vermisst.“

Louisa legte ihren Mantel über den Küchenstuhl.

„Wie ist es dir ergangen?“, fragte ihre Mutter. Sie kam herüber und legte eine Hand an Louisas Wange, wie sie es früher immer getan hatte, als sie noch ein Kind gewesen war.

„Gut“, erwiderte Louisa viel zu nachdrücklich. „Prima. Und dir?“

Ihre Mutter lächelte. „Gut“, erwiderte sie langsam und überlegt. „Einsam, aber gut.“

„Du bist noch immer hier“, sagte Louisa, während sie zum Schrank ging, um bei der Vorbereitung des Abendessens mitzuhelfen. Mit Erleichterung stellte sie fest, dass ihre Mutter tatsächlich mit Kochen beschäftigt war und sich eine anständige Mahlzeit bereitete.

„Granna geht es ein wenig besser“, erwiderte ihre Mutter, als wolle sie damit sagen, dass sie den Umzug nicht vorantreiben würde, solange sie nicht wirklich gebraucht wurde. Dass sie genau hier bleiben würde, wo sie sie selbst und wo sie zu Hause war.

„Das ist gut“, erwiderte Louisa. Einen Augenblick lang überlegte sie, wieder zu ihrer Mutter zu ziehen. Aber genauso schnell verwarf sie den Gedanken wieder. Das wäre ein Eingeständnis eines Bedürfnisses. Das wäre wie nachgeben. Die Leute würden denken, sie könnte nicht selbstständig leben.

Schweigend arbeiteten sie zusammen und füllten Gemüse und Fleisch in die Schüsseln.

„Das sieht so aus, als würdest du Gäste erwarten“, bemerkte Louisa.

Mrs. Berdette schüttelte den Kopf. „Ich kann mich einfach nicht daran gewöhnen, nur für eine Person zu kochen“, erklärte sie. Ein Hauch von Sehnsucht lag in ihrer Stimme. Dann hellte sich ihr Gesicht auf, und während sie ihre Hände an der Schürze abwischte, fügte sie hinzu: „Heute Abend bin ich auf jeden Fall froh darüber. Ich brauche mich nicht dafür zu entschuldigen, dass ich nicht gekocht genug habe.“

„Nein“, erwiderte Louisa und stellte eine Schüssel Kartoffelpüree auf den Tisch. „Du wirst dich nicht dafür entschuldigen müssen.“

*

„Ich habe wieder einen Brief von Glenna bekommen.“

Sie hatten ihre zweite Tasse Kaffee mit ins Wohnzimmer genommen und saßen nun vor dem vertrauten Kamin. Louisa hatte ein Feuer angezündet, obwohl der Abend noch nicht so kühl war, dass man seine Wärme brauchte. Trotzdem, das Knacken des Feuers war tröstlich, und es tat gut, einfach zusammen davor zu sitzen.

„Wie geht es ihr?“, fragte Louisa, der auf einmal einfiel, dass sie Glennas letzten Brief noch gar nicht beantwortet hatte. Ihre Schwester hatte auf ihre Antwort warten sollen – hatte sie noch ein wenig mehr vermissen sollen. Bei dem Gedanken errötete Louisa ein wenig und rutschte nervös auf ihrem Sessel hin und her.

„Sie vermisst uns“, sagte ihre Mutter gerade, „aber sie ist voll des Lobes über Parker. Sie liebt ihn sehr. Sie haben eine kleine Gemeinde gefunden, und sie hat sich in die Kinderarbeit gestürzt, um ihre einsamen Stunden auszufüllen, sagt sie.“

„Das ist schön“, erwiderte Louisa gleichmütig.

„Sie hat auch eine junge Frau kennen gelernt, die ebenfalls mit einem Medizinstudenten verheiratet ist. Sie haben sich angefreundet. Das hilft ihr über ihre Einsamkeit hinweg.“

Louisa nickte. Wenigstens Glenna hatte jemanden, mit dem sie reden konnte. Und zwar keine Miss Phillips, die normalerweise jede menschliche Annäherung sofort abwehrte.

„Ihre Wohnung ist sehr klein, darum hat sie nicht viel mit dem Haushalt zu tun“, fuhr Mrs. Berdette fort.

Louisa starrte auf ihre Hände. Viel zu fest hielt sie die Falten ihres grauen Flanellrockes umklammert. Warum fühlte sie sich innerlich wie verknotet, so wie es ihre Hände zu sein schienen? Ihrer Mutter schien es gut zu gehen, sie schien sich mit ihrer neuen Situation abgefunden zu haben. Die Berichte über Glenna waren gut. War Louisa die Einzige, die mit dieser – dieser drastischen Veränderung zu kämpfen hatte? Und wenn das so war, warum? Bedeutete die Familie den anderen denn nichts? Konnten sie einfach so tun, als –? Nein. Nein, natürlich nicht. Sie war die Einzige, die sich immer distanziert gegeben hatte. Sie hatte keine Nähe zugelassen. Die anderen – ihre Mutter und Glenna – hatten immer Gefühle gezeigt. Sie hatten die Familienbande hochgehalten, die Bindungen.

Aber wie kam es dann, dass die beiden ihr Leben fortsetzten und sie auf der Stelle zu treten schien? Wie verknotet war? Hatte sie ihre Familie doch viel mehr gebraucht, als sie sich je eingestanden hatte?

Natürlich nicht. Sie setzte ihr Leben doch fort, gewöhnte sich daran, genauso gut und vielleicht sogar besser als die beiden anderen. Es war nur so, dass sie so viel mehr verloren hatte. Ihre Mutter hatte noch immer das Haus. Vertraute Dinge. Sie hatte noch nicht ausziehen müssen, hatte noch nicht die Erinnerungsstücke durchgehen müssen, die in Schränken und auf dem Dachboden verstaut waren. Dinge, die ihrem Vater gehört hatten und den Schmerz zurückbrachten und die Freude.

Nein, das Leben ihrer Mutter hatte sich nicht richtig verändert, noch nicht.

Und Glenna – Glenna hatte ihren Parker. Sie hatte nichts verloren, sie hatte dazugewonnen. Warum sollte Glenna um ihr verlorenes Zuhause trauern oder die verlorene Familie?

Louisa fühlte sich unbehaglich. Sie war die Einzige, die durch die Veränderungen verletzt worden war. Die Einzige, die leiden musste. Das frustrierte sie. Es machte sie zornig. Es war einfach nicht fair. Es war überhaupt nicht fair.

Eine dunkle, tiefe Bitterkeit schlich sich in Louisas Seele. Sie fasste ihre Gefühle nicht in Worte, wagte nicht einmal, sie auch nur zu denken. Aber sie waren da. Leise, eindringlich, und sie beeinflussten ihr ganzes Wesen.

Sie war zur Farm gekommen, weil sie ein wenig von dem hatte finden wollen, was sie verloren hatte. Um dem Schicksal zu entgehen, das sie erwartete. Aber sie hatte den Frieden, nach dem sie sich gesehnt hatte, nicht gefunden. Sie hatte ihren vertrauten und bequemen Platz nicht gefunden. Sie trieb dahin. Ganz allein. Sie versuchte, einen neuen Platz in einer herzlosen Welt zu finden. Das Gefühl gefiel ihr nicht. Es gefiel ihr ganz und gar nicht.

„Ich denke, ich sollte jetzt gehen“, sagte sie und sprang auf. Mit einer schnellen Bewegung stellte sie ihre leere Tasse auf den Tisch.

„Oh, aber du bist doch gerade erst gekommen“, protestierte ihre Mutter genauso schnell.

„Ich muss gehen“, beharrte Louisa kurz angebunden.

„Ich dachte, du würdest vielleicht – über Nacht bleiben.“

Louisa blickte sie erstaunt an. Dieser Gedanke war ihr gar nicht gekommen, aber nachdem er einmal ausgesprochen war, wunderte sie sich darüber, wie sehr sie sich danach sehnte, genau das zu tun.

„Ich habe nichts dabei“, brachte sie schließlich mühsam heraus. Sie unterdrückte den Wunsch, in ihr altes Zimmer zurückzukehren.

„Hast du noch etwas vor?“

Diese unschuldige Frage verärgerte Louisa noch mehr, obwohl sie sich den Grund dafür nicht erklären konnte. Vielleicht hatte sie das Gefühl, ausgefragt zu werden, das Gefühl, dass ihre Unabhängigkeit bedroht war. Vielleicht wusste sie, dass die Antwort auf diese Frage offenbaren würde, wie leer und einsam ihr Leben tatsächlich war. Aus welchem Grund auch immer. Diese einfache Frage ärgerte sie, und sie antwortete darauf in einer Art und Weise, die sie später bedauerte.

„Mama – ich bin kein Kind mehr. Ich sollte doch kommen und gehen können, wie es mir beliebt.“

„Natürlich, Liebes“, erwiderte ihre Mutter. Sie klang ein wenig verletzt und traurig.

Louisa bedauerte ihre scharfe Entgegnung, aber sie entschuldigte sich nicht dafür. „Es wird schnell dunkel“, sagte sie stattdessen. „Ich habe keine Lust, mich vortasten zu müssen.“ Sie stellte die Tassen und Teller zusammen, um sie in die Küche zu bringen.

„Lass das einfach stehen“, sagte ihre Mutter. „Ich brauche etwas, womit ich mir die Zeit vertreiben kann.“

Louisa hörte die schmerzliche Leere, die Sehnsucht in ihren Worten. Sie hielt inne. „Warum bist du noch nicht umgezogen?“, fragte sie scharf.

Ihre Mutter seufzte tief und zupfte zerstreut an ihrem Rock. „Es ist schwierig“, sagte sie schließlich und sah Louisa an. „Ich … ich habe Angst davor. So viele … so viele Veränderungen … so schnell. Ich vermisse deinen Vater.“

Sie senkte den Blick und spielte unruhig mit ihrem Taschentuch. „Ich vermisse euch Mädchen“, fuhr sie fort, als sie den Kopf wieder hob.

Louisa bemerkte die Tränen. Sie liefen in schmalen Rinnsalen über ihre weichen Wangen und sammelten sich in den Falten um den Mund ihrer Mutter.

Louisa wusste nicht, was sie sagen sollte.

Schließlich sprach ihre Mutter mit zitternder Stimme weiter.

„Ich weiß, dass ich – dass ich mich vorbereiten muss. Onkel John hat einen Käufer für die – für unsere kleine Farm gefunden."

Louisa starrte sie mit offenem Mund an. Welches Recht hatte Onkel John, ihre kleine Farm zu verkaufen?

„Ich weiß, dass das auch sinnvoll ist. John hat sich viel Mühe gegeben, den richtigen Käufer zu finden. Er – er sagt, ein Makler sei an unserem Land interessiert. Die Stadt wächst immer weiter und stößt an ihre Grenzen. Dieser Mann, der Käufer, wird uns einen guten Preis bezahlen. Mehr als ich mir jemals erträumt hätte. Ich – ich dachte, wir könnten das Geld teilen. Wenn du – und Glenna, wenn ihr euer eigenes Heim haben möchtet, dann könnt ihr – könnt ihr es euch leisten –"

Aber Louisa unterbrach sie. „Was sagst du da?"

„Onkel John hat einen Käufer gefunden."

„Das habe ich gehört. Ich meine, du brauchst doch nicht zu verkaufen, nur weil Onkel John –"

„Ich weiß, Louisa", unterbrach ihre Mutter sie, „aber es ist vernünftig. Ich kann sowieso nicht allein hier bleiben, und du und Glenna –"

„Ich werde zurückkommen, wenn es sein muss."

„Nein, ich möchte nicht, dass du das tust. Ich möchte dir das nicht aufdrängen. Du hast dein eigenes Leben …"

Wenn sie nur wüsste, was für ein oberflächliches Leben das ist, dachte Louisa, aber sie behielt ihre Gedanken für sich.

„Aber ich würde nicht –", begann Louisa stattdessen.

„Nein, das würde ich nie von dir erwarten", widersprach ihre Mutter erneut. „Du brauchst die Freiheit, deine eigenen Entscheidungen zu treffen. Du hast lange genug für mich gesorgt."

„Aber –"

„Außerdem braucht Granna mich. Ich habe den Umzug bereits viel zu lange aufgeschoben."

„Aber was ist mit dir? Mit deinen Bedürfnissen?"

Ihre Mutter blickte sie erstaunt an. Als hätte sie noch nie richtig über ihre eigenen Bedürfnisse nachgedacht. Als hätte sie vergessen, an sich zu denken, nachdem sie so viele Jahre lang an andere gedacht hatte.

Dann lächelte sie sanft. „Meine Bedürfnisse werden mehr als erfüllt werden", sagte sie schließlich. „Das Land wird einen guten Preis erzielen. Ich werde sogar das Geld haben, Glenna zu besuchen."

Die Worte trafen Louisa wie ein Fausthieb. Ihre Mutter trauerte um Glenna. Sie war bereit, die Farm gegen einen Besuch bei ihrer jüngeren Tochter einzutauschen.

Louisa richtete sich auf und ging in die Küche. Geräuschvoll stellte sie die Tassen und Teller auf die Spüle.

Wenn es so ist, dann ist es auch gut, argumentierte sie innerlich. *Warum soll ich um etwas trauern, das nie wieder so sein wird, wenn Glenna und Mama fröhlich weitersegeln?*

Louisa nahm ihren Mantel vom Küchenstuhl und zog ihn schnell an. Sie war versucht, einfach durch die Küchentür zu verschwinden, doch die Vernunft siegte, und sie kehrte noch einmal ins Wohnzimmer zurück, um ihrer Mutter einen kühlen Kuss auf die Wange zu drücken und ihr höflich eine gute Nacht zu wünschen.

Eingewöhnung

Es war eine lange, nachdenkliche Wanderung zurück in die Stadt und in ihr kleines Zimmer. Louisa versuchte, ihre Gedanken zu ordnen. Sie konnte nicht wieder zurück, oder doch? Als sie in sich hineinhorchte, erkannte sie, dass sie sich danach sehnte, genau das zu tun. *Es wäre in Ordnung*, argumentierte sie mit sich, *einfach mit Mama auf der Farm zu bleiben.*

Aber dann fiel ihr die Mitteilung ihrer Mutter ein, dass die Farm verkauft werden würde. Der liebe Onkel John hatte ihre Mutter davon überzeugt, dass es richtig war, die Farm zu verkaufen, ohne Vorwarnung und ohne mit ihr darüber gesprochen zu haben. An einen Makler. Warum sollte die kleine „Hobbyfarm“ ihres Vaters an irgendeinen Fremden verkauft werden? Sie war sein Stolz – und ihr Zuhause.

Einen Augenblick lang durchzuckte Louisa die Erkenntnis, dass sie an dieser Entwicklung nicht ganz unschuldig war. Wenn sie es nicht so eilig gehabt hätte, selbstständig zu werden und zu beweisen, wie unabhängig sie war, dann wäre das alles vielleicht nicht geschehen. Nun, es gab kein Zurück. Aber sie wünschte wirklich, ihr Onkel John hätte seine Nase aus ihren Familienangelegenheiten herausgehalten.

Je erregter sie wurde, desto schneller war Louisa gegangen. Bewusst wurde sie nun wieder langsamer. Sie brauchte Zeit zum Nachdenken. Zeit, um die Dinge zu verarbeiten, während sie gleichzeitig frische Luft schöpfen konnte. Die Enge ihres kleinen gemieteten Zimmers trug nicht dazu bei, ihr Klarheit zu verschaffen.

Plötzlich ärgerte sie sich über ihr kleines Zimmer. Sie mochte es nicht. Mochte es überhaupt nicht. Manchmal hatte sie das Gefühl, darin zu ersticken, fühlte sich in diesen engen vier Wänden mit der düsteren Tapete und den schweren Vorhängen so eingeschlossen. Nicht einmal ihre Bücher konnten ihr den Raum geben, den sie brauchte.

Ein Haus? Ein eigenes Haus? Ja, das hatte Mama gesagt. Das Geld, das sie für die Farm bekamen, sollte aufgeteilt werden. Wenn sie ein eigenes Haus haben wollte, dann war das nicht unmöglich. Ein verlockender Gedanke. Ja. Ja, sie hätte gern ihr eigenes Haus. Ein kleines Haus, irgendetwas in einer von Bäumen gesäumten Straße. Mit einem Garten und einem Platz für Rosen. Einem Weg. Vielleicht einem Vogelhäuschen. Einer eigenen Küche, in der sie für sich selbst kochen konnte. Einem eigenen Kamin mit einem knackenden Holzscheit.

Ihre Schritte beschleunigten sich erneut, aber dieses Mal bot sie sich nicht Einhalt. Ihr kleines Zimmer schreckte sie nicht mehr ab. *Wie lange noch?*, fragte sie sich. Wie lange würde der Verkauf der Farm dauern? Wie lange, bis sie endlich frei war, selbstständig zu leben?

Sicher würde sich mit dem Kauf auch das Gefühl der Befreiung einstellen. Sie würde in der Lage sein, sich niederzulassen und endlich Frieden mit dem Leben zu schließen.

Neue Hoffnung und Vorfreude durchströmten Louisa. Sie wünschte jetzt, der Verkauf der Farm würde schnell vonstatten gehen. Sie fragte sich, ob sie Onkel John auffordern sollte, sich mit der Abwicklung zu beeilen.

Ich hoffe nur, dass Mama es sich nicht wieder anders überlegt, dachte sie. Sie würde unter Umständen so lange zögern, bis der Interessent ein anderes Stück Land fand. Dieser Gedanke beunruhigte Louisa.

Aber nein, ihre Mutter wollte jetzt auch schnellstens verkaufen. Sie wollte Glenna besuchen.

Dieser Gedanke gefiel Louisa überhaupt nicht, aber zumindest diente er ihren Zwecken. Wenn sich ihre Mutter danach sehnte, ihr jüngstes Kind zu sehen, dann würde die Farm auf jeden Fall verkauft werden.

Louisa musste unwillkürlich lächeln. Ihre Schritte beschleunigten sich. Während sie die Straße entlangeilte, betrachtete sie die Häuser mit neuem Interesse. Welches würde sie gern besitzen? Wonach suchte sie? Ein einziges Schlafzimmer?

Nein, vielleicht besser zwei. Ihre Mama würde sie vielleicht gern besuchen …

Die Dunkelheit legte sich sanft auf die Stadt. Die Straßenlaternen wiesen Louisa den Weg. Gedämpftes Licht drang aus den Fenstern und aus den Kaminen stiegen kleine Rauchsäulen in den Himmel auf. Gelegentlich waren Gesprächsfetzen auf der Straße zu hören. Alle diese Dinge erinnerten Louisa an ein Heim. Ein Zuhause. Es wäre so schön, wieder ein Zuhause zu haben. Ein richtiges Heim. Das war es, was sie vermisste. Darum fühlte sie sich vom Leben so abgeschnitten. So ruhelos und unzufrieden. Wenn sie erst ihr eigenes Zuhause hätte, würde sie sich niederlassen und ihren Platz in der Welt finden können. Sie würde sich wieder vollständig fühlen.

Sie lächelte in der Dunkelheit vor sich hin.

Eine Schaukel auf der Veranda, überlegte sie. *Ich habe mir immer eine Schaukel gewünscht, genau wie bei Granna.*

Ja, sie würde eine Schaukel auf der Veranda haben. Darauf würde sie bestehen.

⁂

Das Warten war schwer. Mrs. Berdette schien sich nicht überwinden zu können, ihr kleines Heim zu verlassen. Louisa ärgerte sich. Doch dann ging der Herbst in einen weiteren Winter über, und Onkel John bestand darauf, dass seine Schwester die kalten, grauen Wintermonate nicht wieder allein verbrachte.

Doch noch immer nahm sie das Angebot des Maklers nicht an und machte auch keine Anstalten, ihre Sachen durchzugehen und zu verkaufen, was sie nicht mehr brauchte. Schließlich packte sie nur ein paar Kleider in einen Koffer und zog bei Granna ein.

„Ich werde mich im Frühling darum kümmern“, versicherte sie Louisa, aber Louisa fragte sich im Stillen, ob ihre Mutter je in der Lage sein würde, ihre Bindung an die Farm zu lösen.

Es war ein besonders kalter Winter und Louisa fühlte sich in ihrem kleinen Zimmer mehr und mehr eingeengt. Gelegentlich dachte sie darüber nach, sich für die Mahlzeiten der Familie anzuschließen, doch dann verweigerte sie sich dieses kleine Vergnügen. Dies würde bedeuten, dass sie ihre Niederlage eingestand und dass sie diese menschliche Nähe brauchte. Louisas Stolz ließ das nicht zu.

Eigensinnig machte sie weiter. Sie fragte sich, ob sie wohl ihrer Kollegin immer ähnlicher wurde. Wenn sie morgens in die Bibliothek kam, sagte sie kurz angebunden „guten Morgen", verbrachte die Arbeitszeit schweigend und einsam, verabschiedete sich am Abend und marschierte mit einem Buch unter dem Arm nach Hause.

Allerdings fasste Louisa einen Entschluss: Sie würde kein vollkommener Einsiedler werden. Sie würde zumindest an den Sonntagen ihrem selbst auferlegten Gefängnis entfliehen. Und sie würde ihren körperlichen Bedürfnissen Rechnung tragen, indem sie anständige Mahlzeiten zu sich nahm und für ausreichend Bewegung sorgte.

Aus diesem Grund begann sie, an schönen Tagen durch die Stadt zu schlendern. Diese Spaziergänge wurden dadurch interessant, dass sie sich die Häuser genau ansah. Als der Winter endlich vorüber war, kannte sie jedes Wohngebiet der Stadt und hatte sich bereits fünf kleine Häuser als mögliche Kaufobjekte ausgesucht.

Insgeheim begann sie zu hoffen, eine dieser Familien würde aus dem einen oder anderen Grund beschließen, das Haus aufzugeben.

Warum sich Sorgen machen?, ermahnte sie sich. *Mama hat sich noch nicht von der Farm getrennt.*

Sie überlegte, ob sie Onkel John zureden solle, damit dieser versuchte, ihre Mutter zu der richtigen Entscheidung zu überreden.

*

Eines Nachmittags stand Mrs. Berdette stumm vor Louisas Schreibtisch, als diese von ihren Unterlagen aufschaute. Sie blickte sich vorsichtig um, als könne sie des Hauses verwiesen werden, falls sie in den heiligen Hallen den Mund auftat.

Furcht durchzuckte Louisa. Ihre Mutter hatte sie noch nie in der Bibliothek aufgesucht. War etwas passiert? Aber nein, sie wirkte nicht besorgt.

„Hallo, Mama“, sagte sie leise, nicht nur um ihre Mutter zu begrüßen, sondern um ihr zu zeigen, dass sie durchaus miteinander reden konnten.

Ihre Mutter nickte und die Feder auf ihrem Hut wippte leicht. Dies erinnerte Louisa daran, dass sich ihre Mutter schon lange keinen neuen Hut mehr gekauft hatte. Ihr Vater wäre sehr traurig darüber.

„Komm doch mit ins Nebenzimmer“, forderte Louisa sie auf. Sie erhob sich und ging voran. Wortlos folgte ihre Mutter ihr.

Abgesehen davon, dass sie blass und ausgelaugt wirkte, schien es ihrer Mutter gut zu gehen. *Vielleicht war es nur der lange, kalte Winter,* überlegte Louisa. *Sie war nicht mehr draußen gewesen, seit –*

„Wie geht es dir, Mama?“, fragte sie. Sie schloss die Tür hinter sich und deutete auf einen Stuhl.

Zum ersten Mal lächelte ihre Mutter. „Es ist schön, dich zu sehen, Liebes“, antwortete sie. „In der Kirche komme ich kaum dazu, mit dir zu sprechen. Dein Onkel hat es immer so eilig, wieder nach Hause zu kommen.“

Louisa nickte. Es war lange her, seit sie sich das letzte Mal richtig unterhalten hatten.

„Wie geht es Granna?“, fragte Louisa. Ihre Großmutter hatte während der Wintermonate den Gottesdienst nicht besuchen können.

„Es geht ihr recht gut“, antwortete ihre Mutter. „Ihre Arthritis quält sie. Sie wagt sich nicht hinaus in die Kälte.“

„Und Glenna?“

„Ihr geht es gut. Parker hat schrecklich viel zu tun, aber sie hält sich mit der Gemeinde und Freunden beschäftigt.“

Louisa nahm den anderen Stuhl. Erleichterung durchströmte sie. Es waren keine schlechten Nachrichten, die ihre Mutter in die Stadt geführt hatten.

Mrs. Berdette streifte die Handschuhe ab und zupfte gedankenverloren daran herum. Louisa wusste nicht, was sie als Nächstes sagen sollte.

„Wir haben gerade den Kaufvertrag für die Farm abgeschlossen“, platzte ihre Mutter heraus. „Dein Onkel John und ich kommen gerade von der Bank.“

Louisa konnte sie nur wortlos anstarren. Den ganzen Winter über hatte sie auf diese Neuigkeit gewartet, und jetzt, da es endlich passiert war, traf sie die Tatsache vollkommen unvorbereitet.

„Ich muss das Haus bis Mitte des Monats geräumt haben“, fuhr ihre Mutter fort. „Ich schätze, das bedeutet, dass ich alles für den Verkauf der überflüssigen Sachen vorbereiten muss.“

Sie atmete tief durch. Ihr Blick hing an Louisas Gesicht. Louisa wagte noch immer nicht zu sprechen.

„Ich habe mich gefragt, ob du etwas haben möchtest – Möbel vielleicht. Irgendetwas für dein neues Haus? Ich brauche es ja nicht zu verkaufen, wenn du Verwendung dafür hast.“

Louisa nickte.

„Ich habe mich gefragt“, fuhr ihre Mutter fort, „ob du etwas dagegen hättest – ich weiß, es ist eine Zumutung, aber ich habe mich gefragt, ob du – nur für ein paar Wochen – ob du in Betracht ziehen könntest, nach Hause zu kommen – um mir zu helfen, die Sachen auszusortieren. Du weißt, wie schrecklich schwer es mir fällt, Entscheidungen zu treffen …“

Louisa nickte langsam, während die Stimme ihrer Mutter verklang. Was für eine wundervolle Erleichterung das sein würde. Was für ein Vergnügen, das stickige kleine Zimmer zu verlassen und sich wieder die frische Landluft um die Nase wehen zu lassen – die geöffneten Fenster und Platz genug, um sich zu bewegen.

„Das – das könnte ich tun“, erwiderte sie leise.

„Ich – möchte nicht –“

„Nein, nein, das ist in Ordnung. Ich habe nichts dagegen. Wirklich.“

Ihre Mutter lächelte. „Das ist mir eine solche Erleichterung, Liebes“, sagte sie mit Tränen in den Augen. Auf vertraute Weise strich sie Louisa über die Wange. „Du weißt nicht, wie sehr ich mich davor gefürchtet habe, dies allein tun zu müssen."

„Ich habe nichts dagegen", wiederholte Louisa.

„Meine Verlässliche", sagte Mrs. Berdette leise. „Was würde ich nur ohne dich tun?"

Louisa konnte nicht antworten. Sie war verwirrt und tief bewegt.

⁂

Die folgenden Wochen vergingen wie im Flug. Louisa konnte es kaum erwarten, dass ihr Arbeitstag in der Bibliothek endete, damit sie nach Hause eilen konnte. Es war seltsam. In gewisser Weise war es beinahe wie in alten Zeiten, wenn sie wieder in ihrem alten Zimmer schlief, wieder neben ihrer Mutter in der kleinen Küche arbeitete, wieder am Feuer saß und einen weiteren Karton mit Erinnerungen durchsah.

Und doch war es ganz anders. Glenna fehlte. Glenna mit ihrem glockenhellen Gelächter, ihrem Überschwang, ihrer Lebensfreude. Das Zimmer wirkte so leer und beinahe leblos ohne Glenna. Louisa konnte die Stille kaum ertragen.

Und die Unordnung in dem kleinen, sonst immer so ordentlichen und sauberen Haus erinnerte sie ständig daran, dass sich alles veränderte. Das Aussortieren und Packen war schwer, nicht nur für Mrs. Berdette, sondern auch für Louisa.

Louisa wählte einige Möbelstücke und Küchengegenstände für ihr eigenes kleines Heim aus, das sie irgendwann erwerben würde. Es wäre sehr viel einfacher, wenn sie wüsste, wie ihr Haus aussehen würde.

Mrs. Berdette traf ebenfalls einige Entscheidungen – in Bezug auf Glenna. „Sie hat diesen Sekretär immer geliebt", sagte sie oder: „Das war ihr Lieblingssessel. Weißt du noch, wie sie sich immer darin zusammengerollt hat?" Und: „Das ist etwas, das einmal deinem Vater gehört hat und das sie besonders liebte."

Abend für Abend und Zimmer für Zimmer gingen sie durch das Haus, sortierten aus, bewahrten auf, verwarfen, bis ein

Zimmer nach dem anderen geräumt war und der Tag des Gartenverkaufs näher rückte. Es war eine quälende Angelegenheit.

„Ich glaube nicht, dass ich dabei sein möchte, Liebes“, sagte Mrs. Berdette. „Hast du etwas dagegen? Ich denke, ich werde Onkel John bitten, mich zu Granna zu bringen.“

Louisa verstand sie und nickte zustimmend. Eigentlich wollte auch sie lieber nicht dabei sein.

„Vielleicht können wir deine Sachen bei Onkel John unterstellen, bis du ein Haus gekauft hast“, fuhr ihre Mutter fort. „Bestimmt war es unfair, dich zu bitten, dich um meine Bedürfnisse zu kümmern, ehe du deine Angelegenheiten geregelt hattest, aber ich weiß nicht, wie ich das allein hätte schaffen sollen.“

Erneut legte sie die Hand an Louisas Wange.

„Das ist schon in Ordnung“, murmelte Louisa. „Ich habe nichts dagegen. Wirklich nicht. Ich werde bestimmt bald etwas finden.“

Aber innerlich konnte sie es kaum erwarten, sich niederzulassen. Sie konnte es kaum erwarten, ein eigenes Heim zu haben.

*

Louisa war aufgewühlt. Der Sommer verging viel zu schnell. Sie hatte Schwierigkeiten, das richtige Haus zu finden. Wie es aussah, war keiner der Hausbesitzer der fünf kleinen „Möglichkeiten“, daran interessiert, sein Haus zu verkaufen. Louisa wurde unruhig. Und dann, gerade als sie bereits aufgeben wollte, bot sich ihr eine neue Gelegenheit. Es war ein Haus, an dem sie bereits bei zahllosen Gelegenheiten vorbeigelaufen war, das sie aber nie in Betracht gezogen hatte. Doch als ein Schild im Vorgarten angebracht wurde, auf dem zu lesen stand, dass es zum Verkauf stehe, beschloss Louisa, es sich näher anzusehen.

Es war nicht perfekt, aber Louisa fand, dass es ihr genügen würde. Es gab keine Schaukel auf der Veranda. Eigentlich hatte es nicht einmal eine Veranda. Aber vielleicht konnte sie ja eine anbauen.

Sie setzte alle Hebel in Bewegung, um das kleine Haus zu kaufen, und als endlich alles geregelt war, bat sie Onkel John, die Möbel aus dem Lagerraum zu bringen. Und dann begann sie mit dem Einkauf, um ihr „Nest“ zu vervollständigen.

Ihre Mutter zeigte großes Interesse für den Kauf und bestand darauf, in die Stadt zu kommen und sich ihr neues Heim anzusehen. Und dann machte sie sich mit neuer Energie daran, Vorhänge zu nähen und bei der Ausstattung zu helfen. Louisa war über ihren eigenen Mangel an Widerstand erstaunt. Im Grunde freute sie sich sogar über die Hilfe. Sie hatte so wenig Zeit, bis der Winter wieder anbrach, und ihre neue Behausung sollte gemütlich sein, wenn das Wetter schlecht wurde.

Sie gab eine Veranda und die Schaukel in Auftrag, und der Handwerker versprach ihr, er werde sie fertig haben, bevor die letzten warmen Tage des Herbstes vorüber waren.

„Sie werden auf Ihrer Veranda schaukeln, bevor die Blätter sich verfärben“, versprach er. „Sie werden sich von hier aus an den bunten Herbstfarben erfreuen können.“ Und mit der Hand deutete er auf die leere Stelle, an der sie standen – wo die neue Veranda angebaut werden sollte.

Louisa nickte ruhig, aber innerlich war sie sehr aufgeregt. Sie konnte es kaum erwarten, in ihrem neuen Zuhause heimisch zu werden.

Und so beauftragte sie den Zimmermann, akzeptierte die Hilfe ihrer Mutter und verbrachte ihre kurzen Mittagspausen damit, auf der Suche nach den letzten noch fehlenden Dingen die Geschäfte der kleinen Stadt zu durchstreifen.

Sogar Granna zeigte Interesse. Sie schickte Gläser mit Eingemachtem aus ihrer Vorratskammer, damit sie ihre Schränke füllen konnte, und Obst und Gemüse aus ihrem Garten, die im kühlen Keller gelagert werden konnten. Tante Cee schenkte ihr eine warme Decke, und sogar Glenna schickte einen Spitzenläufer für das Büfett, das noch aus ihrem Elternhaus stammte.

Louisa empfand so viel Freude, dass sie sich nicht zurückhalten konnte, darüber zu reden.

„Ich habe ein kleines Haus gefunden", erzählte sie Miss Phillips mit sehr beherrschter Stimme, „ich werde also bei Mrs. Cray ausziehen."

Die ältere Frau blickte von dem Buch auf, das sie überflog, und schob ihre Brille hoch.

„Ich möchte Ihnen noch einmal danken, dass Sie mir geholfen haben, das Zimmer bei Mrs. Cray zu finden. Es war genau das, was ich brauchte", fuhr Louisa fort, als würde das entschuldigen, dass sie das Schweigen zwischen ihnen gebrochen hatte.

Miss Phillips nickte.

Louisa trat auf den anderen Fuß und nahm ein weiteres Buch zur Hand. Sie wollte gerade weggehen, als Miss Phillips sie mit einer Frage überraschte: „Ein Haus?"

„Ja", erwiderte Louisa. „Ein kleines – in der Cedar Street."

Miss Phillips nickte. „Für Sie allein?", fragte sie, als Louisa gerade gehen wollte.

„Ja", erwiderte Louisa, als sie zum zweiten Mal zögerte. „Für mich allein."

Miss Phillips nickte erneut und schob noch einmal ihre Brille hoch. „Das ist schön", bemerkte sie und senkte den Blick erneut auf ihr Buch.

Louisa wandte sich wieder ihrer Arbeit zu.

Sie sprachen kein Wort mehr, bis Miss Phillips am Ende des Tages ihre Handschuhe anzog. Louisa wischte gerade den Ausleihtisch ab und räumte noch ein paar Dinge fort.

„Es muss schön sein, ein eigenes Haus zu besitzen", begann die ältere Frau. Es war beinahe so, als würde sie zu sich selbst sprechen.

Louisa nickte. „Ich freue mich auch darauf", sagte sie und trotz ihrer Selbstbeherrschung zitterte ihre Stimme vor Aufregung.

Die Frau wandte sich zum Gehen um. „Ich beneide Sie", sagte sie einfach, dann nahm sie ihr Buch und verstaute es in ihrer Tasche.

An der Tür wandte sie sich noch einmal um. „Vergessen Sie nicht, die Tür abzuschließen", mahnte sie und ging davon.

Etwas fehlt

In Glennas Brief stand, dass alles gut lief. Parker sei wundervoll, aber sie vermisse ihre Familie. Trotzdem freue sie sich für Louisa und sei froh, dass sie nun ihr eigenes kleines Haus besäße. Mama habe geschrieben, es sei so gemütlich und läge ganz in der Nähe der Bibliothek. Sie könne es kaum erwarten, es mit eigenen Augen zu sehen.

Louisa las den Brief erst einmal, dann noch einmal. Ihr wurde klar, dass es ihr Spaß machen würde, ihrer kleinen Schwester ihr neues Domizil zu zeigen. Sie stellte sich vor, wie sie, Teetassen in der Hand haltend, vor dem offenen Feuer sitzen würden, während sie die Gastgeberin spielte. Dieses Bild gefiel ihr. Sie wünschte, Parker hätte Glenna nicht so weit von zu Hause fortgebracht.

Louisa vermisste ihre Mutter. Auch wenn sie selbst sie nur selten auf der Farm besucht hatte, empfand sie trotzdem eine Leere, weil ihre Mutter nicht so nah wohnte, dass sie einfach zu Fuß hinlaufen konnte, wenn ihr danach zu Mute war. Die Farm ihrer Großmutter war zu weit entfernt, um sie bequem erreichen zu können. Und ihr Onkel John schien zu beschäftigt zu sein, um nur für einen Besuch in die Stadt zu kommen. Louisa wünschte wirklich, ihre Mutter würde näher bei ihr leben. Sie war sogar versucht, ihrer Mutter ihr Gästezimmer anzubieten, doch wann immer ihr dieser Gedanke kam, erinnerte sie sich daran, dass ihre Mutter ja die Großmutter versorgen musste.

Eines Tages nach der Arbeit und nachdem sie die Tür der Bibliothek gewissenhaft abgeschlossen hatte, lief Louisa dann tatsächlich zu ihrer früheren Farm hinaus. Als sie in den Weg einbog, der zum Haus führte, war sie über den Anblick entsetzt. Der kleine Stall war fort, und auch das Hühnerhaus, der

Wurzelkeller, sogar alle Spuren des Gartens, der Bäume und der Büsche, die ihr Vater gepflanzt und mit so viel Sorgfalt gepflegt hatte. Verschwunden war das Haus mit den Vorhängen vor den Fenstern, der breiten Veranda und der einladenden Haustür, fort auch die Wäscheleine im Garten, das Spielhaus, alles, was Louisa von ihrer Kindheit an kannte.

Stattdessen fand sie aufgerissene Erde und eine leere Fläche vor, die darauf wartete, irgendetwas zu empfangen. Louisa wusste nicht, was der Käufer mit der Fläche plante, die er gekauft hatte. Sie wollte es auch gar nicht wissen. Was interessierte sie das? Er hatte so viel Gutes zerstört.

Niedergeschlagen wandte sie sich ab und entfernte sich rasch. Diesen Weg würde sie nie wieder freiwillig einschlagen.

*

Louisa nahm sehr gern die Einladung an, das Weihnachtsfest mit der Familie in Grannas Haus zu verbringen. Es würde dann beinahe so sein wie in alten Zeiten.

Natürlich würde Glenna nicht da sein. Die Reise war viel zu weit und würde sich für die kurzen Ferien nicht lohnen.

Onkel John und Tante Cee würden da sein. Auch die verheiratete Ada und ihr Mann Peter, dessen Farm ganz in der Nähe lag. Sie würden den kleinen Peter, Henry und Mirabelle, das Baby, mitbringen. Für Louisa war es schwer vorstellbar, dass ihre Cousine bereits drei kleine Kinder hatte.

William und seine Braut Constance würden ebenfalls da sein, Louisa kannte diese aber noch nicht besonders gut.

Dorcas würde allerdings fehlen. Sehr zu Tante Cees Bedauern fand ihr neuer Schwiegersohn, ein Umzug würde im Interesse seiner Familie liegen, und so war er mit Dorcas in die Stadt viele Meilen entfernt gezogen, in der er als Verkäufer in einem Möbelgeschäft arbeitete. Der Umzug hatte Tante Cee schwer zu schaffen gemacht. Sie hatte keine Hoffnung, dass ihre Jüngste in absehbarer Zeit in ihren Heimatort zurückkehren würde, wie es bei Mrs. Berdette der Fall war.

Der Tag verlief ganz anders, als Louisa erwartet hatte. Ihre

Großmutter war nicht mehr in der Lage, die Essensvorbereitungen zu übernehmen. Sie überwachte die Arbeiten und gab von ihrem Stuhl am großen Küchentisch aus Anweisungen.

Ada war mit ihren drei kleinen Kindern viel zu beschäftigt, um den anderen Frauen zu helfen, und Williams Braut war noch sehr unsicher und hielt sich zurück. Tante Cee hatte wieder Probleme mit ihrem Rücken, und so kam es, dass der größte Teil der Arbeit an Louisa und ihrer Mutter hängen blieb. Auch für den Aufwasch mussten sie sorgen. Louisa hatte nichts dagegen, aber am Ende des Tages war sie müde, und nur zu gern zog sie sich frühzeitig zurück.

Als sie sich auszog und in ihr warmes Flanellnachthemd schlüpfte, nagte die Sorge an ihr. War ihre Mutter einfach nur krank oder war es ihr Alter? Wurde der zarten Frau die Pflege der Großmutter zu viel? Mrs. Berdette schien alle ihre Energie verloren zu haben. Am Ende des anstrengenden Tages wirkte sie erschöpft. War es nur die normale Müdigkeit – oder stimmte mit ihrer Mutter vielleicht etwas anderes nicht?

Sie fragte sich, ob sie Glenna von ihrer Sorge berichten sollte, doch rasch verwarf sie den Gedanken wieder. Es würde Glenna nur beunruhigen und sie konnte ja ohnehin nichts tun. Außerdem irrte sich Louisa vielleicht auch. Vielleicht ging es ihrer Mutter am nächsten Morgen ja schon wieder viel besser. Schließlich war sie selbst ja auch sehr müde. Es war wirklich ein langer, harter Tag gewesen. Die Müdigkeit war durchaus normal.

Louisa zwang sich, ihre beunruhigenden Gedanken beiseite zu schieben, aber sie war entschlossen, während der kommenden beiden Tage, in denen sie sich im Haus ihrer Großmutter aufhielt, ein Auge auf ihre Mutter zu haben.

*

Auch am folgenden Morgen wirkte Mrs. Berdette noch immer sehr erschöpft. Louisa hatte ihre Mutter darauf angesprochen, während sie mittags in der Küche Truthahn-Sandwiches vorbereiteten.

„Mir geht es gut“, behauptete ihre Mutter. „Ich bin nur ein wenig erschöpft. Granna schläft momentan schlecht und ich muss nachts oft mit ihr aufstehen.“

„Wozu?“, fragte Louisa.

Ihre Mutter zuckte die Achseln. „Das ist das Traurige“, erwiderte sie. „Ich kann nicht viel tun. Manchmal mache ich ihr Kräutertee oder massiere ihr die Glieder. Oder ich schüttle ihr die Kissen auf. Aber ich kann wirklich nicht viel für sie tun. Mama tut mir so Leid. Sie leidet schrecklich.“

Louisa betrachtete die zerbrechlich wirkende Frau. Sie liebte ihre Großmutter wirklich von Herzen, aber sie fürchtete das, was die Pflege der älteren Frau ihrer Mutter antun könnte.

Sie hatte den Mund bereits geöffnet, um das Thema anzusprechen, doch dann änderte sie ihre Meinung. Stattdessen wandte sie ihre Aufmerksamkeit ihrer Schwester zu. „Ich dachte, du wolltest Glenna einmal besuchen“, bemerkte sie.

Das Gesicht ihrer Mutter hellte sich auf. „Oh, das würde ich wirklich gern tun, aber –“

„Bestimmt kann Tante Cee Granna für kurze Zeit versorgen. Sie wohnt doch direkt nebenan.“

Ihre Mutter zögerte noch immer.

„Ich werde mit Tante Cee und Onkel John reden“, erbot sich Louisa. „Wir werden sehen, was wir arrangieren können.“

Mrs. Berdette antwortete noch immer nicht, aber in ihren Augen lag ein Ausdruck der Hoffnung und tiefer Dankbarkeit. Sie strich ihrer Tochter mit der Hand über die Wange.

*

Nur zu gern kehrte Louisa zu dem Frieden und der Stille ihres kleinen Hauses zurück. Es war so schön, allein zu leben. Es gab niemanden, der ihre Aufmerksamkeit forderte oder ihre Gedanken störte. Aber sie musste zugeben, dass es auch schrecklich still und in gewisser Weise leer war.

Sie hatte mit Onkel John und Tante Cee gesprochen und beide teilten ihre Sorge um ihre Mutter. Genau wie sie waren sie der Meinung, eine Reise zu Glenna würde ihr gut tun und ihr die so dringend benötigte Ruhepause verschaffen. Sie versicherten Louisa, sie würden in dieser Zeit Grannas Pflege übernehmen.

*

Und so wurden die Vorbereitungen getroffen und Louisa brachte ihre Mutter zum Zug gen Osten. Die Vorfreude ließ Mrs. Berdettes Augen funkeln und brachte ein wenig Farbe auf ihre blassen Wangen, als sie Louisa durch das Zugfenster zuwinkte.

Aber mit der Abreise ihrer Mutter wirkte Louisas Welt noch leerer und verlorener. Ihr war gar nicht klar gewesen, was es bedeutete, ihre Mutter ganz in ihrer Nähe zu wissen. In der Lage zu sein, sie sonntags beiläufig zu begrüßen, auch wenn sie keine Zeit hatten, richtig miteinander zu plaudern. Doch nun würde sie zwei Monate bei Glenna sein.

„Vielleicht hat Glenna Recht", murmelte Louisa widerstrebend vor sich hin. „Vielleicht hilft es, sich in der Gemeinde zu engagieren."

Louisa beschloss, dem Pastor der kleinen Gemeinde einen Besuch abzustatten und ihre Dienste anzubieten. „Ich habe viel freie Zeit", erklärte sie ihm bei ihrem Besuch. „Abends habe ich meistens nichts vor. Ich sorge nur für mich selbst, und da ich ein recht organisierter Mensch bin, sind die täglichen Pflichten schnell erledigt."

Pastor Jenkins lächelte und begrüßte Louisas Angebot. Er erklärte ihr, dass sie noch Hilfe bei der Arbeit mit den Kindern brauchten. Louisa freute sich, wieder aktiv in der Gemeinde mitzuarbeiten. Als Teenager hatte sie Sonntagsschulunterricht gegeben und das hatte ihr gefallen. Ihr war gar nicht klar gewesen, wie sehr sie die Kinder vermisst hatte, bis sie wieder mit ihnen zu arbeiten begann. Sorgfältig bereitete sie jede Stunde vor. Die Bücher aus der Bibliothek lieferten ihr zusätzliche Hintergrundinformationen, und gelegentlich fand sie eine geeignete Geschichte, die sie den Kindern vorlesen konnte.

Schon bald konnte sie den Sonntagmorgen kaum noch erwarten, wenn sie die frisch geschrubbten lächelnden Gesichter vor sich sah.

Eine Aufgabe führte zur nächsten, und schon bald waren Louisas Abende, die Sonntage und Samstagnachmittage mehr als ausgefüllt. Den Samstagmorgen reservierte sie für ihre Hausarbeit und all die anderen kleinen Pflichten, die zusätzlich anfielen. Schon bald war sie so beschäftigt, dass sie kaum alles bewältigen konnte – aber es gefiel ihr. Zumindest langweilte sie sich nicht. Und sie wurde auch nicht dünn und blass und introvertiert wie Miss Phillips. Niemand konnte ihr vorwerfen, dass sie sich zur typischen alten Jungfer entwickelte. Oder doch?

Sie war sich nicht so ganz sicher. Trotz allem war sie weiterhin noch vollkommen gefangen genommen von ihrer eigenen kleinen Welt. Ihre Interessen hatten sich nur ein wenig verlagert. Sie verbrachte jetzt nicht mehr all ihre Zeit mit ihren Büchern, sondern beschäftigte sich mit Kindern und half ihnen dabei, Gott zu entdecken.

Es ist ein gutes Leben, redete sie sich ein. Befriedigend und lohnenswert. Meistens schaffte sie es auch, sich von der Wahrheit dieser Aussage zu überzeugen.

„Liebe Louisa,
wie kann ich dir nur danken, dass du Mama zu mir geschickt hast? Ich wusste, dass ich sie schrecklich vermisste, aber ich hatte keine Ahnung, wie sehr, bis ich sie aus dem Zug steigen sah.
Ich fürchte, die Reise hat sie erschöpft. Sie wirkt so ausgezehrt und blass. Parker sagt, er wird ein gutes Tonikum für sie auftreiben. Wenn sie zu dir zurückkehrt, wird sie sich wieder großartig fühlen!“

Louisa hielt beim Lesen inne. Sie hatte sich das also nicht nur eingebildet. Ihre Mama war von der Pflege ihrer Großmutter tatsächlich sehr erschöpft. Louisa war froh, dass sie die Initiative ergriffen hatte. Froh, dass Onkel John und Tante Cee bereit gewesen waren, ihrer Mutter eine Ruhepause zu verschaffen.

Ich hoffe doch sehr, dass Parker Medizin auftreibt, überlegte sie, als ihr Blick wieder auf Glennas Brief fiel.

Sie schrieb das Übliche, von neuen Freunden, Gemeindeaktivitäten und Parkers Studium. Louisa überflog die Seiten in aller Eile. Sie musste sich auf einen Nachmittag mit sieben- und achtjährigen Kindern vorbereiten.

„Ich habe ganz aufregende Neuigkeiten", schrieb Glenna mehrere Wochen später. „Du wirst Tante! Parker und ich sind so aufgeregt. Und Mama ist begeistert, dass sie Großmutter wird ..."

Louisas Blick schweifte ab. Ein Baby. Für Glenna. Das schien unmöglich zu sein – und doch war ihre kleine Schwester nun seit mehr als vier Jahren verheiratet. Obwohl Louisa der Meinung gewesen war, Glenna sei viel zu jung für die Ehe, war die Zeit wie im Flug vergangen. Louisa konnte jetzt nicht behaupten, Glenna sei viel zu jung, um Mutter zu sein. Viele Mädchen in Glennas Alter hatten schon mehr als ein Kind.

„Das scheint unmöglich", überlegte Louisa laut.

Unwillkürlich musste Louisa an ihr eigenes Alter denken. Sie würde bald 25 werden. Eine richtige alte Jungfer.

Das erschien ihr auch nicht möglich zu sein.

Dieser Gedanke gefiel Louisa nicht. Sie versuchte sich abzulenken, indem sie sich wieder Glennas Brief zuwandte.

„Ich habe jetzt einen Arzt zum Mann. Stell dir das vor! Parker arbeitet mit einem älteren Arzt hier in der Stadt zusammen. Er möchte noch zwei Jahre Erfahrungen sammeln, dann werden wir nach Hause kommen. Ich kann es kaum erwarten. Du wirst deine Nichte oder deinen Neffen verwöhnen können."

Louisa war nicht sicher, wie sie das mit dem Verwöhnen handhaben würde. Plötzlich wollte sie gar nicht mehr, dass Glenna in die Stadt zurückkehrte. Der Gedanke erstaunte sie und machte sie verlegen.

Ihr Leben und das von Glenna waren so unterschiedlich. Glenna hatte alles. Aussehen und … ja, ihre Schönheit hatte das Leben für sie leicht gemacht. Jetzt hatte sie einen Mann und war glücklich und bald würde ein Kind ihr Glück vervollständigen. Glenna würde das nicht Glück nennen. Sie würde sagen, dass dieser Begriff Zufall beinhaltete. Glenna würde „Segen" sagen und alles, was in ihrem Leben passierte, Gottes Wirken zuschreiben.

Nun, wenn Gott tatsächlich die Verantwortung trug und jeden liebte, warum bevorzugte er dann einige und benachteiligte andere?, überlegte Louisa. Warum hatte Glenna den Löwenanteil bekommen? Das war einfach nicht fair.

Louisa sprang auf und warf den Brief auf den kleinen Tisch neben ihrem Sessel. Das Leben war so ungerecht. Das machte sie zornig. Die täglichen Routinen – der Alltag, die Arbeit, das Gemeindeleben, der Haushalt –, die sie akzeptiert zu haben glaubte, erschienen ihr nun kalt und leblos. Ohne Bedeutung.

Ihre Frustration ließ sie unruhig werden. Das kleine Haus, nach dem sie sich so gesehnt hatte, erschien ihr nun nicht mehr gemütlich, sondern engte sie ein.

Sie musste raus. Louisa griff sich einen Schal und eilte hinaus in den Abend. Mit schnellen Schritten marschierte sie durch die Straßen. Sie war bereits mehrere Straßenzüge von ihrem Haus entfernt, als sie langsamer wurde.

Sieh dich nur an, schimpfte sie mit sich. *Glenna teilt dir eine freudige Nachricht mit und du kannst dich nicht einmal mit ihr freuen. Du solltest ihr einen Brief schreiben und ihr gratulieren, aber nein, du marschierst hier zornig in der Stadt herum.*

Aber es ist auch nicht gerecht, argumentierte sie. *Glenna hat bereits alles, was sie zum Glücklichsein braucht.*

Und was braucht man zum Glücklichsein?, fragte ihre innere Stimme.

Der Gedanke brachte Louisa zum Stehen. Darüber hatte sie nie zuvor nachgedacht.

Nun, ich – ich –

Sie war gesund. Sie hatte eine Arbeitsstelle, die ihr meistens sehr viel Spaß machte. Ein kleines Haus für sich. Eine sinnvolle Tätigkeit, die sowohl ihren Geist als auch ihren Körper in Schwung hielt. Was fehlte ihr?

Ein Mann? Nein. Nein, sie war nicht sicher, ob sie überhaupt einen wollte. Ihr gefiel ihre Unabhängigkeit. Es gefiel ihr, ungebunden ihren Weg zu gehen. Aber wenn sie sich keine Ehe wünschte, warum war sie dann so eifersüchtig auf Glenna, darauf, dass diese verheiratet war?

Louisa konnte ihre Gedankengänge nicht entwirren. Sie wusste einfach, dass sie sich leer und allein fühlte, und sie hatte jetzt die traurige Entdeckung gemacht, dass Aktivität die Leere in ihrem Leben nicht füllen konnte.

Glenna

Als Glennas Baby zur Welt kam, war Mrs. Berdette bereits wieder zu ihren Pflichten bei Granna zurückgekehrt. Das Kind war ein Junge, der nach seinen beiden Großvätern James Edward genannt wurde. Trotz Louisas Groll gegenüber Glenna, die alles im Leben zu besitzen schien, konnte sie es zunächst kaum erwarten, das Kind zu sehen. Aber schließlich vergaß sie beinahe, dass sie einen Neffen hatte. Die Zeit und die Entfernung verdrängten den Kleinen aus ihren Gedanken.

Sie machte sich noch immer Sorgen um ihre Mutter und fuhr häufiger zur Farm ihrer Großmutter hinaus, um nach ihr zu sehen. Sie hatte sich einen kleinen Buggy und eine schöne Stute gekauft, um den Weg schneller, häufiger und bequemer zurücklegen zu können. Sie freute sich über das Pferd und das Gefühl der Freiheit, das das Tier ihr brachte, aber sie hatte keine Lust, es täglich zu füttern und zu pflegen. Darum stellte sie es in einem Stall am Stadtrand unter.

Ihre Mutter wirkte etwas ausgeruhter und schien bei Glenna einen Teil ihrer früheren Vitalität zurückerlangt zu haben, aber ihre Kräfte ließen sehr schnell wieder nach. Das machte Louisa Sorge, doch ihre Mutter beklagte sich nie über Schmerzen oder dass sie müder war, als sie sollte.

Für ihre Mutter, die nun selbst in die Jahre kam, war es eine Last, die alte Granna zu versorgen. Aber Louisa sah keine Möglichkeit, etwas daran zu ändern.

Sie setzte ihre Arbeit mit den Kindern der kleinen Gemeinde fort. Die Erkenntnis, dass Aktivität kein Ersatz für innere Zufriedenheit und Frieden war, hatte ihr nicht geholfen, aber ihre Aktivität füllte die vielen einsamen, ruhelosen Stunden. Dafür war sie sehr dankbar.

Miss Phillips arbeitete nach wie vor in der Bibliothek, aber insgeheim fragte sich Louisa, wie lange die zerbrechliche Frau noch würde arbeiten können. Louisa war sicher, dass sie nicht richtig aß, und gelegentlich war sie versucht, mit der Frau über diese Tatsache zu reden. Aber Miss Phillips war so distanziert, so reserviert. Es war ausgesprochen schwierig, mit ihr über irgendetwas zu reden.

Zwei Jahre zogen ins Land und trotz Louisas untergründiger Unzufriedenheit verlief ihr Leben im gleichen Trott. Mit tödlicher Sicherheit wurde nach jedem Monat ein Blatt vom Wandkalender abgerissen und landete im Müll. Nichts schien sich von Tag zu Tag, Monat zu Monat richtig zu verändern. Ihr Leben war eine langweilige und uninteressante Folge kleiner alltäglicher Ereignisse.

Und dann kam der Tag, an dem sie in ihrem Terminkalender die Notiz entdeckte, die sie selbst eingetragen hatte: „Glenna am Bahnhof abholen. 14 Uhr 34."

Zumindest würde es ein wenig Ablenkung geben.

Mit Miss Phillips hatte sie bereits vereinbart, dass sie die Bibliothek früher als gewöhnlich verlassen würde. Onkel John und Tante Cee hatten versprochen, ihre Mutter von der Farm in die Stadt zu bringen. Louisa hatte sie alle zum Tee in ihr kleines Haus eingeladen, nachdem sie Glenna, Parker und den kleinen James vom Bahnhof abgeholt hatten. Sie war nicht sicher, ob der Grund dafür der war, dass sie Glenna willkommen heißen wollte, oder ob sie ihrer Schwester nicht vielmehr ihr gemütliches kleines Heim zeigen wollte.

Noch immer kämpfte sie mit ihren zwiespältigen Gefühlen ihrer Schwester gegenüber, und sie wünschte, Glenna würde einfach bleiben, wo sie war. Sie schien dort doch recht zufrieden zu sein. Warum praktizierte Parker nicht einfach weiter wie bisher mit dem älteren Arzt? Auf der anderen Seite empfand sie eine unerklärliche Freude bei dem Gedanken, Glenna wieder zu sehen. Glenna war, abgesehen von ihren Eltern, der einzige Mensch, der sie so akzeptierte, wie sie war. Sie vielleicht sogar liebte. Glenna war immer diejenige gewesen, die sie aufgeheitert und ein bisschen Farbe in ihr Leben gebracht hatte. Aus irgendeinem seltsamen Grund schien ihre Schwester zu ihr aufzusehen und sogar für sie einzustehen.

Louisa konnte ihre Gefühle in Bezug auf Glenna nicht entwirren. Das Leben war nicht fair. Vielleicht war auch Gott nicht fair. Diese Frage hatte sie für sich noch nicht geklärt. Aber war das tatsächlich Glennas Schuld?

Und so kam es, dass Louisa mit gemischten Gefühlen ein letztes Mal ihre Vorbereitungen überprüfte, ihren besten schwarzen Rock, ihre neue weiße Bluse anzog und den hübschen Hut aufsetzte, ihren Schal und ihre Handschuhe nahm und sich auf den Weg zum Bahnhof machte.

Der Zug hatte nur zehn Minuten Verspätung und das war wirklich ein Rekord. Man konnte nie damit rechnen, dass er pünktlich eintraf, und die Leute fingen normalerweise erst eine Stunde nach fahrplanmäßiger Ankunftszeit an, ernsthaft nach ihm Ausschau zu halten.

Während sie die Schienen entlangstarrten, bemerkte Louisa, dass die Wangen ihrer Mutter vor Aufregung gerötet waren. Sie hatte ihren Enkel noch nie gesehen, und Louisa wusste, dass sie ihre Gefühle kaum im Zaum halten konnte.

Müde bog die Lokomotive um die Kurve und fuhr dampfend und zischend in den Bahnhof ein. Louisa stand hoch aufgerichtet und mit steifem Rücken auf dem Bahnsteig. Aus irgendeinem Grund fühlte sie sich durch Glennas Rückkehr herausgefordert.

Versuchte sie noch immer, mit ihrer jüngeren Schwester zu konkurrieren?

Der Gedanke war seltsam. Konkurrieren? Um was? Sie lebten jetzt in unterschiedlichen Welten. Es würde nur wenige Berührungspunkte geben. Oh, sicher, da war natürlich ihre Mutter. Aber sie würden sich beide um sie kümmern. *Mama und Granna*, dachte Louisa. Sogar Onkel John und Tante Cee waren nur noch selten in der Nähe. Ihre eigene Familie war gewachsen und nahm den größten Teil ihrer Zeit und Aufmerksamkeit in Anspruch.

Und so schob Louisa das Kinn vor und wartete darauf, dass der Zug zum Stehen kam.

Sie stiegen als letzte Passagiere aus. Glenna und Parker standen in der Tür, beide schwer bepackt. Louisa suchte nach dem Baby, aber sie konnte es nicht entdecken. Ihr Blick wanderte zu Glenna zurück. Die Jahre waren mehr als freundlich zu ihr gewesen. Sie war aufgeblüht. Wenn sie als junges Mädchen schon hübsch gewesen war, dann war sie jetzt lieblich. Lieblich und gelassen und *zufrieden*. Ihr Gesicht, von der Aufregung gerötet, strahlte eine heitere Gelassenheit und Ruhe aus.

Und dann entdeckte Louisa hinter ihnen eine Bedienstete mit roter Haube, die einen kleinen Jungen an der Hand hielt.

„Wo ist das Baby?“, hörte sie ihre Mutter murmeln und Onkel John erwiderte: „Denkst du, der kleine Junge gehört zu ihr?“

Louisa hörte ihre Mutter nach Luft schnappen. „Bestimmt nicht“, widersprach sie.

Aber Louisa wusste, dass es stimmte. Sie hatten Glenna mit einem Baby im Arm zurückerwartet. Aber zwei Jahre waren vergangen. Der kleine James war kein Baby mehr.

Und dann trafen die beiden Gruppen aufeinander.

Es war ein lärmendes Knäuel, alle riefen durcheinander und begrüßten einander mit Umarmungen und lautstarken Willkommensgrüßen. Der kleine James schrie am lautesten. Und schließlich fassten sie sich wieder, und Louisa konnte ihre Einladung aussprechen und den Vorschlag machen, dass sie sich auf den Weg zu ihrem Haus machten. In Onkel Johns Buggy hatten nicht alle Platz.

„Ich werde laufen“, verkündete Louisa. „Bis ihr das Gepäck geholt und verladen habt, habe ich längst den Teekessel aufgesetzt.“

„Oh, kann ich nicht mit dir zu Fuß gehen?“, rief Glenna. „Ich bin so lange in diesem schleichenden, überfüllten Zug eingesperrt gewesen. Ich würde mir gern ein wenig die Beine vertreten. Hast du etwas dagegen, Liebling?“, fragte sie an Parker gewandt.

Und so machten sich Louisa und Glenna auf den Weg durch die Stadt.

„Wie ist es dir ergangen, Louisa? Du siehst wundervoll aus!“, rief Glenna.

Louisa hätte die Bemerkung abtun können. Sie wusste, dass sie nicht wundervoll aussah. Glenna sah wundervoll aus. Doch sie verkniff sich eine Bemerkung.

„James muss dich ganz schön auf Trab halten“, erwiderte sie stattdessen.

Glenna blickte sie mit gespielter Verzweiflung an. „Oh, das ist die Untertreibung des Jahrhunderts“, stöhnte sie. Dann lachte sie. „Er macht uns so viel Freude“, beeilte sie sich zu sagen, „aber er ist ein schreckliches Energiebündel. Parker ist so lieb zu ihm. Wenn er abends nach Hause kommt, sorgt er dafür, dass er seine überschüssige Energie abreagieren kann.“

„Ich bin erstaunt, dass Parker abends nach Hause kommt“, warf Louisa ein. „Ich dachte, Ärzte wären immer in Bereitschaft.“

„Ja und nein“, erklärte Glenna. „Sie wechseln sich ab.“

„Denkst du, das wird hier so weitergehen?“

Glenna schüttelte den Kopf. „Ich habe keine Ahnung. Aber ich glaube nicht. Parker wird eine eigene Praxis eröffnen. Er wird für seine Patienten erreichbar sein müssen. Ganz bestimmt wird es anders sein.“

Sie atmete tief durch und sah sich beim Gehen um. „Oh, es ist so schön, wieder zu Hause zu sein. Haben sich die Dinge hier sehr verändert?“

Louisa ließ die Jahre seit Glennas Weggang Revue passieren. Ja, die Dinge hatten sich verändert – doch vieles war noch immer so, wie es schon damals gewesen war.

„Ich schätze, die Farm wird die größte Veränderung für dich sein“, meinte sie langsam.

„Sie wurde umgebaut?“

„Sie ist fort.“

„Fort?“ Glenna riss die Augen auf. „Was haben sie gemacht?“, fragte sie mit zitternder Stimme.

„Sie wurde abgerissen. Man hat dort Häuser gebaut. Ich gehe nicht einmal mehr daran vorbei.“

„Das kann ich mir gar nicht vorstellen. Es war so ein hübsches kleines Haus. Warum sollte jemand das abreißen?“

„Das nennt man Fortschritt“, sagte Louisa mit einem ärgerlichen Seufzer.

Schweigend gingen sie weiter.

„Was hältst du von Mama?“, fragte Glenna plötzlich.

Louisa blickte ihre jüngere Schwester an. Sorge lag in ihren tiefblauen Augen. „Ich – ich denke dass sie … es wird ihr zu viel“, erwiderte Louisa. Sie wollte ehrlich sein, doch sie hasste die Wahrheit.

Glenna nickte ernst. „Ich hatte gehofft, dass das Tonikum …“ Ihre Worte verklangen.

„Grannas Pflege ist zu schwer für sie“, warf Louisa ein, „aber ich weiß nicht, was ich tun soll.“

„Ist es nur Grannas Pflege oder ist Mama –“

„Ich weiß es nicht“, erwiderte Louisa kopfschüttelnd. „Aber bestimmt ist es nicht gut für sie, wenn sie Nacht für Nacht in ihrem Schlaf gestört wird.“

„Vielleicht kann Parker Granna helfen“, überlegte Glenna laut.

Möglicherweise war das die Antwort.

Als sie bei ihrem kleinen Haus ankamen, hatte Louisa das Gefühl, alles ganz gut im Griff zu haben. Am Abend zuvor hatte sie alles für ihre Gäste vorbereitet. Jetzt musste sie nur noch letzte Hand anlegen. Trotzdem eilte sie ins Haus, zog ihre Handschuhe aus, legte Hut und Schal ab und begab sich in die Küche, während Glenna sich umsah und ihre Wohnung bestaunte. Louisa hatte gewusst, wie Glenna reagieren würde, und eine sanfte Röte überzog ihr Gesicht vor Freude über Glennas Bemerkungen.

Aber sie musste sich jetzt beeilen, wenn sie alles fertig stellen wollte, bevor die Gäste eintrafen.

Glenna kam ihr bald zu Hilfe. Sie schwärmte noch immer über Louisas hübsches kleines Heim.

Sie legten gerade die Sandwiches und Törtchen auf die Platten, als Louisa die anderen kommen hörte. Von da an war das kleine Haus mit Leben erfüllt. Schnell wies Louisa allen ihre

Plätze zu. Doch der kleine James schien überall auf einmal zu sein. Louisa hatte noch nie so ein kleines Kind in ihrem Haus gehabt. Sie hatte Angst, mit der heißen Teekanne in der Hand über ihn zu stolpern. Und immer behielt sie ihn im Auge, wenn er sich ihre kostbaren Besitztümer ansah. *Hat man ihm wohl beigebracht, dass er die Hände bei sich behalten soll?*, fragte sie sich. Würden Glenna oder Parker auf ihren Jungen aufpassen?

Als Louisa fertig serviert hatte, war sie von der nervösen Anspannung erschöpft. Sie konnte es kaum erwarten, dass alle wieder nach Hause gingen, damit sie aufräumen konnte und alles wieder seinen bequemen, ordentlichen und normalen Gang ging.

„Ich hoffe, sie bringen dieses Kind nie wieder mit hierher“, murmelte sie vor sich hin, als sich die Tür endlich hinter ihren Besuchern schloss und sie wieder allein war.

Doch als sie ihr kleines Reich inspizierte, waren die Möbel unbeschädigt geblieben. Nur leere Teetassen und Reste von Sandwiches und Törtchen standen herum.

„Na ja, dieses Mal habe ich anscheinend noch Glück gehabt“, seufzte sie erleichtert. Wäre sie ehrlich gewesen, hätte sie sich eingestehen müssen, dass der neugierige kleine Junge gut in Schach gehalten worden war.

*

Parker und Glenna ließen sich in einem neueren Stadtteil von Allsburg nieder, in dem Parker seine Praxis eröffnete, die von Anfang an florierte. Abgesehen von der Tatsache, dass er jetzt sehr beschäftigt war und nur noch wenig Zeit für die Familie hatte, schien Glenna äußerst glücklich zu sein.

Louisa war bereit, in ihre vertraute Routine zurückzufallen, doch Glenna schien ebenfalls entschlossen, ihre Welt ein wenig auf den Kopf zu stellen. Gelegentlich fühlte sich Louisa durch ihre Überfälle gestört, doch gleichzeitig musste sie sich zögernd eingestehen, dass sie einen Funken Leben in ihren Alltag brachte.

Glennas neue Rolle als Mutter schien auch auf ihre Schwester ausgeweitet zu werden, und Louisa fragte sich, ob Glenna wohl dachte, sie brauche ihre Hilfe, um glücklich zu sein. Sie wehrte sich und versicherte Glenna auf ihre Weise, dass sie ihr Leben, so wie es war, mochte und vollkommen unter Kontrolle hatte. Natürlich stimmte das nicht wirklich, aber Louisa überlegte insgeheim, ob es so etwas wie vollkommenes Glück überhaupt gab.

Doch Glenna schien glücklich zu sein.

Sie hatte ihr anvertraut, dass sie ihr zweites Kind erwartete, und obwohl der energiegeladene Jamie sie ständig auf Trab hielt, versicherte sie, sie freue sich auf ihr zweites Kind. Louisa konnte ihre Haltung nicht verstehen, aber sie akzeptierte sie. Glenna selbst schien unendlich viel Energie zu haben. Louisa war sicher, sie würde jede Unze davon brauchen, sobald erst zwei Kinder um sie herumsprangen.

Eines Mittwochnachmittags war Louisa gerade damit beschäftigt, die Bibliothekskarten zu sortieren, als Glenna mit glühendem Gesicht und funkelnden Augen hereinplatzte. Louisa führte sie in das kleine Zimmer, in dem sie ein persönliches Gespräch führen konnten.

„Oh Louisa!“, rief Glenna, nachdem sie die Tür geschlossen hatte. „Ich habe gerade den perfekten Mann getroffen.“

Louisa starrte sie an. *Du hast doch schon einen Mann*, war ihr erster Gedanke, aber Glenna plauderte munter weiter. „Kannst du am Sonntag zum Abendessen kommen? Ich habe –“

Was sagte ihre Schwester da? Dachte sie –? Louisas Lippen verzogen sich zu einem dünnen Strich.

Ja, sie dachte. Glenna wollte ihr helfen, einen passenden Verehrer zu finden.

Mit zornigem Blick wirbelte Louisa herum und verließ den kleinen Raum. Ihr einfacher schwarzer Rock fegte über den Dielenboden. Ihr Zorn zeigte sich in jedem Schritt, den sie machte.

Das ging einfach zu weit. Viel zu weit. Sie hatte nicht die Absicht zuzulassen, dass Glenna oder sonst irgendjemand versuchte, sie mit einem Mann zusammenzubringen. Sie wollte keinen Mann. Wollte keine energiegeladenen Kinder, die ihr um die Füße rannten und ihre ganze Zeit und Aufmerksamkeit in Anspruch nahmen.

Louisa kehrte zu ihren Karteikarten zurück. Ärgerliche Gedanken wirbelten in ihrem Kopf durcheinander.

Nach einer Weile kam Glenna aus dem Zimmer. Es sah so aus, als habe sie geweint.

„Louisa“, flüsterte sie leise. „Es tut mir so Leid.“

Louisa blickte sie nur kalt an und wandte sich wieder ihren Karteikarten zu.

Glenna schlich davon.

Allmählich legte sich Louisas Zorn. Eigentlich war das ja gar nicht so schrecklich gewesen. Keine Frage, Glenna war zu weit gegangen, aber sie hatte es nicht mit böser Absicht getan. Sie hatte wirklich nicht vorgehabt –

Aber Louisa fiel es schwer, ihr zu vergeben.

Erst als sie mit leerer Tasse vor ihrem Kamin saß, ließ sie ihre wahren Gefühle an die Oberfläche kommen.

Weißt du denn nicht, dass Männer keine gewöhnliche Frau wollen?, rief sie, als würde Glenna ihren Argumenten zuhören. *Du warst schon immer hübsch. Du hast keine Ahnung, was es bedeutet, gewöhnlich zu sein.*

Louisa hatte sich nie gestattet, das Wort „hässlich“ zu gebrauchen. Sie wollte nicht, dass man sie hässlich fand, und eigentlich fand sie sich auch nicht hässlich. Es wäre eine Übertreibung gewesen – und Louisa sagte sich, dass sie immer ehrlich und aufrichtig war. Sie war stolz darauf, dass sie alle Dinge ohne Umschweife in Angriff nahm, dass sie sich ihnen stellte, sie akzeptierte und dann nach vorne ging.

Aber da waren Gefühle in Bezug auf Glenna, die sie nie richtig verstanden hatte. Selbst jetzt noch weigerte sie sich, darüber nachzudenken. Sie waren zu tief vergraben, zu verwirrend und vermutlich zu schmerzlich. Louisa schob sie beiseite, brachte ihre Tasse in die Küche, um sie abzuspülen.

Sie war erschöpft. Sie würde früh zu Bett gehen.

Neue Freunde

Glenna sprach nie wieder von dem netten Mann, den sie kennen gelernt hatte. Auch versuchte sie nie mehr, Louisa mit irgendeinem anderen Mann zusammenzubringen.

Das übernahmen andere.

Immer wieder wurde Louisa von einer freundlichen Familie aus der Gemeinde zusammen mit irgendeinem Junggesellen, an dem sie kein Interesse hatte und mit dem sie keine Beziehung eingehen wollte, zum Abendessen eingeladen.

Von solchen Abenden kehrte sie angewidert und wütend nach Hause zurück. Sie fing an, Ausreden zu erfinden, um Einladungen abzulehnen, da sie ja nicht wusste, welche vielleicht wieder einen Versuch darstellten, sie zu verkuppeln. Dies unterstrich den Ruf, dass sie zurückgezogen lebe und unfreundlich sei, aber das war ihr egal. Die Menschen sollten sich nicht in ihr Leben einmischen.

Sie hatte den Eindruck, dass sie Miss Phillips allmählich besser verstehen konnte. Vielleicht hatte die ältere Frau dieselben Erfahrungen gemacht. Kein Wunder, dass sie abends immer zu Hause blieb – mit ihren Büchern. Wenigstens brauchte sie keine Freude zu heucheln, wenn ihr irgendein Junggeselle vorgestellt wurde, der von dem größten Teil der weiblichen Bevölkerung offensichtlich bereits zurückgewiesen worden war – und meistens auch aus gutem Grund, dachte Louisa.

So behielt Louisa ihre Aktivitäten bei. Diese hielten sie beschäftigt und lieferten ihr einen ehrlichen Grund, Einladungen abzuschlagen.

Die Sonntage waren jedoch ein Problem. An diesem Tag konnte sie sich nicht damit herausreden, sie habe zu viel zu tun. Die Sonntagsschule war früh vorbei. Darum nutzte Louisa häufig ihre Stute und den Buggy, um an den Sonntagnachmittagen Besuche auf der Farm ihrer Großmutter zu machen. Auf diese Weise hatte sie eine Entschuldigung, andere Einladungen auszuschlagen. Und so konnte sie auch ihre Mutter im Auge behalten und ihr wenigstens an einem Tag in der Woche ein paar Arbeiten abnehmen.

Granna lag mittlerweile fast ausschließlich im Bett. Onkel John kam von Zeit zu Zeit herüber und hob sie an, wenn es sein musste, aber abgesehen davon hing die Pflege der alten Dame ganz allein an ihrer Mutter. Louisa wusste, dass dies keine leichte Aufgabe war. Kein Wunder, dass ihre Mutter blass und erschöpft aussah.

An den Sonntagnachmittagen übernahm Louisa die Pflege und verordnete ihrer Mutter einen Mittagsschlaf. Zuerst hatte Mrs. Berdette zaghaft widersprochen, aber als Louisa darauf bestand, zog sie sich erleichtert auf ihr Zimmer zurück. Louisa war erstaunt, wie lange sie jeden Sonntag schlief. Während ihre Mutter ruhte, las Louisa in einem Buch. Solange Granna wach war, las Louisa ihr vor, aber wenn die alte Dame schlief, schmökerte sie für sich.

Am Abend bereitete Louisa ein leichtes Abendessen vor, dann spannte sie die Stute vor den Buggy und machte sich auf die Fahrt zurück zur Stadt.

Häufig war es schon dunkel, wenn sie das Pferd in den Mietstall brachte und den Rest des Weges zu ihrem Haus zu Fuß zurücklegte. Am Ende des Tages war sie sehr müde und froh, dass sie das nicht jeden Tag zu machen brauchte.

Der Sonntag war für sie kein Tag der Ruhe und Entspannung mehr, trotzdem freute sie sich darauf, ihre Mutter zu sehen. Onkel John und Tante Cee blieben sonntags gelegentlich abwechselnd zu Hause, damit Mrs. Berdette den Gottesdienst besuchen konnte.

Glenna konnte ihre Mutter immer unter der Woche besuchen. Parker mietete einen Fahrer an, der sie und den kleinen Jamie zur Farm brachte. Glenna sollte keinesfalls selbst fahren, da sie auf ihren energiegeladenen Sohn aufpassen musste und ein weiteres Kind erwartete.

Auf Grund ihrer unterschiedlichen Lebenssituationen und ihrer Termine konnten die beiden Schwestern sich nicht bei Granna treffen. Louisa machte dies jedoch nichts aus. Es war schon schwer genug, sich um die beiden älteren Damen zu kümmern. Außerdem war sie froh, dass Jamie ihr nicht immer zwischen den Füßen herumlief.

Zumindest redete sich Louisa dies ein. In Wahrheit brachte sie Jamie zwiespältige Gefühle entgegen. Er war sehr wild, und es war ermüdend, auch nur zuzusehen, wie er hin und her flitzte, um alles, was er entdeckte, zu untersuchen. Er war auch fröhlich und begeisterungsfähig, genau wie seine Mutter, und extrem liebevoll. Jeden Sonntag begrüßte er „Tante Berty" voller Wärme und Freude, und er bestand darauf, dass sie sich bückte, damit er sie umarmen und ihr einen Kuss auf die Wange drücken konnte. Louisa tat, als ließe sie das kalt, aber wenn sie ehrlich war, musste sie eingestehen, dass sie sich auf seine Begrüßung freute. Noch nie hatte sich jemand so vollkommen und offen gefreut, sie zu sehen.

Doch insgeheim hatte Louisa Angst vor einer zu starken Bindung an den kleinen Jamie, darum schottete sie sich innerlich gegen seine Liebe ab und gab sich ein wenig distanziert. Aber das schien Jamie nicht zu bemerken. Trotzdem lief er immer sofort zu ihr, wenn sein Papa ihn im Kirchengebäude auf den Boden gesetzt hatte.

„Ich will bei Tante Berty sitzen", bettelte er häufig und Louisas Herzschlag beschleunigte sich.

„Aber nur, wenn du auch ganz stillsitzt", erwiderte Glenna dann gewöhnlich.

„Das werde ich. Ich verspreche es", erwiderte Jamie.

Louisa achtete darauf, dass er sein Versprechen hielt. Wann immer er sich rührte, blickte sie ihn streng an. Sie war sicher, dass er sie am folgenden Sonntag in Ruhe lassen würde, aber das tat er nicht.

Es war eine seltsame Beziehung. Der kleine Junge brachte ihr so viel Liebe entgegen, und Louisa gab sich die größte Mühe, dafür zu sorgen, dass diese ihre selbst errichtete Mauer nicht durchdrang.

An einem Sonntag im Herbst stand Louisa allein im Foyer, als Jamie zur Sonntagsschule hereingehüpft kam. Wie üblich leuchteten seine Augen auf, als er nach ihr rief und auf sie zurannte.

Sie spürte, dass sie sich versteifte. Wenn sie nicht aufpasste, würde dieser Neffe sie noch in ein sentimentales Weichei verwandeln.

Trotzdem beugte sie sich herab, damit er sie umarmen konnte. Schließlich konnte man das Kind doch nicht einfach vor den Kopf stoßen, oder?

Er legte die Arme um ihren Hals und drückte ihr einen feuchten Kuss auf die Wange, dann lehnte er sich zurück und grinste sie schelmisch an.

Louisa konnte nicht anders, sie musste das Lächeln erwidern.

„Was für ein schönes Bild“, ertönte eine männliche Stimme neben ihr.

Jemand hatte die Eingangshalle betreten.

Louisa löste Jamies Arme von ihrem Hals, setzte ihren undurchdringlichen Gesichtsausdruck auf und erhob sich.

Ein großer Mann, der ihr seltsam bekannt vorkam, stand vor ihr. Sie runzelte die Stirn.

„Geh jetzt in deine Gruppe, Jamie“, sagte sie zu dem Jungen, der daraufhin davonhüpfte.

„Ist das dein Sohn?“, fragte der Herr, und als er sprach, wusste Louisa sofort, wer er war. Thomas Hawkins. Er hatte vor Jahren die Stadt verlassen, und Louisa hatte keine Ahnung gehabt, dass er zurückgekehrt war.

„Thomas?“, fragte sie unwillkürlich, dann verbesserte sie sich schnell: „Mr. Hawkins – ich – ich hatte keine Ahnung –“

„Mir wäre ‚Thomas‘ sehr viel lieber“, antwortete er und Louisa errötete.

„Ich wusste gar nicht –“, begann sie erneut. Bei dem ungebetenen Gedanken, dass der Schnurrbart ihm sehr gut stand, errötete Louisa noch mehr.

„Ist das dein Sohn?“, fragte er erneut.

Louisa war es peinlich, dass Thomas, dass *irgendjemand* den Austausch von Zärtlichkeiten beobachtet hatte. „Nein – nein, Glennas. Erinnerst du dich noch an Glenna?"

Natürlich würde er sich an Glenna erinnern. Jeder Mann würde sich an Glenna erinnern.

„Sie ist zurück?", fragte er und zog die linke Augenbraue in die Höhe.

„Ja, sie und Parker sind jetzt schon seit fast einem Jahr wieder da. Parker hat in der Stadt eine Praxis eröffnet."

„Wie nett", erwiderte er.

Verlegen standen sie sich gegenüber. Keiner wusste so recht, was er sagen sollte. Erneut errötete Louisa. „Ich muss jetzt in meine Gruppe gehen", sagte sie. „Entschuldige mich."

Er lächelte. Wie Louisa bemerkte, war sein Lächeln sehr nett. Als sie noch zusammen in die Schule gegangen waren, war ihr das nie aufgefallen. Aber damals hatte sie Thomas Hawkins auch nicht gemocht. Er war ein sehr wilder, überaus energiegeladener Junge gewesen, der sie neckte, wann immer er die Gelegenheit dazu bekam.

Nicht einmal als Teenager hatte sie ihn gemocht, als er sie angegrinst hatte, wann immer sie sich begegnet waren, und der es sogar gewagt hatte, sie nach Hause begleiten zu wollen.

Nein, sie hatte Thomas Hawkins nicht gemocht. Vermutlich hatte er sich nicht verändert. Sie hatte nicht die Absicht, ihn jetzt zu mögen.

*

Jamie saß im Gottesdienst neben Louisa. Als sie ihn wegen seiner Unruhe stirnrunzelnd anblickte, lehnte er sich gegen sie und schlief bald ein. Sie musste den Arm um ihn legen, um ihn zu stützen. Er sollte sich nicht den Hals verrenken. Oder schlimmer noch, sich im Schlaf umdrehen und von der Bank fallen.

Es war eine unbequeme Position, und als der Pastor seine Predigt beendet hatte, tat Louisa der Arm weh. Aber Jamie erwachte erfrischt und voller Tatendrang.

„Kommst du mit zu uns, Tante Berty?“, bettelte er, als sie zusammen zur Tür gingen.

„Ich muss zu Grandma und Granna fahren“, antwortete sie.

„Kann ich mitkommen?“, fragte er eifrig.

Einen Augenblick lang war Louisa versucht zuzustimmen, doch dann fiel ihr ein, dass sie Jamie würde unterhalten müssen, während ihre Mutter ruhte und Granna versorgt werden musste. Das würde schwierig werden.

„Ich fürchte nicht“, erwiderte sie. „Ich werde sehr viel zu tun haben.“

Er bedrängte sie nicht weiter, aber Louisa sah, wie die Enttäuschung seine dunklen Augen verschleierte.

Sie hatten die Tür fast erreicht, als er sie erneut ansah. „Ich könnte dir helfen“, bot er leise an und legte seine kleine Hand in ihre.

Unwillkürlich schloss sich ihre Hand um die kleine Hand. Aber erneut schüttelte sie den Kopf.

„Jamie“, rief Glenna, als sie die Treppen erreichten.

Jamie sah seine Tante erneut an, dann ließ er ihre Hand los. „Bis nächste Woche“, verabschiedete er sich wie ein Erwachsener, dann rannte er zu seiner Mutter.

Louisa ordnete ihre Unterlagen und machte sich auf den Heimweg. Sie würde ihre Sachen verstauen, schnell etwas essen und dann zum Mietstall eilen, um die Stute und den Buggy zu holen.

Da sie mit den Gedanken bei dem vor ihr liegenden Nachmittag war, bekam sie nicht mit, dass jemand neben sie getreten war. Erst als eine Stimme ertönte, bemerkte sie seine Anwesenheit.

„Darf ich neben dir gehen?“

Als Louisa aufsah, entdeckte sie Thomas Hawkins an ihrer Seite.

Er hatte sie nicht gefragt, ob er sie nach Hause bringen könnte. Das hätte sie ganz schnell abgelehnt. Er hatte nur gefragt, ob er neben ihr hergehen durfte. Es war ein öffentlicher Gehweg. Das konnte sie ihm kaum verweigern.

„Wie ich höre, bist du Bibliothekarin“, sagte er, nachdem sie kurz genickt hatte. „In den kommenden Tagen werde ich die Bibliothek häufig aufsuchen müssen. Ich dachte, du könntest mir vielleicht eine Vorstellung davon vermitteln, was ich dort vorfinden werde.“

„Mit welchem Thema willst du dich beschäftigen?“, fragte Louisa. Sie hielt den Blick gesenkt.

„Ich werde in diesem Semester an der Universität unterrichten“, fuhr er fort. „Geschichte.“

Stille. Im Geiste ging Louisa die Regale mit den Büchern zum Thema Geschichte durch. „Wir haben eine annehmbare Auswahl“, erklärte sie dann geschäftsmäßig. „Das hängt natürlich davon ab, was du suchst. Wir können dir sicherlich Material liefern.“

„Sehr gut!“ Er lächelte sie an und sie konnte einen Blickkontakt nicht vermeiden. Das brachte sie in Verlegenheit, und sie merkte, dass sie sich wieder versteifte. „Verfügt die Universität denn nicht über eine eigene Bibliothek?“, fragte sie kurz angebunden.

Er nickte. „Das schon. Aber es ist immer gut, so viel Material wie möglich zur Verfügung zu haben. Die Studenten werden ebenfalls Zugang zum Universitätsmaterial haben. Ich bereite ihnen gern ein paar Überraschungen.“ Er lächelte erneut.

„Ich wusste gar nicht, dass du studiert hast“, sagte Louisa, weil sie irgendetwas sagen wollte.

„Wir haben ja kaum Kontakt miteinander gehabt“, erwiderte er sachlich. „Ich wusste auch nicht, dass du Bibliothekarin bist.“

Sie blickte ihn offen an, als wolle sie fragen, woher er das eigentlich wusste. Er schien ihre Gedanken zu lesen.

„Ich habe Parker gefragt. Er sagte, du würdest gut zurechtkommen. Du hast sogar ein eigenes Haus in der Cedar Street.“

Louisa fragte sich, was Parker wohl sonst noch ausgeplaudert haben mochte, und war ein wenig verstimmt. Doch sie hatte keinen Grund dazu. Nichts, was er Thomas bisher erzählt hatte, war vertraulich.

„Was hat Parker denn sonst noch verraten?“, fragte sie verstimmt.

„Dass du eine großartige Tante bist“, berichtete Thomas lächelnd.

Louisa zuckte zusammen. Jamie verwandelte sie in einen sentimentalen alten Waschlappen.

„Er sagte auch, dass du immer unterwegs bist – sonntags für deine Mutter und Großmutter sorgst, eine Sonntagsschulgruppe unterrichtest, an vielen Werktagen abends in der Kirche arbeitest –“

„Aber nicht jedes Wochenende“, widersprach Louisa schnell.

„Wie schaffst du das?“, fragte er voller Bewunderung.

Louisa spürte, wie sie errötete. Sie war es nicht gewöhnt, dass ein Mann sie so ansah. „Ich habe niemanden sonst, den ich –“, begann sie, dann brach sie schnell ab. Sie hatte nicht vorgehabt, Thomas diese Tatsache zu verraten. Er wirkte nicht überrascht.

„Du musst über grenzenlose Energie verfügen“, erwiderte er.

„Erstaunt dich das?“, fragte sie kurz angebunden. Sie dachte an Miss Phillips. „Betrachtet man eine Bibliothekarin als alte Jungfer mit blassen Wangen, die ihre Nase in ein Buch steckt und nie an die frische Luft geht?“

Ihre Frage war zu scharf formuliert. Zu direkt. Sie wünschte, sie könnte sie zurücknehmen. Doch verblüfft nahm sie zur Kenntnis, dass er zu lachen begann. Ein sanftes Lachen, das weich von seinen Lippen rollte und an seine Augen fröhliche Lachfältchen zauberte.

„Du hast deine spitze Zunge nicht verloren“, sagte er und diese Bemerkung schien als Kompliment gemeint zu sein.

Louisa war vollkommen aus dem Konzept gebracht. Sie wusste nicht, was sie diesem Jungen, der zu einem Mann geworden war, antworten sollte.

Sie näherten sich ihrem Haus, und sie war froh, als sie durch ihr Gartentor eintreten konnte.

Er eilte nicht davon, sondern lehnte sich an den Zaun und betrachtete das Haus.

„Es ist ein hübsches kleines Haus“, sagte er nachdenklich. „Bestimmt hast du viel Freude daran.“

Louisa nickte. Wenn er von ihr eingeladen werden wollte, würde er enttäuscht werden. Sie hatte nicht die Absicht, ihn in ihr Haus zu bitten.

„Also dann, wir sehen uns in der Bibliothek“, sagte er, richtete sich auf und winkte ihr fröhlich zu.

Louisa sah ihm nach. Ihre Gedanken wirbelten durcheinander. Warum war Thomas Hawkins in ihre kleine Stadt zurückgekehrt? Und ein noch beunruhigenderer Gedanke: Warum machte ihr das etwas aus?

Der Ausflug

Bereits am folgenden Tag kam Thomas in die Bibliothek. Er bat sie, ihm die Bücher zum Thema Geschichte zu zeigen, obwohl Louisa sicher war, dass er sie auch allein hätte finden können.

Thomas verbrachte den ganzen Vormittag mit der Durchsicht der Bücher. Er machte sich sogar Notizen und überzeugte so die ausgesprochen skeptische Louisa, dass er es mit seiner Suche ernst meinte.

Am nächsten Tag war er wieder da. Mit einem Blick auf seine Notizen fragte er Louisa, ob sie ihm Romane empfehlen könne, die in der Zeit der Französischen Revolution angesiedelt waren. Louisa sah nach, was sie zu diesem Thema hatten, und suchte ihm drei Bücher heraus.

„Manchmal kann man aus einem Roman sehr viel lernen“, bemerkte er. „Auf diese Weise ist es viel leichter, ein Gespür für die Zeit zu bekommen. Geschichtstexte sind häufig schwieriger zu verstehen“, fügte er hinzu, während er die Bücher nahm, die Louisa ihm herausgesucht hatte. Sie nickte zustimmend.

Louisa sah dann und wann zu ihm hin. Er war ganz in seine Lektüre vertieft.

Ein Buch suchte er heraus und nahm es mit. „Höchst interessant“, sagte er. „Hast du es gelesen?“

Louisa schüttelte den Kopf. Sie hatte das Buch in der Hand gehalten, als es neu geliefert worden war, aber sie hatte den Eindruck gehabt, dass es schwer zu lesen sei. Louisa entspannte gern, wenn sie sich abends mit einem Buch hinsetzte.

„Das musst du unbedingt“, drängte er. „Ich bin sicher, es wird dir gefallen.“

„Vielleicht bin ich nicht so an der Französischen Revolution interessiert wie du“, entgegnete sie, ohne aufzusehen.

Er lachte. „Vielleicht nicht“, gestand er ein. „Obwohl mein anfängliches Interesse von der Notwendigkeit getrieben war. Doch jetzt kann ich von dem Thema nicht genug bekommen. Es ist höchst faszinierend.“

Jetzt blickte Louisa auf. „Faszinierend? Brutal und blutrünstig, meinst du wohl“, erwiderte sie.

„Ja, das war es vermutlich. Aber nicht schlimmer als andere Episoden unserer Geschichte – zum Beispiel erst vor kurzem in Europa.“

Louisa schüttelte den Kopf. „Es ist abstoßend, dass die Menschheit niemals lernt“, erwiderte sie. „Wir verhalten uns noch immer sehr unmenschlich. Bestimmt muss Gott weinen, wenn er das sieht.“

Sein Gesicht wurde ernst. „Das tut er sicherlich“, erwiderte er.

Schweigend standen sie eine Weile voreinander. Louisa ergriff als Erste das Wort. „Und was bringt Geschichtsunterricht? Wenn wir von Kriegen, Revolutionen, Unmenschlichkeiten hören – bessern wir uns tatsächlich? Sind diese Studenten mit ihrem Wissen besser als die vorhergehende Generation?“

Ihre Worte waren eine Herausforderung. Er schien ihre Bemerkung jedoch nicht so zu nehmen und widersprach ihr nicht, sondern stimmte ihr sogar zu.

„Wir lernen im Klassenraum nicht mehr als aus der direkten Beobachtung. Es ist eine Schande, aber es stimmt. Wie du bereits gesagt hast: Man sollte meinen, nachdem wir all diese Jahre den Schmerz und das Leiden beobachtet haben, die absolute Sinnlosigkeit des Krieges, hätten wir erkannt, dass Krieg nicht die Antwort sein kann. Aber Gier, Habsucht und Machthunger scheint es in jeder Generation zu geben. Das war es nicht, was Gott für seine Menschen im Sinn gehabt hatte. Wie du schon gesagt hast: Gott scheint die Menschen nicht ändern zu können.“

Das habe ich nie gesagt, hätte Louisa sich verteidigen können. Aber in gewisser Weise schien er zu wissen, was sie meinte. Sie hatte noch nie mit irgendeinem Menschen eine solche Diskussion geführt, und sie kannte auch niemanden, der sie so gut verstand – jemand, der sich so stark für ihre Gedanken interessierte, dass er versuchte, sie zu verstehen.

„Nun, ich denke, wir beide wissen, dass Gott trotz allem mächtig ist. Das Problem ist der Mensch. Er ist zu eigensinnig, um zuzuhören …“ Er hielt inne, dann fuhr er fort: „Aber ich muss jetzt gehen. Ich habe eine Verabredung zum Mittagessen, und wenn ich mich nicht beeile, werde ich mich verspäten. Vielen Dank für deine Hilfe.“

Er lächelte erneut, dann nahm er sein Buch und seinen Hut und ging.

Louisa stand eine ganze Weile still da, auch als er bereits durch die Tür verschwunden war.

*

Schon bald gewöhnte sich Louisa daran, Thomas in der Bibliothek zu sehen. Er kam mit einem herzlichen Lächeln und einem grüßenden Kopfnicken herein und machte sich daran, die Regale durchzusehen.

Im Herbst begann der Unterricht an der Universität und seine Besuche wurden seltener. Louisa hätte jedoch nie zugegeben, dass sie ihn vermisste, nicht einmal vor sich selbst.

*

Als der Winter wieder vor der Tür stand, machte Louisa dies nichts aus, obgleich die Fahrten zur Farm schwieriger wurden. Bei stürmischem Wetter machte sie sich erst gar nicht auf den Weg, da sich ihre Mutter Sorgen machte, wenn sie unterwegs war.

An einem Sonntag nach dem Gottesdienst suchte Louisa ihr Unterrichtsmaterial zusammen und wollte sich schnell auf den Heimweg machen, um noch etwas zu essen, bevor sie Pferd und Wagen holte. Vor der Kirche blieb sie stehen und sah hinauf in den Himmel. Die strahlende Sonne und der leichte Wind bedeuteten, dass es eine angenehme Fahrt werden würde.

„Kein schlechter Tag“, bemerkte Thomas, der wie so oft neben sie getreten war.

„Nicht übel“, antwortete Louisa.

„Wirst du zur Farm hinausfahren?“

„Ja, das habe ich vor. Am vergangenen Sonntag habe ich es nicht geschafft. Der Wind war zu kalt.“

„Hast du etwas dagegen, wenn ich mitkomme?“

Bevor Louisa antworten konnte, fuhr er fort: „Ich habe deine Großmutter seit Jahren nicht gesehen. Bisher hatte ich noch nicht die Gelegenheit, bei unserer alten Farm vorbeizufahren. Das ist noch immer ein wunder Punkt bei mir. Ich würde gern sehen, ob sie noch immer so aussieht. Wenn du nichts dagegen hast ...“ Seine Worte verklangen, während er auf ihre Antwort wartete.

Louisa überlegte fieberhaft, was sie ihm antworten sollte. War er nicht schrecklich vorwitzig? Aber andererseits: Wie konnte sie einem Nachbarn verwehren, ihn mitzunehmen?

„Wenn du möchtest“, sagte sie schließlich, „auch wenn es kein kurzer oder angenehmer Ausflug werden wird. Mama schläft meistens, wenn ich da bin, und Granna schläft mittlerweile fast immer.“

Er nickte. „Dann kann ich mich vielleicht ein wenig nützlich machen. Holz hacken oder Wasser holen.“

Louisa lächelte. „Das erledigt Onkel John – oder einer der Jungen“, antwortete sie.

„Nun, dann“, erwiderte er sachlich. „Ich schätze, dann werde ich einfach mitkommen und mir die Landschaft ansehen. Hast du etwas dagegen?“

Louisa wünschte wirklich, er hätte nicht gefragt. Sie hatte tatsächlich etwas dagegen. In gewisser Weise. Aber warum eigentlich? Er war ein alter Schulfreund. Ein Nachbar. Es war doch wirklich keine große Sache, ihn mitzunehmen. Doch sie hoffte, er würde sich auf ihre Höflichkeit nichts einbilden und sie belästigen.

„Das ist in Ordnung", erwiderte sie bewusst gleichmütig.

Sie spürte seinen Blick auf ihrem Gesicht, aber er erwiderte nichts.

Als sie ihr Haus erreichten, fragte sie sich, ob er wohl erwartete, dass sie ihn hereinbat.

„Ich brauche eine halbe Stunde", erklärte sie, bevor er fragen konnte. „Wollen wir uns am Mietstall treffen?"

„Ich bin noch nie im Mietstall gewesen, da ich kein Pferd besitze", erklärte er. „Wenn es dir Recht ist, komme ich einfach hierher zurück."

Louisa nickte.

„In einer halben Stunde?", wiederholte er.

Louisa nickte erneut.

„Ich werde da sein", sagte er und ging weiter.

Louisa hatte keine Ahnung, wo er wohnte oder wie lange er brauchen würde, um nach Hause zu kommen, sich umzuziehen, zu essen und wieder herzukommen.

Wenn er nicht da ist, werde ich ohne ihn fahren, nahm sie sich eigensinnig vor, als sie ihr Haus betrat.

Aber er war da. Und er hatte sich umgezogen. Er trug einen dickeren Mantel und warme Handschuhe. Um seinen Hals hatte er einen Schal geschlungen.

Louisa machte sich auf den Weg zum Mietstall.

„Das Wetter könnte umschlagen, bevor wir zurückkommen", bemerkte er, während er neben ihr herlief.

„Vielleicht solltest du lieber nicht mitkommen", erwiderte Louisa.

„Ich denke, ich komme damit schon klar", erwiderte er mit einem Grinsen.

Offensichtlich hatte er nicht die Absicht, sich durch ihre scharfzüngigen Bemerkungen von seinem Vorhaben abbringen zu lassen.

*

Die Fahrt verlief nicht annähernd so unangenehm, wie Louisa erwartet hatte. Er redete nicht ununterbrochen, aber seine gelegentlichen Bemerkungen fand sie entweder amüsant oder interessant.

„Sieh dir das an“, rief er, als sie sich seiner alten Farm näherten. „Das sieht fast noch genauso aus wie damals, als Pa sie verkauft hat und ausgezogen ist.“

„Warum hat er sie eigentlich verkauft?“, fragte Louisa. Selbst sie war erstaunt über ihre direkte Frage.

„Mama hat die Farm nie gemocht“, erwiderte er. „Sie konnte es nicht erwarten, in die Stadt zurückzukehren. Pa hasste jedoch die Stadt. Es war eine unmögliche Situation. Ich glaube, darum ist Pa auch so früh gestorben.“ Er zuckte die Achseln. „Natürlich kann man nicht sagen, ob es anders gekommen wäre, wenn er auf der Farm geblieben wäre. Ma sagte, er habe sich zu Tode geschuftet bei dem Versuch, das Getreide zum Wachsen zu bringen. Vielleicht hat sie Recht.“

„Lebt deine Mutter noch?“

„Sie hat wieder geheiratet“, erwiderte er, und seine Antwort erklärte, warum er jetzt wieder in seine Heimat zurückgekommen war.

„Wie ist er?“, fragte sie ihn. Früher hatte sie befürchtet, ihre Mutter könne noch einmal heiraten. Sie war davon überzeugt, dass sie nie einen anderen Mann an Stelle ihres Vaters hätte akzeptieren können.

„Er ist – nett. Ein Gentleman. Recht gut situiert. Mama ist gut versorgt.“

„Aber du betrachtest ihn nicht als Vater?“, fragte Louisa. Sie drehte sich ein wenig zur Seite, damit sie ihn ansehen konnte.

„Als Vater? Nein, ich sehe ihn nicht so. Vermutlich war ich schon zu alt, als die beiden geheiratet haben. Ich studierte bereits an der Universität und habe nie bei ihnen gewohnt.“

„Hattest du etwas dagegen?“, fragte Louisa offen.

Er antwortete nicht sofort. Seine Worte waren wohl überlegt. „Ich glaube nicht, dass man sich über die Wiederverheiratung eines Elternteils freuen kann. Weißt du, irgendwie betrachtet man seine Eltern als Team. Man kann sich den einen einfach nicht ohne den anderen vorstellen. In gewisser Weise habe ich mich für meine Mutter gefreut. Ich hatte nichts dagegen, und trotzdem fiel es mir schwer, mich an den Gedanken zu gewöhnen. Dumm, nicht?" Er wandte sich ihr zu.

„Ich finde das überhaupt nicht dumm", erwiderte sie. „Ich wäre vermutlich sehr wütend auf meine Mama gewesen, wenn sie wieder geheiratet hätte. Für mich wäre das vermutlich gewesen, als hätte ich meinen Papa noch einmal verloren."

Er schwieg und dachte über ihre Bemerkung nach. Schließlich nickte er. „So ungefähr", sagte er und schwieg erneut.

Als sie die Farm erreichten, versorgte er das Pferd, und Louisa eilte ins Haus, um zu sehen, wie es ihrer Mutter und Großmutter ging.

Ihre Mutter begrüßte sie sehr herzlich. „Ich hatte so gehofft, dass du heute kommen würdest, Liebes", sagte sie und zog Louisa ans Feuer. „Die Woche erscheint mir so lang, wenn ich dich nicht sehe. Glenna konnte auch nicht kommen. Vermutlich werde ich sie in der kommenden Zeit nicht so oft sehen. Ich denke, sie sollte nicht mehr so viel herumfahren."

„Wie geht es Granna?", fragte Louisa, als sie den schweren Mantel auszog.

„Heute hat sie einen guten Tag. Vielleicht wird sie sogar ein wenig mit dir plaudern."

Das war eine gute Neuigkeit.

„Wer ist mit dir gekommen?", fragte Mrs. Berdette, als sie aus dem Fenster sah.

„Mit mir?", wiederholte Louisa.

„Da versorgt doch jemand dein Pferd", erklärte Mrs. Berdette.

„Ach so", erwiderte Louisa und winkte ab. „Das ist Thomas."

„Thomas Hawkins?"

Louisa nickte. Mrs. Berdette lächelte. „Das ist schön, Liebes", sagte sie. „Er ist ein netter junger Mann. Seit seiner Rückkehr habe ich ein paar Mal nach der Kirche mit ihm geplaudert. Er hat sich zu einem netten Herrn entwickelt. Es ist schön –"

Moment mal, dachte Louisa. *Jetzt bausch die Sache nicht gleich auf.* An ihre Mutter gewandt, sagte sie: „Er ist nur mitgekommen, weil er sehen wollte, was aus ihrer alten Farm geworden ist."

Das Lächeln verschwand aus Mrs. Berdettes Gesicht.

„Und er wollte dich und Granna besuchen", beeilte sich Louisa hinzuzufügen.

„Das ist nett", wiederholte Mrs. Berdette und das Lächeln kehrte zurück.

Es dauerte nicht lange, bis auch Thomas ins Haus gekommen war und seinen Mantel ausgezogen hatte. Mrs. Berdette lehnte Louisas Aufforderung, einen Mittagsschlaf zu halten, ab. Stattdessen machte sie sich daran, den Tee zu kochen und ein paar Häppchen bereitzustellen. Louisa ließ sie miteinander plaudern und ging zu ihrer Großmutter.

Granna hatte tatsächlich einen guten Tag. Sie wirkte fröhlich und bat sie sogar, ihr ein Kissen in den Rücken zu stopfen, damit sie sehen könne, was um sie herum vorging.

„Soll ich dir vorlesen?", fragte Louisa, nachdem sie ihre Großmutter richtig gelegt hatte.

„Wer ist das?", fragte ihre Großmutter laut. Seit sie selbst nur noch schwer hörte, redete sie sehr laut.

„Was meinst du?", fragte Louisa. „Ich bin Louisa – deine Enkelin."

„Natürlich bist du Louisa", erwiderte die alte Dame und schnaubte verächtlich. Mit fortschreitendem Alter und seit ihrer Erkrankung war sie sehr ungeduldig und direkt geworden. Diese Veränderung schockierte Louisa immer wieder. Sie hatte ihre Großmutter immer als sanfte, freundliche Frau gekannt.

„Ich kenne doch meine eigene Enkelin!", fuhr die alte Frau fort. „Wer redet da? In der Küche mit deiner Mutter. Das ist nicht Johns Stimme."

„Nein, es ist nicht Onkel John", erwiderte Louisa. Sie war erstaunt, dass Granna den Unterschied in den Stimmen der beiden Männer bemerken konnte. „Das ist Thomas Hawkins."

„Thomas Wer?“, fragte ihre Großmutter und legte die Hand ans Ohr.

Verlegen rief Louisa: „Das ist Thomas Hawkins, der da mit Mama spricht, Granna.“ Bestimmt konnte er in der Küche alles verstehen. Aber wenigstens würde er wissen, warum sie so laut sprach.

„Thomas Hawkins? Kenne ich ihn?“, fragte ihre Großmutter.

„Er hat früher hier in der Nähe gewohnt“, erwiderte Louisa laut. „Seine Eltern waren eure Nachbarn.“

„Du meinst diesen Jedd Hawkins mit seiner hochnäsigen Frau?“, fragte ihre Großmutter laut.

Louisa spürte, wie sie dunkelrot wurde. Was sollte sie darauf antworten? „Soll ich dir den Rücken massieren, Granna?“, rief Louisa, um das Thema zu wechseln.

Aber ihre Großmutter ließ sich nicht so leicht ablenken. „Dieser Hawkins“, fragte sie laut, „ist das dein Verehrer?“

Am liebsten wäre Louisa aus dem Zimmer gelaufen, so peinlich war ihr das. „Nein, Granna“, erwiderte sie so schnell sie konnte. „Er ist ein Freund der Familie. Er wollte Mama besuchen.“

„Das erscheint mir irgendwie komisch“, sagte die alte Frau schnaubend. „Deine Mama ist doch aus dem Alter raus, wo man umworben wird. Warum sollte ein Kerl sie besuchen?“

Bevor Louisa antworten konnte, fuhr ihre Großmutter fort: „Ich frage mich, ob du mir wohl den Rücken massieren könntest. In der Nähe der linken Schulter tut es mir schrecklich weh.“

Sofort machte sich Louisa an die Arbeit.

Fragen

„Hast du heute Abend schon etwas vor?“

Louisas Kopf ruckte von der Bücherliste hoch, die sie gerade überprüfte. Sie blickte geradewegs in die grauen Augen von Thomas Hawkins.

Sie verstand die einfachen Worte nicht. Sie schüttelte den Kopf, um ihre Gedanken zu ordnen, und murmelte: „Tut mir Leid. Ich – ich fürchte, ich verstehe nicht.“

Er lächelte. „Ich habe mich gefragt, ob du heute Abend schon etwas vorhast“, wiederholte er.

Warum interessierten ihn ihre Pläne? Sie blickte ihn verständnislos an.

„Ich dachte, wenn du nichts vorhast, könnten wir zusammen zu Abend essen“, erklärte er langsam.

Allmählich verstand Louisa die Bedeutung dieser Frage. Sie errötete, aber nicht vor Verlegenheit. Sie war zornig. Zornig, dass Thomas angenommen hatte, sie würde mit ihm essen wollen, nur weil sie eine oberflächliche Freundschaft zuließ.

War es überhaupt eine Freundschaft?

In ihren Augen war es ganz bestimmt keine besondere Freundschaft. Er war ein alter Schulkamerad. Ein Mitglied einer alten Nachbarsfamilie. Er war Kunde der Bibliothek. Einwohner ihrer Stadt.

Und das war alles.

Louisa wollte keine andere Beziehung. Warum wollte Thomas die oberflächliche Beziehung ausnutzen? Warum auf mehr drängen, als sie ihm zu geben bereit war?

Sie richtete sich zu ihrer vollen Größe auf. Obwohl sie bereits ein Meter fünfundsiebzig war, schien Thomas sie noch weit zu überragen, aber sie schob ihr Kinn vor und sah ihm direkt in die Augen.

„Um ehrlich zu sein", erwiderte sie akzentuiert, „habe ich tatsächlich heute Abend bereits etwas vor. Aber wenn das nicht so wäre, würde ich deine Einladung trotzdem nicht annehmen. Ich habe nicht die Absicht, überhaupt nicht die Absicht, irgendeine – Bindung – an irgendeinen Mann einzugehen."

Ihr Blick war fest auf ihn gerichtet. Sie sah die Verwirrung, dann die Enttäuschung in seinen Augen.

„Ich verstehe", sagte er schließlich. Er nickte leicht.

Louisa ließ ihren Blick noch immer nicht sinken, obwohl es ihr schwer fiel, den Schmerz in seinem Gesicht zu sehen.

„Es – es tut mir Leid, dass ich angenommen habe, ich hätte das Recht dazu", entschuldigte er sich mit erzwungener Höflichkeit. „Doch um ehrlich zu sein, da wir ja beschlossen haben, offen miteinander zu sein, ich hatte ein gemeinsames Abendessen nicht als eine Bindung irgendeiner Art betrachtet."

Louisa ließ den Blick sinken. Röte überzog ihr Gesicht. Sie hatte augenscheinlich in diese einfache Einladung viel zu viel hineininterpretiert.

„Aber, um auch weiterhin ehrlich zu sein", er hielt einen Augenblick inne und fuhr dann fort: „Ich muss zugeben, dass ich tatsächlich hoffte, unsere Beziehung könnte über eine Einladung zum Abendessen hinausgehen."

Louisa sah erneut auf. Sie bemerkte die Bitte um Verständnis in seinem Blick und brachte kein Wort heraus. Wie froh sie war, dass sich keine Besucher in der Bibliothek aufhielten. Sogar Miss Phillips war früher nach Hause gegangen.

„Willst du mir sagen, dass dieser Gedanke für dich unmöglich ist?", fragte er sie schließlich offen.

„Ich kann mir nicht vorstellen, warum – warum du das – überhaupt willst", stammelte Louisa. Mit der Hand strich sie eingebildete Falten an ihrem ordentlich gebügelten grauen Rock glatt.

Er blickte sie verblüfft an. Dann lächelte er weich und schüttelte den Kopf. „Du meinst, du hast nicht verstanden, warum ich dich als Kind immer geneckt habe?"

„Nein. Nein, das habe ich tatsächlich nicht verstanden. Ich

hielt dich für einen – einen rüden und ungezogenen Jungen", fuhr sie aufrichtig fort. Erneut schob sie das Kinn vor.

Er brach in schallendes Gelächter aus. Ein sehr fröhliches Lachen, voller Humor. Louisa fiel es schwer, ihre kühle Distanziertheit beizubehalten. „Vermutlich hast du auch nie begriffen, warum ich in der Highschool in deiner Nähe herumgehangen habe – in der Hoffnung, du würdest etwas fallen lassen, damit ich derjenige war, der es aufheben konnte." Er lachte erneut.

Louisa schnappte nach Luft. „Das meinst du doch nicht ernst?", stieß sie schließlich heraus.

Er wurde ernst. „Oh, ich meine das sehr ernst", erwiderte er.

Sie blickten sich an. Louisa senkte als Erste den Blick. Nervös spielte sie mit einem Stift auf dem Schreibtisch. Noch nie in ihrem Leben hatte sie sich so unbehaglich gefühlt. Sie wünschte, er würde einfach seine Bücher nehmen und gehen.

„Ich habe dich schon immer gemocht, Louisa", sagte er leise. „Ich – ich denke, das wird sich nie ändern."

Schweigen.

„Louisa, willst du mir sagen, dass du niemals etwas für mich empfinden wirst? Wärst du nicht einmal bereit, die – die Möglichkeit in Betracht zu ziehen?", fragte er leise.

Langsam schüttelte sie den Kopf. In ihrem Kopf ging alles durcheinander. Nie hätte sie gedacht, dass ein Mann, *irgendein* Mann, so von ihr denken könnte. Glenna, die Hübsche, zog immer einen Schwarm von Verehrern an. Bei Glenna lächelten die Jungen dümmlich, bei ihr kämpften sie um die beste Position, ihr erwiesen sie kleine Gefälligkeiten, um ihre Aufmerksamkeit auf sich zu ziehen.

„Es – es tut mir Leid", erwiderte Louisa. „Ich hatte nie gedacht … Nein. Nein, ich fürchte, das ist nicht möglich", schloss sie flüsternd.

Mit jedem Wort verstärkte sich ihre Entschlossenheit. Sie hatte nie erwartet, dass sich ein Mann für sie interessierte. Nie hatte sie mit einer Heirat gerechnet. Sie hatte sich ihr eigenes Zuhause geschaffen. Sie war unabhängig. Ihre Mutter brauchte sie. Für sie gab es einfach keinen Grund, ihr Leben zu ändern. Es gefiel ihr so, wie es war. Sie war gern allein. Sie schmiedete gern ihre eigenen Pläne. Sie konnte kommen und gehen, wie sie wollte. Und wenn sie Thomas nun erlaubte, sie zu umwerben, und es klappte nicht? Und wenn er feststellte, dass sie überhaupt nicht war, was er sich von einer Frau wünschte? Und wenn er –?

„Nein." Erneut schüttelte sie den Kopf und trat einen Schritt zurück, obwohl der große Holztisch zwischen ihnen stand.

„Ich verstehe."

Seine Stimme war leise. So leise, dass Louisa die Worte kaum verstehen konnte.

Er nahm seine Bücher, die er auf ihren Schreibtisch gelegt hatte. „Ich werde nicht so tun als ob", fuhr er fort. „Ich bin schrecklich enttäuscht. Ich hatte gehofft, dass – dass du anders empfinden würdest …" Er griff nach seinem Hut.

„Nein", wiederholte Louisa erneut und schüttelte den Kopf.

Sie hörte ihn tief aufseufzen, aber sie hob nicht den Kopf, um ihm in die grauen Augen zu blicken. Sie wünschte, er würde gehen. Seine Gegenwart beunruhigte sie.

„Dann sind wir weiter Freunde?", fragte er mit normaler Stimme.

Louisa sah auf. Sie war verwirrt. Sie wollte seine Freundschaft gar nicht, aber wie konnte man jemandem die Freundschaft verweigern? Er wohnte in derselben Stadt und kam zu ihrer Gemeinde. Sie konnte keine Kriegserklärung abgeben.

„Ja, natürlich", brachte sie mit einem Kopfnicken heraus.

Er lächelte.

„Gut", erwiderte er. „Freunde, die einander offen und aufrichtig und geradeheraus sagen, was sie empfinden. Okay? Wenn du dich unbehaglich fühlst, wie im Augenblick –" Er brach ab und lächelte. Sie war erstaunt, dass er wusste, wie sie sich fühlte. „Dann sagst du das einfach", fuhr er fort. „Sag mir genau, was du denkst und fühlst – als Freund."

Louisa hob den Kopf. „Willst du damit vorschlagen – dass wir uns Geheimnisse anvertrauen?", fragte sie.

Er lächelte. „Ich nehme an, keiner von uns hat viele Geheimnisse zu erzählen“, bemerkte er freimütig. „Wir sind beide zu offen und direkt.“

„Dann –“ Louisa brachte die Frage nicht heraus. Sie wusste, er würde verstehen, was sie fragen wollte.

„Wenn wir Freunde sein wollen, ohne in das Leben des anderen einzugreifen, wenn wir den gewünschten Abstand halten, ohne den anderen in Verlegenheit zu bringen, dann müssen wir ehrlich miteinander sein. Richtig?“

Er wartete, dass sie zustimmend nickte. Das tat sie nicht.

„Ich kann das nicht“, erklärte sie schließlich.

„Was meinst du damit?“

„Ich habe das noch nie getan – mit niemandem. Ich habe nie gesagt, was ich empfinde. Ich könnte das gar nicht.“

„Wir müssen –“

„Einen Augenblick mal“, unterbrach Louisa ihn und hob die Hand, um ihn aufzuhalten. Sie setzte sich auf ihren Schreibtischstuhl und sah ihn herausfordernd an. „Wie kommt es, dass *du* die Regeln aufstellst?“, fragte sie geradeheraus.

„Jemand muss die Regeln doch aufstellen.“

„Gut, aber warum du? Ich meine, eine Freundschaft ist doch eine gegenseitige Sache, ein Teilen, und du –“ Sie war so aufgebracht, dass sie wieder aufsprang.

„Du fühlst dich herausgefordert?“

„Herausgefordert? Du stellst Forderungen. Du sagst mir, was ich zu tun habe, um dein Freund zu sein.“

„Und?“

„Und das gefällt mir nicht. Ich bin ganz gut ohne deine Freundschaft ausgekommen und ich werde auch weiterhin gut ohne sie auskommen. Ich brauche nicht –“

„Gut“, unterbrach er sie lächelnd.

„Gut?“

„Du hast es verstanden. Ehrlich und direkt. Du hast mir gerade gesagt, was du gedacht und empfunden hast. Wir brauchen also gar nicht zu üben.“ Er lächelte erneut.

Einen Augenblick lang flammte Louisas Zorn auf. Sie war so wütend, dass er sie manipuliert hatte. Er hatte gerade bewiesen, dass sie mehr als fähig war, ihre Gefühle ohne Umschweife zum Ausdruck zu bringen.

Dann erkannte sie, dass die Situation eigentlich sehr amüsant war, und ihr Zorn flaute langsam wieder ab.

„Ich – ich denke, das kann ich", gestand sie. Sie brachte sogar den Anflug eines Lächelns zu Stande.

Er lachte. Dann wurde er wieder ernst.

„Eine Ehrlichkeit ohne Spitzen und Böswilligkeit. Die nicht als Beleidigung oder Kränkung aufgefasst wird", sagte er leise.

Sie nickte. „Ich denke, das kann ich", begann sie, dann fügte sie schnell hinzu: „Solange es kein Eindringen in meine Privatsphäre beinhaltet. Ein Mensch hat das Recht auf den Schutz seiner Gedanken und Gefühle."

„Natürlich", antwortete er mit einem Zwinkern. „Ich habe auch nicht vor, mit dir über jeden Gedanken zu sprechen."

Sie nickte und begann die Sachen auf ihrem Schreibtisch aufzuräumen. Ihre Arbeitszeit war vorüber.

Er klemmte sich die Bücher unter den Arm. „Bist du für heute fertig?", fragte er.

Sie nickte und sah auf die Uhr an der Wand. „Du meine Güte! Wenn ich mich nicht beeile, werde ich zur Kinderstunde zu spät kommen", sagte sie und holte eilig ihren Hut und ihre Handschuhe.

Er hielt ihr die Tür auf. Sie ging hindurch und drehte sich noch einmal zu ihm um. „Achte darauf, dass sie zu ist", wies sie ihn in trockenem Tonfall an, „sonst wird Miss Phillips mir den Kopf abreißen."

Er lachte leise, zog die Tür fest hinter sich zu und drehte am Türgriff. „Fest zu", erwiderte er.

Er ging neben ihr her und sie bemerkte es nicht einmal. Auch sein Lächeln bemerkte sie nicht.

*

„Wie hat dir der Gottesdienst gefallen?“

Thomas stellte ihr die Frage auf dem Heimweg.

Louisa blickte erstaunt auf. „Was meinst du?“, fragte sie stirnrunzelnd. Sie hatte sich nie eine Meinung über den Gottesdienst gebildet. Gottesdienste fanden eben statt. Man besuchte und akzeptierte sie – man dachte nicht über sie nach.

„Ich frage mich, ob Pastor Jenkins nicht langsam ein wenig – wie soll ich sagen – müde wird“, erwiderte er.

„Müde?“

Er nickte.

„Das ist ein bisschen hart, meinst du nicht?“, hielt Louisa dagegen.

„Tatsächlich?“

Schweigend gingen sie weiter.

„Oder ist es nur ehrlich?“, beharrte er.

Louisa wandte sich zu ihm um. „Aha, jetzt sind wir wieder beim Thema Aufrichtigkeit angekommen, nicht wahr?“, neckte sie ihn.

„Ich dachte, darauf hätten wir uns verständigt. Ohne –“

„Ich weiß, ohne Spitzen und Böswilligkeit“, beendete Louisa den Satz.

Er lachte.

Sie gingen über den Gehweg und hingen beide ihren Gedanken nach.

„Ich weiß nicht“, erwiderte Louisa schließlich. „Vielleicht ist er tatsächlich müde. Er ist schon so lange in dieser Gemeinde. Er war schon Pastor, als ich noch ein Kind war.“

Als sie das Funkeln in seinen Augen bemerkte, fuhr sie schnell fort: „Ich will jetzt keinen einzigen Kommentar von dir hören.“

Er lachte leise.

Louisa machte die Tatsache, dass sie bereits Ende 20 war, nichts aus, aber ganz bestimmt wollte sie deswegen nicht geneckt werden.

„Warum hast du den Eindruck, dass er müde ist?“, fragte sie unvermittelt.

Sorgsam überdachte er seine Antwort. „Ich denke, er gibt sich Mühe. Aber da ist einfach kein Funke. Kein Leben."

„Sollte das denn so sein?", fragte Louisa.

Er wandte sich ihr zu. „Ja", erwiderte er im Brustton voller Überzeugung. „Ja, das sollte da sein. Wenn unsere Religion, das heißt unser Glaube, wirklich das ist, was er unserer Aussage nach sein soll, dann sollte das da sein. Und zwar sehr stark."

„Was meinst du?"

„Wenn wir tatsächlich glauben, dass Gott, der Schöpfer, uns geliebt hat, als wir noch Sünder waren, und uns so sehr geliebt hat, dass er Jesus Christus, seinen Sohn, gesandt hat, damit er uns von unserer Schuld erlöst und auf den richtigen Weg bringt, dass er in uns lebt und unser Ratgeber und Führer sein will, dass er möchte, dass wir im Frieden mit uns und anderen sind, Liebe und Freude nicht nur in unserem täglichen Leben, sondern auch in der Anbetung zeigen, dann, ja, dann sollte ein Funke da sein, Leben."

Er sprach mit solchem Eifer, dass Louisa verblüfft blinzelte. So hatte sie das nie zuvor gesehen. Sie hatte nie darüber nachgedacht, was sie von einem Gottesdienst erwartete, von sich selbst, von dem Pastor oder der Gemeinde. Sie war immer zur Kirche gegangen. Es war nicht nur ihr Recht und Privileg. Es war ihre Pflicht.

„Aber –", begann sie, doch sie wusste eigentlich nicht so genau, was sie darauf entgegnen sollte. Seine Worte ergaben Sinn.

„Glaubst du nicht daran?", fragte er.

„Was?", entgegnete sie.

„An das, was die Kirche lehrt."

„Natürlich glaube ich daran. Hältst du mich für ungläubig?"

„Und du vermisst den Funken nicht?"

Sie blieb stehen und drehte sich halb zu ihm herum. „Bist du sicher, dass du nicht nur ein wenig emotional bist? Der Glaube ist doch nicht ein, ein schönes Gefühl. Er ist Hingabe, ein Lebensstil."

„Ich rede doch nicht oberflächlich dahin", entgegnete er.

„Und ich kritisiere auch unseren Pastor nicht oder das, was er predigt. Er sagt die Wahrheit, aber er tut es so beherrscht. Als würde er eine mathematische Gleichung erklären oder das Gesetz der Schwerkraft."

Er hielt inne.

„Und was sollte er deiner Ansicht nach tun? Sag es mir."

„Seine Predigten sollten so klingen, als würde er glauben, was er predigt. Er sollte vor Freude übersprudeln. Begeistert davon erzählen. Er hält seine Predigten mit weniger Begeisterung als ich meine Seminare an der Universität."

Louisa blieb der Mund offen stehen. Sie konnte kaum glauben, dass er so etwas über den Pastor dachte.

Er errötete. „Es tut mir Leid", entschuldigte er sich schnell. „Das hätte ich nicht sagen sollen. Das klingt schrecklich respektlos. Kritisch. Es war falsch, dass ich mich so habe hinreißen lassen. Es ist nur so, dass ich in die Kirche gehen *möchte*, ich sehne mich danach, mich über meine Erlösung zu freuen, und – und –" Er brach ab und schüttelte den Kopf. „Tut mir Leid", wiederholte er. „Ich hätte das nicht ansprechen sollen."

Sie setzten sich wieder in Bewegung. Diesmal schweigend. Aber Louisas Gedanken überschlugen sich. Es stimmte. Der Pastor wirkte tatsächlich sehr erschöpft. Wie konnte er voller Begeisterung predigen, wenn er so müde wirkte? Hatten sie ihn zu lange zu stark in Anspruch genommen? Wie konnte er anderen geben, was er selbst nicht besaß? Warum hatte sie nie daran gedacht? Warum hatte sie sich damit zufrieden gegeben, Woche für Woche im Gottesdienst zu erscheinen? Wo war das echte Leben, von dem Thomas sprach?

Jamie

Glennas zweites Kind, ein Mädchen, wurde Louisa Rosemary genannt, aber alle nannten sie Rosie. Von Anfang an betete ihr großer Bruder Jamie sie an. Er nannte sie „meine Schwester“ und schaffte es als Erster, dem Baby ein Lächeln zu entlocken.

„Ich glaube, sie mag mich“, teilte er seiner Tante Louisa eines Sonntagmorgens stolz mit, als sie sich in der Kirche trafen.

„Natürlich mag sie dich“, stimmte Louisa zu. Sie sprach jedoch nicht aus, was sie in ihrem Herzen empfand: dass niemand dem kleinen Jamie widerstehen konnte. Trotzdem weigerte sich Louisa noch immer, ihre Zuneigung zu ihrem Neffen offen zu zeigen. Sie fühlte sich sicherer, wenn sie den kleinen Jungen auf sicherer Distanz hielt, und verharrte weiterhin in ihrem strengen, unsinnigen Verhalten. Falls Jamie die Distanz bemerkte, schien er sich niemals davon abhalten zu lassen. Er war herzlich, liebevoll und freigiebig, genau wie seine Mutter. Louisa empfand den Drang, ihn vor Verletzungen von Menschen zu schützen, die seine Gutmütigkeit ausnutzen könnten, ihn aber gleichzeitig davor zu bewahren, zu selbstbewusst zu werden, weil er nie mit anderen in Konflikt geriet.

„Liebst du mich, Tante Berty?“, fragte Jamie sie als Nächstes wie aus heiterem Himmel.

„Wie kommst du darauf, eine solche Frage zu stellen?“, erwiderte sie ein wenig steif.

„Ich habe es mich gefragt“, antwortete er einfach.

„Man sollte sich nicht darum bemühen, dass einem die anderen Komplimente machen – oder Geständnisse“, erklärte sie und schob ihn durch die Kirchentür.

Jamies Gesichtsausdruck zeigte, dass er keine Ahnung hatte, was seine Tante Louisa sagte, aber er schien sie so zu akzeptieren, wie sie war. Sie war streng und ermahnte ihn häufig, doch dann wieder zeigte sie ihm ihre Zuneigung und half ihm. Das Kind schien sich ihrer Liebe sicher zu sein, ob sie die Frage nun beantwortete oder nicht.

„Meine Schwester ist zu klein, um bei uns zu sitzen", erklärte Jamie. Er nahm ihre Hand und sah sie an.

Louisa nickte. Jamie saß während des Gottesdienstes noch immer gern neben ihr.

„Eines Tages wird sie groß genug sein", fuhr er fort, als wolle er das Baby entschuldigen.

„Vielleicht möchte sie gar nicht bei uns sitzen", entgegnete Louisa kurz angebunden. Sie war sicher, dass das kleine Mädchen sie nicht mögen würde. Und Glennas kleines Mädchen würde ganz weich und weiblich sein. Sie würde lachen und kichern. In Bändern und Spitze gekleidet.

„Bestimmt will sie das", widersprach Jamie zuversichtlich. „Sie mag mich."

Aber wird sie auch mich mögen?, hätte Louisa fragen können, aber sie tat es nicht. Es hatte keinen Zweck, solche komplizierten Erwachsenendinge einem kleinen Jungen zu erklären.

Sie gingen hinein und nahmen Platz. Thomas auf der anderen Seite des Kirchenschiffes nickte Louisa grüßend zu. In der Kirche saßen sie nie nebeneinander. Sie hatte argumentiert, die Leute könnten die Situation falsch deuten. Sie nickte ihm ebenfalls zu und schob den Jungen in die Bank. Sie strich ihren Rock glatt und nahm das Liederbuch zur Hand, um für das erste Lied gerüstet zu sein.

Pastor Jenkins nahm mit ernstem Gesicht und gesenktem Blick seinen Platz ein.

Er wirkt tatsächlich müde, dachte Louisa. *Ungefähr so wie Miss Phillips.*

Seltsam, dass sie jetzt an Miss Phillips denken musste. Sie waren so verschieden. Und doch bestanden gewisse Ähnlichkeiten. Sie waren beide blass. Lustlos. Beide hatten wenig gesellschaftlichen Umgang. Der Pastor war früher ausgesprochen gesellig gewesen, doch seit dem Tod seiner Frau blieb er meistens zu Hause. Er kapselte sich ab. Unvermittelt fragte Louisa sich, ob er wohl anständig aß oder ob er wie Miss Phillips nur Kleinigkeiten zu sich nahm, falls er überhaupt aß.

Ich frage mich, was wir seit dem Tod von Mrs. Jenkins für ihn getan haben, überlegte sie. Sie hatte dem Pastor wenig Beachtung geschenkt, bis Thomas das Thema angeschnitten hatte. *Bestimmt gibt es Menschen in der Gemeinde, die sich seiner annehmen,* überlegte Louisa weiter. Die Ältesten. Die Diakone. Jemand sorgt doch bestimmt für sein Wohlergehen. Für sie als allein stehende Frau schickte es sich wohl kaum, sich um den verwitweten Pastor zu kümmern.

Er erhob sich und kündigte das erste Lied an. Louisa schlug die Seite im Liederbuch auf und ließ Jamie mit hineinsehen, obwohl er noch kein einziges Wort lesen konnte.

Ihre Gedanken wanderten von dem Prediger zu dem bevorstehenden Gottesdienst. Dieser Morgen unterschied sich in nichts von den vorhergehenden Sonntagen. Der Gottesdienst verlief genau so, wie sie es gewöhnt war.

Doch am Ende des Gottesdienstes wurde die Gemeinde aus der gewohnten Routine gerissen. Diakon Burns trat nach dem letzten Lied vor, räusperte sich und spielte mit seiner Brille. Schließlich begann er zu sprechen.

„Mit tiefem Bedauern hat der Ältestenrat das Rücktrittsgesuch unseres Pastors entgegengenommen, der 37 Jahre bei uns gedient hat.“

Ein tiefes Schweigen legte sich über die Gemeinde. Es wurde nur durch ein leises Stöhnen von Mrs. Tinker gestört, die alle ihre Gefühle durch unterschiedliche Töne ausdrückte.

„Pastor Jenkins hat uns seinen Rücktritt zum Ende des Monats angekündigt. Er wird seine Pflichten niederlegen, um Ruhe und Erneuerung zu suchen.

Pastor Jenkins hat uns lange und gut gedient und nur ungern lassen wir ihn gehen. Aber wir sind der Meinung –“, er brach ab und räusperte sich erneut. „Wir sind der Meinung, dass er sich die Ruhe verdient hat und dass er die Erneuerung braucht.

Nach dem Tod seiner lieben Frau vor zwei Jahren ist es ihm schwer gefallen, seinen Dienst fortzusetzen. Er vermisst sie sehr."

Wieder ein Stöhnen von Mrs. Tinker.

„Die Ältesten werden einen Ersatz für unseren Pastor suchen. Wir möchten Sie bitten, dafür zu beten, dass wir den richtigen Pastor für diese Gemeinde finden. Denken Sie auch an Pastor Jenkins, damit er erkennt, was Gott in der Zukunft mit ihm vorhat."

Erneut stöhnte Mrs. Tinker. Dieses Mal laut und lang, ein Zeichen für tiefste emotionale Ergriffenheit.

Louisa traute ihren Ohren kaum. Ein neuer Pastor? Ihr ganzes Leben lang war Mr. Jenkins ihr Pastor gewesen. Sie konnte sich einen Gottesdienst ohne diesen lieben Menschen auf der Kanzel nicht vorstellen. Sie fragte sich, ob sie noch zum Gottesdienst würde gehen wollen, wenn ein anderer Gottes Wort verkündigte.

Thomas würde meine Einstellung schockierend finden, dachte sie und fragte sich, warum sie gerade jetzt an Thomas und seine Reaktion dachte.

„Was hat er gesagt?" Jamie zupfte sie an ihrer Jacke und versuchte, leise zu sprechen.

Louisa blickte ihn streng an und mahnte ihn, still zu sein. Sie beugte sich zu ihm hinunter und flüsterte ihm ins Ohr: „Pastor Jenkins wird weggehen."

„Warum? Ich mag ihn", erwiderte der Kleine.

„Schsch. Wir alle mögen ihn", erwiderte Louisa.

Jetzt kam wieder Leben in die Gemeinde. Der Pastor war den Gang entlanggegangen, um seinen üblichen Platz an der Tür einzunehmen, die Gemeinde zu verabschieden und ihr Bedauern über seinen Weggang entgegenzunehmen.

„Warum?", fragte Jamie in einem lauten Flüstern.

„Er ist müde", flüsterte Louisa zurück. „Er braucht eine Ruhepause."

„Wie Mama?", fragte Jamie. Nach der Ankunft der kleinen Rosie wurde er immer wieder ermahnt, seiner Mutter ein wenig Ruhe zu gönnen.

„So ungefähr“, erwiderte Louisa in normalem Tonfall. Ihre Diskussion wurde nun von dem Lärm der Leute überdeckt, die das Gebäude verließen. Sie fing an, ihre Sachen zusammenzusuchen.

„Ich werde die Kirche vermissen“, verkündete Jamie. „Mir haben die Geschichten und alles gefallen.“

„Aber die Kirche bleibt uns doch“, erklärte Louisa ihm schnell. Er blickte sie erstaunt an.

„Und wer wird predigen?“, fragte er. „Mr. Burns?“

„Wir werden einen anderen Pastor finden.“

„Wann?“

„Sobald es geht.“

„Ich glaube nicht, dass ich ihn mögen werde“, beharrte Jamie eigensinnig. „Es wird nicht dasselbe sein.“

„Nein“, stimmte Louisa kopfschüttelnd zu, während sie ihren Neffen aus der Bank führte. „Es wird nicht dasselbe sein.“ Sie blickte zu Jamie hinab, ein wenig verwirrt darüber, dass er ihre eigenen Gedanken in Worte gefasst hatte.

❊

„Kann ich dich sprechen – allein?“

Thomas stand mit verschleierten Augen vor ihr. Louisa spürte, dass er eine schlechte Nachricht brachte, wenn sie auch nicht sagen konnte, warum.

„Was ist los?“, fragte sie scharf.

Er deutete auf das kleine Zimmer hinter ihr.

Wortlos erhob sie sich und ging voran. Furcht und Zorn stritten in ihr um die Vorherrschaft. Warum sagte er nicht einfach, was los war?

„Geht es um Mama?“, fragte sie, als sie die Tür fest hinter ihnen ins Schloss zog.

Er schüttelte den Kopf. „Jamie“, mehr brachte er nicht heraus.

Louisa blieb reglos stehen. Ihre Gedanken überschlugen sich. Jamie? Jamie war doch gar nicht krank. Er war noch so klein – und kräftig. Was konnte Jamie nur passiert sein?

Hände führten sie zu einem Stuhl, sanft und gleichzeitig fest. Sie wollte ausschlagen, wollte, dass er wegging und sie allein ließ, damit sie darüber nachdenken konnte.

„Er ist – von einem Baum gefallen", erklärte er.

„Was –", fragte sie.

„Er wurde ins Krankenhaus gebracht. Glenna ist dort. Sie hat mir ausrichten lassen, ich solle es dir mitteilen."

Langsam lichtete sich das Durcheinander in Louisas Kopf. Hatte sich Jamie einen Arm gebrochen? Ein Bein? Kinder brachen sich immer irgendwelche Gliedmaßen. Das heilte auch schnell wieder. Sie war einigermaßen erleichtert.

„Sie sind sich über das Ausmaß der Verletzungen noch nicht im Klaren", sagte Thomas gerade.

„Welche Verletzungen?", fragte sie wie betäubt. Erneut wurde sie von Panik erfasst.

„Man weiß es nicht", fuhr Thomas fort. „Er hat eine sehr schwere Kopfverletzung. Man weiß nicht –"

Aber sie unterbrach ihn, indem sie ihm mit dem Handrücken gegen die Brust schlug. Sie entwand sich ihm und sprang auf. „Rede doch keinen Unsinn", rügte sie ihn. „Sein Vater ist Arzt."

Einen Augenblick lang spiegelte sich Erstaunen in Thomas' Augen, dann schien er zu begreifen. „Natürlich", stimmte er zu. „Er wird die beste Pflege bekommen."

Louisa marschierte zur Tür. Er griff nach ihrem Arm. „Louisa", sagte er, „Louisa –"

„Ich muss jetzt wieder an die Arbeit gehen", sagte sie entschlossen und blickte stirnrunzelnd auf seine Hand auf ihrem Arm.

„Nein", erwiderte er ebenso entschlossen. „Nein, du kannst jetzt nicht wieder an die Arbeit gehen. Ich bin gekommen, um dich zum Krankenhaus zu bringen. Glenna braucht dich."

Sie starrte ihn an.

„Ich werde mit Miss Phillips sprechen, ihr sagen, dass du gehst. Und du suchst deine Sachen zusammen."

Sie starrte ihn mit ausgetrockneter Kehle an. War es tatsächlich so ernst – oder sprach nur die Panik einer Mutter aus Glenna?

Doch bestimmt nicht Jamie. Nicht Jamie, schrie ihr Herz, aber sie konnte die Worte nicht aussprechen. Ließ nicht einmal zu, dass sie sie empfand.

„Ist das nötig?“, fragte sie Thomas beherrscht.

Er nickte. „Er ist wirklich ziemlich schwer verletzt, Louisa.“

Sie nickte nicht. Versuchte nicht zu sprechen. Stumm und wie erstarrt ging sie los, um ihren Schal und ihren Hut zu holen. Aus reiner Gewohnheit setzte sie ihren Hut auf ihr glatt gestecktes Haar. Sie griff nach ihren Handschuhen und schritt hölzern durch die Tür. Wie durch einen Nebel bekam sie mit, dass sie das Gebäude verließen und auf einen wartenden Buggy mit eingespannten Pferden zugingen.

Das ist bestimmt alles nicht wahr. Es ist nur ein Albtraum. Es ist nicht Jamie. Es kann nicht Jamie sein. Sie wehrte sich noch immer gegen die Wahrheit, während sie im Eiltempo durch die Straßen fuhren.

Thomas half ihr vom Buggy und führte sie in das düstere, sterile Gebäude. Einen Flur entlang, dann einen anderen, um eine Ecke in einen dunklen Raum, hinter diesem Raum ein weiterer Raum, ein weiterer Flur. Sie begriff nicht, wohin sie gingen, aber sie konnte sich nicht mehr dagegen wehren. Es musste stimmen. Jamie war ernsthaft verletzt.

Sie hörte einen Schrei: „Oh, Louisa!“, und schon warf sich Glenna in ihre Arme. Mechanisch legte Louisa die Arme um ihre jüngere Schwester und versuchte, die hemmungslos schluchzende junge Frau zu beruhigen.

„Schsch. Schsch“, sagte Louisa immer wieder, während sie Glenna in den Armen hielt. „Es wird alles gut werden. Alles wird gut werden.“

Aber Louisa hatte keine Ahnung, ob ihre Worte wahr waren.

Als Glenna sich so weit beruhigt hatte, dass sie sprechen konnte, erzählte sie schluchzend die Geschichte, als müsse sie es aussprechen, damit es real würde. „Er ist geklettert. Dieser Baum im Garten – seinem Kätzchen hinterher. Er ist ausgerutscht und gefallen. Er hat sich den Kopf an einem

Stein aufgeschlagen, und – und –“ Sie begann wieder zu weinen.

Louisa spürte, wie sich ihre Besorgnis in Zorn verwandelte. *Warum hatte sie Jamie auf den Baum klettern lassen? Warum hatte nicht jemand auf den Jungen aufgepasst? Was für eine Mutter war Glenna denn –?*

Doch sofort erkannte sie, dass das nicht fair war. Keine Mutter konnte ein Kind 24 Stunden am Tag beschützen.

„Weiß Mama Bescheid?“, fragte sie Glenna.

„Thomas ist zu ihr gefahren.“

Erst jetzt bemerkte Louisa, dass Thomas sie verlassen hatte. Flüchtig fragte sie sich, wann er wohl gegangen war.

Glenna wischte sich die Tränen ab, die ihr die Wangen hinunterliefen. „Wir brauchen Gebet“, flüsterte sie mit zitternden Lippen. „Viel Gebet. Parker sagt, dass nur ein Wunder –“

Das kann doch wahr nicht sein, dachte Louisa. *Er ist doch Arzt. Wofür hat er denn studiert, wenn er nichts tun kann? Er sollte doch wohl in der Lage sein, die Dinge wieder in Ordnung zu bringen*, klagte sie ihn innerlich an.

„Ich habe unseren Nachbarsjungen zu Pastor Jenkins geschickt“, berichtete Glenna. „Er wird Diakon Burns bitten, die Nachricht in der Gemeinde zu verbreiten. Wir müssen beten.“ Glenna sank auf den Stuhl hinter ihr und barg ihr tränenüberströmtes Gesicht in den Händen, um weiterzubeten.

Louisa ließ sich langsam auf den Stuhl neben ihr sinken. Sie fühlte sich so hilflos. Wie erstarrt. Sie sollte beten. Glenna zählte auf sie.

Aber sie konnte nicht beten. Sie konnte nicht denken. Sie konnte nur stöhnen. Das Bild von Mrs. Tinker stand ihr plötzlich vor Augen. Zum ersten Mal in ihrem Leben verstand sie die Frau. Einige Dinge gingen einfach viel zu tief, um in Worten ausgedrückt zu werden – selbst im Gebet.

*

Die Stunden auf dem Krankenhausflur schleppten sich langsam hin. Pastor Jenkins kam mit seiner Bibel und viel Mitgefühl. Schließlich kam auch Thomas mit Mrs. Berdette zurück. Sie kauerten zusammen und weinten und beteten. Von Zeit zu Zeit kam Parker heraus, um nach Glenna zu sehen, oder schickte einen anderen Arzt oder eine Schwester mit einer Nachricht. Louisa konnte die Worte nicht verstehen. Das Gerede. Ihr Verstand weigerte sich, irgendetwas, das gesagt wurde, zu akzeptieren.

Es kann nicht sein. Es darf nicht sein. Sie können nicht über meinen Jamie reden. Es war nicht Glennas kleiner Junge, dessen Leben nur an einem seidenen Faden hing. Bestimmt konnte sein Vater, der Arzt, doch irgendetwas tun.

Louisa litt. Die Nacht zog sich endlos hin. Von ganzem Herzen sehnte sie den Morgen herbei. *Am Morgen wird alles vorbei sein*, redete sie sich ein. *Alles wird sich am Morgen klären. Wenn der Morgen erst mal da ist, werden sie wissen, was sie für ihn tun können. Bei Tageslicht ist alles viel einfacher*, versicherte sie sich.

„Möchtest du ihn gern sehen?“

Parker stand neben ihr. Er wirkte vollkommen ausgelaugt. Er trug noch immer seine weiße Kluft und hatte sich seinen Mundschutz vom Gesicht gezogen. Er hing ihm um den Hals statt über Mund und Nase.

Louisa wollte gerade ablehnen, als ihr klar wurde, dass das nicht ging. Sie musste ihn sehen. Das musste sie einfach. Unsicher erhob sie sich. Jemand nahm sie am Ellbogen und führte sie durch einen langen, leeren Flur. Es war nicht Parker. Dieser ging an ihrer anderen Seite.

Louisa lief weiter. Ihre Beine waren wie Gummi. Wie durch einen Nebel nahm sie ihre Umgebung war. Sie traten durch eine Tür in einen hell erleuchteten Raum. Auf dem Operationstisch lag eine kleine Gestalt. Die Verbände und Schläuche erfüllten sie mit einer namenlosen Furcht. Sie begriff nicht, was sie zu bedeuten hatten, und ihr wurde klar, dass sie das auch gar nicht wissen wollte.

Sie führten sie näher heran, fast gegen ihren Willen, und dann sah sie hinab auf das Gesicht des kleinen Jamie. Er war so blass, so leblos. So klein.

Ein Schluchzen entrang sich ihr. Schnell riss sie sich zusammen, ehe ihr ein weiteres Schluchzen entschlüpfte.

Einen Augenblick lang stand sie mit geschlossenen Augen da. Ihre Gedanken und Gefühle kämpften gegen Schock und Trauer an, dann konnte sie sich endlich fassen. Entschlossen öffnete sie die Augen, schob beiseite, wer immer sie stützte, und beugte sich über den kleinen Jungen. Mit fester, beinahe ruhiger Stimme sagte sie: „Jamie, Jamie, hör mir zu. Du musst wieder gesund werden. Verstehst du mich? Rosie –“

Einen Augenblick lang kämpfte sie mit sich und konnte nicht weitersprechen, aber sie riss sich wieder zusammen. „Rosie braucht ihren großen Bruder. Sie mag dich doch am liebsten. Weißt du nicht mehr?“

Aber sie sagte nicht, was ihr auf dem Herzen lag. Die Worte, die sie so gern aussprechen würde. *Jamie, ich habe dich lieb. Ich habe dich lieb. Ja. Die Antwort ist ja, ich habe dich lieb.*

Er zeigte keinerlei Reaktion auf ihre Stimme. Langsam richtete sie sich auf, drehte sich um und verließ den Raum.

Kaum eine halbe Stunde später kehrte der tief erschütterte Parker mit der Nachricht zurück, dass der kleine Jamie gestorben war.

Entdeckungen

Die folgenden Monate verliefen freudlos und leer. Louisa wünschte, sie könnte sich vor der ganzen Welt verstecken. Sie wollte sich verstecken, die Augen schließen, sich die Ohren zuhalten und leugnen, dass das Unglück je passiert war. Der tiefe, dumpfe Schmerz, den sie empfand, war manchmal mehr, als sie ertragen konnte. Und bestimmt war er genauso irreal wie die Tragödie an sich.

Aber in den Augen der Beobachter machte sie weiter wie gewöhnlich. Louisa war die Stütze ihrer Mutter, die sehr offen um ihr erstes Enkelkind trauerte, den kleinen Enkel, den sie verloren hatte. Sie war Stütze und Trösterin für Glenna, während Glenna um ihren Sohn trauerte. Louisa tat auch weiterhin, was getan werden musste. Sie nahm sich der Dinge an, die erledigt werden mussten, und meisterte irgendwie ihren Alltag.

„Louisa ist so stark", bemerkten die Gemeindemitglieder häufig.

„Ich weiß nicht, was die Familie ohne Louisa tun würde", flüsterten sich die Einwohner der Stadt zu.

Und dann wurde die Familie von einem zweiten Schlag getroffen. Granna verstarb im Schlaf. Ein weiteres Grab wurde auf dem kleinen Friedhof neben der Kirche vorbereitet.

„Kann sie nicht unmittelbar neben Jamie begraben werden?", fragte Glenna mit zitternder Stimme. „Er ist zu klein, um dort ganz allein gelassen zu werden."

Louisa glaubte, kein weiteres Familienbegräbnis ertragen zu können, aber der Anblick ihrer Mutter mit ihren gebeugten Schultern und dem blassen und ausgezehrten Gesicht veranlasste sie, sich entschlossen aufzurichten.

Es war Glenna, die ihre Trauer als Erste zu überwinden schien. Louisa fragte sich, wie sie nach dem, was sie durchgemacht hatte, trotzdem wieder lächeln konnte, aber die sanfte, liebevolle Glenna wirkte noch heiterer als zuvor.

Das verwirrte Louisa. Manchmal ärgerte es sie auch. Sie merkte, wie sie sich immer mehr von Glenna fern hielt. Wie konnte die eigene Mutter den kleinen Jamie so schnell vergessen und weitermachen, als hätte – als hätte er nie existiert?

Natürlich war da die kleine Rosie. Glenna schien besondere Freude an Rosie zu haben. Aber für Louisa war das kleine Mädchen mit ihrem Lächeln und dem Babygebrabbel nur eine schmerzliche Erinnerung an Jamie, der sie so geliebt hatte.

Und dann wurde Glenna erneut schwanger. Auch das machte Louisa zu schaffen. Versuchte Glenna, Jamie zu ersetzen? Wusste sie denn nicht, dass Jamie nicht ersetzt werden konnte? Ein Kind wie Jamie würde es nie wieder geben. Nie.

Schmerz und Zorn nahmen in Louisa immer mehr Raum ein und veranlassten sie, sich immer mehr zurückzuziehen. Sie wurde immer zorniger auf das Leben. Und auf Gott.

*

Die Ältesten hatten Schwierigkeiten, einen Ersatz für Pastor Jenkins zu finden. Die Gemeinde war sehr froh, dass Pastor Jenkins bereit war zu bleiben, bis ein Nachfolger gefunden worden war.

„Oh, ich bin so froh“, sagte Glenna aus tiefstem Herzen. „Im Augenblick brauchen wir so dringend einen Pastor.“

Louisa runzelte die Stirn.

„Ich weiß nicht, wie ich die – die dunklen Tage ohne Pastor Jenkins und seine Gebete hätte überstehen sollen“, erklärte Glenna.

Louisa schwieg.

Tränen sammelten sich in Glennas Augen. „Oh, Louisa“, seufzte sie und wischte sich die Tränen fort. „Manchmal vermisse ich ihn so sehr, dass mir alles wehtut.“

Louisa sprach noch immer kein Wort.

„Der Pastor sagte, dass wir alle auf unsere Weise trauern. Dass wir unterschiedlich schnell Heilung finden. Für mich ist das ein sehr langsamer, schmerzlicher Prozess. Manchmal frage ich mich, ob es mir je wieder gut gehen wird“, fuhr Glenna fort.

Louisa schluckte ihre unfreundlichen Worte hinunter. Sie wollte sagen, dass Glenna mit ihrer Rosie und dem neuen Baby, das unterwegs war, doch ganz gut auch ohne Jamie zurechtzukommen schien.

„Wenn es nicht – so oft wollte ich einfach nicht mehr weitermachen. Ich sehnte mich danach – mich einfach zusammenzurollen und zu sterben“, fuhr Glenna fort.

Wenn Louisa nicht selbst so sehr gelitten hätte, hätte sie Glennas Worte nicht verstehen können. Doch so hatte sie das Gefühl, dass ihre Schwester ihre eigenen düsteren Gedanken in Worte fasste.

„Und wie schaffst du es?“, murmelte sie schließlich. Eigentlich wollte sie fragen: *Wie kommt es, dass du so glücklich wirkst, wenn du so tief traurig bist?*, aber sie befürchtete, Glenna würde die Frage oder die Bitterkeit, die darin lag, nicht verstehen.

„Gott“, hauchte Glenna. „Ich habe Gott noch nie so – so real erlebt. Er ist mir ganz nahe. Es ist, als, als würde er direkt neben mit stehen – mich stützen. Mir helfen, jeden Tag zu überstehen. Er ist mir so nah. So nah.“

Das ist seltsam, dachte Louisa. *Ich habe immer das Gefühl, dass er weit entfernt ist. Ich frage mich sogar, ob er überhaupt wirklich da ist …*

⁕

Thomas kaufte ein Automobil, einen dunklen Ford mit einem Verdeck.

„Ich dachte, du würdest vielleicht nicht mit offenem Verdeck fahren wollen“, sagte er zu Louisa. Ihr kam nicht in den Sinn zu fragen, warum er sich an ihren Wünschen orientierte.

„Ich dachte, du würdest vielleicht gern deine Mutter besuchen“, fuhr er fort. „Mit dem Wagen kommen wir viel schneller voran als mit dem Buggy.“

Louisa wusste, dass das stimmte. Sie war mit Parker und Glenna einmal in ihrem Wagen zur Farm gefahren und war damals erstaunt gewesen, wie schnell sie den Weg in Parkers Wagen zurückgelegt hatten. Parker hatte sich schon recht früh ein Automobil gekauft, weil er auf diese Weise viel Zeit bei seinen Krankenbesuchen sparte.

„Das könnte Menschenleben retten“, hatte er Glenna in Louisas Beisein erklärt.

Ich weiß nicht, dachte Louisa verbittert. *Bei Jamie bist du rechtzeitig zur Stelle gewesen und es hat nichts gebracht.* Aber Louisa sprach diese Worte nicht aus.

Sie interessierte sich nicht für die neuen Automobile, weder für Parkers schönen grauen Hudson noch für Thomas' dunklen Ford, aber sie war mit einem Besuch bei ihrer Mutter sofort einverstanden. Es wäre dumm gewesen, Thomas' Angebot abzulehnen.

„Ich hole meine Sachen“, erwiderte sie auf seine Einladung hin.

„Nimm unbedingt einen Schal für den Kopf mit“, rief er ihr hinterher. „Es ist kühl.“

Louisa nickte und entfernte sich.

Die Situation auf der Farm beunruhigte sie. Die Dinge waren nicht, wie sie sein sollten. Ihre Mutter wirkte ausgezehrt und lustlos.

„Mama“, drängte sie. „Du solltest wirklich nicht allein hier bleiben. Bitte, komm doch mit uns in die Stadt.“

Aber ihre Mutter schüttelte eigensinnig den Kopf. „Ich möchte mich nicht in dein Leben einmischen, Liebes“, antwortete sie. „Und mir gefällt es hier wirklich. Ich kenne jeden Haken und jede Öse dieses alten Hauses. Ich habe das Gefühl, dass ich hierher gehöre. Ich mag die Stadt nicht.“

„Aber du solltest nicht allein sein“, widersprach Louisa.

„Und warum nicht?“

„Du bist nicht kräftig genug. In den vergangenen Monaten hast du so viel durchgemacht. Komm mit mir, bis – bis du wieder auf die Beine gekommen bist.“

„Ich denke nicht“, erwiderte ihre Mutter. „John wird nach mir sehen. Er wohnt doch ganz in der Nähe.“

„Aber John kann doch nicht jede Minute nach dir sehen. Du könntest hinfallen – oder …“

„Oder was? Was könnte mir den schlimmstenfalls passieren? Der Tod? Wir müssen alle irgendwann sterben.“

„Mama, sag doch so etwas nicht“, warf Louisa scharf ein. „Das – das gehört sich nicht.“

Mrs. Berdette seufzte. „Du hast Recht“, gestand sie. Louisa entdeckte Tränen in ihren Augen. „Aber ich fürchte den Tod nicht mehr wie früher. Ich habe keine Angst mehr davor. Manchmal denke ich, ich würde mich sogar freuen –“

„Das ist doch dummes Gerede“, unterbrach Louisa sie erneut. Es beunruhigte sie, wenn ihre Mutter solche morbiden Dinge sagte.

„Der Tod ist doch nur ein Tor in den Himmel“, erwiderte ihre Mutter. „Warum sollten wir, die wir auf dem rechten Weg sind, so viel Aufhebens darum machen, durch dieses Tor zu treten?“

Louisa wollte nichts mehr davon hören. „Möchtest du nicht mitkommen?“, fragte sie in dem Versuch, das Gespräch wieder auf die anstehende Frage zurückzulenken.

„Ich glaube nicht. Zumindest noch nicht. Ich möchte hier bleiben und sehen, wie der Frühling anbricht. Ich liebe den Frühling. Genau wie Mama. Es tut mir so Leid, dass sie ihn dieses Jahr nicht mehr erlebt.“

Gleich würde sie sicher wieder vom Tod sprechen. Aber Louisa hatte keine Lust mehr, über dieses Thema zu reden.

„Na gut, wir müssen zur Stadt zurück, bevor es dunkel wird. Wenn du nicht mitkommen willst, ich kann dich nicht zwingen. Aber ich wünschte wirklich, du würdest darüber nachdenken.“

Sehr aufgewühlt und besorgt machte sich Louisa auf den Heimweg.

*

Endlich wurde ein neuer Pastor gefunden. Als Louisa davon hörte, war sie nicht besonders begeistert, nicht einmal neugierig. Um ehrlich zu sein, es war schon eine Weile her, seit sie Begeisterung für die Kirche oder irgendetwas anderes in ihrem Leben empfunden hatte.

Vollkommen emotionslos setzte sie sich an dem ersten Sonntag, an dem der neue Pastor predigen sollte, auf ihre gewohnte Bank im Gemeindehaus. Wie jeden Sonntag hielt sie den Blick stur geradeaus gerichtet, weil sie es nicht ertragen konnte, den leeren Platz neben sich zu sehen. Die Erinnerung an Jamie war zu schmerzlich. Er würde ihr immer fehlen.

Die energiegeladene Rosie hatte nie den Wunsch geäußert, bei „Tante Berty" zu sitzen. Das würde sie vermutlich auch nie tun. Rosie war eben nicht Jamie, sie reagierte nie so herzlich auf die strenge Tante Berty wie Jamie. Das kleine Mädchen war viel zu sehr damit beschäftigt, ihre Eltern auf Trab zu halten, als darüber nachzudenken, bei wem sie sitzen wollte.

Louisa strich ihren Rock glatt, nahm das Liederbuch zur Hand und beobachtete desinteressiert, wie der Neue aufstand und vor die Gemeinde trat.

Der Gottesdienst lief ab wie gewohnt. Mit großer Begeisterung stellte Diakon Burns den neuen Pastor vor, erklärte, wie Gott die Suche nach dem richtigen Mann geführt hatte, und seiner Meinung nach hätten sie endlich den Richtigen gefunden. Schließlich überließ er dem neuen Pastor die Kanzel.

Louisa hörte nicht genau hin. Seit sie Jamie verloren hatten, hatte sie sich angewöhnt, ihre Gedanken während der Predigt schweifen zu lassen.

Doch ihre Aufmerksamkeit wurde plötzlich geweckt, als der Mann mit mächtiger Stimme fragte: „Warum bin ich hier?"

Sie konzentrierte sich auf ihn und hörte ihn sagen: „... weil ich an Gott glaube."

Na, das ist aber wirklich eine Überraschung, dachte sie.

„Ich glaube an *einen* Gott", fuhr der Mann fort, wobei er das Wort „einen" betonte.

„Ich finde es durchaus vernünftig, an einen Gott zu glauben. Nicht an viele Götter. Viele Götter könnten zum Chaos führen. Kleinere Götter, größere Götter, kriegsführende Götter, selbstsüchtige Götter. Können Sie sich eine solche Welt vorstellen? Es würde nicht funktionieren. Wenn ein Gott nicht Gott über alles ist – dann ist er gar kein Gott. Darum glaube ich an *einen* Gott, *den* Gott, den Urheber von allem, was ist und was je sein wird."

Louisa bewegte sich und überlegte, wohin seine Erklärung wohl führen würde.

„Also – für mich ist die Angelegenheit geregelt. Für immer. Ganz eindeutig. Ich glaube an einen Gott, den Schöpfer und Erhalter aller Dinge."

Er brach ab, holte Luft und sah hinunter in seine geöffnete Bibel.

„Da dieser Schöpfer-Gott uns sein Wort gegeben hat, muss ich auch daran glauben, dass die Bibel, die uns von ihm erzählt, die Wahrheit ist. Sie ist seine Offenbarung an die Menschheit. Das älteste und exakteste religiöse Dokument, das zeigt, wer er ist und wofür er steht."

Er hielt seine zerschlissene Bibel hoch.

„Also", er hielt kurz inne, „ich glaube an einen Gott, den Schöpfer und Erhalter aller Dinge, und ich glaube, dass er der Menschheit in der Bibel geoffenbart hat, wer und was er ist.

Wenn ich glaube, dass er der Menschheit die Bibel geschenkt hat und dass er Gott ist, *der* Gott, dann muss ich das Buch auch so akzeptieren, wie es ist. Alles. Teile davon zu akzeptieren und andere zu verwerfen würde das ganze Werk in Misskredit bringen. Mir die Stellen herauszusuchen, die mir gefallen und meine eigenen Theorien und persönlichen Doktrinen untermauern, oder meine eigenen Philosophien oder meine Religion nach dem zu gestalten, was meinen Ohren schmeichelt oder meiner Fantasie gefällt, und das andere zurückzuweisen, würde das ganze Werk wertlos machen. Darum muss ich alles akzeptieren und daran glauben, und zwar an alles, was in der Bibel gesagt wird.

Und so glaube ich an einen Gott, den Gott, den Einen, obgleich dreieinig, den Schöpfer und Erhalter aller Dinge.

Ich glaube, dass die Bibel seine Offenbarung an die Menschheit ist.

Ich glaube, dass die Bibel als Ganzes akzeptiert und befolgt werden muss. Sie ist das geschriebene Wort Gottes."

Er hielt inne und betrachtete die Gemeinde.

„Alle meine Predigten werden also diese Grundlage haben." Erneut hielt er die Bibel hoch. „Gemeinsam werden wir studieren, was darin geschrieben steht. Wir werden um Verständnis und seine Weisheit beten. Wir werden um die Bereitschaft bitten, das darin Geschriebene mit offenem Herzen auf unseren Alltag anzuwenden.

In unserer modernen Welt stehen wir vor schweren Fragen, aber die Antworten darauf sind hier in diesem Buch zu finden. Um Antworten zu finden, müssen wir zuerst die Quelle – Gott – kennen lernen. Gott, den Vater, der uns liebt. Gott, den Sohn, der uns erlöst. Gott, den Heiligen Geist, der uns führt. Einen Gott, doch in drei Personen, ein Geheimnis, das unser menschliches Fassungsvermögen übersteigt, aber ein Gott.

Sonntag für Sonntag treffen wir uns hier, um diesen Gott besser kennen zu lernen. Ihn immer besser kennen zu lernen, damit wir ihn umfassender anbeten können.

Ich bin hier, um euch bei eurer Suche nach Gott zu führen. Das ist alles. Das ist der einzige Grund für mein Hiersein. Um unser Verständnis von Gott zu stärken. Aber mehr als unser Verständnis noch unsere Beziehung zu ihm. Wir möchten nicht nur von ihm erfahren, wir möchten ihn kennen lernen. Gemeinsam werden wir uns auf diese Reise begeben. Mögen unsere Herzen und unser Geist auf dieser Suche vereint sein.

Bevor wir die Reise gemeinsam im ersten Kapitel von Genesis beginnen, wollen wir unsere Köpfe neigen und Gott bitten, unseren Geist zu schärfen und unsere Herzen für die Wahrheit zu öffnen."

Louisa neigte den Kopf. Sie war innerlich angerührt. Eine seltsame Unruhe gemischt mit Vorfreude veranlasste sie, nervös auf ihrem Sitz herumzurutschen. In letzter Zeit war Gott so weit entfernt gewesen. Sie hatte angefangen, ihren eigenen Glauben anzuzweifeln. Stimmte überhaupt, was sie von Kindheit an gelernt hatte? Und nun sagte dieser Mann, dass sie erfahren würden, wer Gott tatsächlich war. Sie würden ihn nicht nur entdecken, sondern auch richtig kennen lernen.

Wollte sie das? Würde sie es wagen, Gott auf solche Weise zu suchen? Was würde sie über ihn erfahren? Über sich selbst? Inwiefern würde das Einfluss auf ihre Persönlichkeit haben?

Sie verspürte den Wunsch, sich umzudrehen und die Gesichter um sich herum zu betrachten. Waren die anderen Gottesdienstbesucher von den Worten genauso getroffen wie sie? Waren sie bereit, die Seiten der Bibel zu durchforschen, um herauszufinden, wer und was Gott war?

Sie schlug die Bibel auf, die sie in der Hand hielt. Irgendwie hatte sie das Gefühl, dass etwas in Gang gebracht worden war. Falls die anderen ähnlich empfanden, falls die Räder tatsächlich in Bewegung gekommen waren, dann würde diese Gemeinde vielleicht für immer verändert werden.

*

Im Laufe der folgenden Monate hielt sich der Pastor an sein Wort. Sonntag für Sonntag forschten sie gemeinsam im Wort Gottes, um zu sehen, was darin über die Person Gottes stand und wie er mit der gefallenen und dann erlösten Menschheit handeln wollte.

Trotz ihres Widerstrebens, diese Reise anzutreten, merkte Louisa, dass sie sich davon hatte fesseln lassen. Sie machte erstaunliche Entdeckungen. Sie bekam einige wundervolle geistliche Erkenntnisse. *Sicher, sicher*, argumentierte sie innerlich, *sie waren die ganze Zeit da. Ich dachte, ich würde meine Bibel kennen, aber ich kannte nur einige Tatsachen. Die Geschichten. Ich habe die Fakten, die Wahrheiten, nie wirklich auf mein Leben angewandt.*

Louisa begann sich zu fragen, wie sie von klein auf in die Kirche hatte gehen und so vieles überhören können. *Kein Wunder, dass Glenna den Eindruck hatte, Gott sei ganz nah bei ihr*

– und ich das Gefühl hatte, dass er weit von mir entfernt sei. Glenna kennt Gott. Ich habe versucht, mich durchs Leben zu schlängeln. Ich habe nur gewusst, dass es ihn gibt, aber nicht, wie er ist.

Eine erstaunliche Erkenntnis, aber nur der Anfang.

Josef

Louisa begann, sich auf die Sonntage zu freuen. Es war eine neue Erfahrung für sie, am Sonntagmorgen aufzuwachen und sich auf den Gottesdienst zu freuen. So viele Jahre lang war sie nur in die kleine Kirche gegangen, weil man dies eben tat. Doch seit sie dort ständig Neues entdeckte, konnte sie die Sonntage kaum erwarten.

In jeder Predigt führte der neue Pastor seine Gemeinde durch die Bibel und half ihr dabei, Gott immer besser kennen zu lernen. Und Woche für Woche wurden Louisas Augen weiter geöffnet. Und mit ihrer wachsenden Erkenntnis wuchs auch ihre Sorge in Bezug auf sich selbst.

„Du meine Güte, ich habe wirklich eine rebellische Ader“, gestand sie sich erstaunt ein, als sie sich vor dem großen vergoldeten Spiegel die Haare kämmte.

Glenna hatte in der Woche zuvor eine Bemerkung über ihre Haare gemacht, ihr gesagt, was für eine schöne Haarfarbe sie habe, und vorgeschlagen, sie solle es doch nach der neuen Mode etwas lockerer aufstecken. Das würde ihr bestimmt gut stehen.

Louisa hatte darauf ausgesprochen scharf entgegnet, ihr Haar sei in Ordnung, so wie es sei, und sie habe nicht die Absicht, ihren Stil zu verändern, nur weil es „modern“ sei.

Glenna hatte nichts weiter gesagt, aber Louisa hatte den Schmerz in ihren Augen gesehen.

„Also, Herr“, fuhr Louisa fort, „ich schätze, das ist auch so etwas, an dem wir beide noch arbeiten müssen.“

Mit fester Hand steckte sie sich den Hut auf den Kopf und betrachtete sich nur kurz im Spiegel, um sich zu vergewissern, dass sich keine Haarsträhne gelöst hatte. Dann nahm sie ihre

Sachen von dem Tisch im Flur und machte sich auf den Weg zur Kirche.

Die Predigt dieses Morgens ging ihr besonders nahe. Der Pastor war im ersten Buch Mose schon weit gekommen und seit drei Wochen predigte er nun schon über das Leben von Josef.

„Dieser Mann hat in seinem Leben viele dramatische Ereignisse durchgemacht! Sein Leben schien immer weiter abwärts zu gehen. Eigentlich konnte es für Josef gar nicht mehr schlimmer kommen. Wie konnte die Hand Gottes in seinem Leben zum Guten wirken? Aber denkt daran", warnte er, „wir sehen uns nur das Äußere an. Innerlich – geistlich – wurde Josef nicht niedergetrampelt. Er wurde aufgebaut. Die Widrigkeiten, die die sichere Niederlage zu bringen schienen, machten ihn stattdessen innerlich stark. Sie stärkten sein Vertrauen und seinen tiefen Glauben an Gott."

Louisa hing an jedem Wort der Predigt. Konnte Gott tatsächlich innerlich auferbauen, während die Kräfte des Bösen das Äußere niederzureißen schienen? Sie dachte über die Frage nach.

Sie rutschte ein wenig zur Seite und sah zu Glenna hinüber. Da saß ihre Schwester. Ein Ausdruck der Heiterkeit und Freude lag auf ihrem Gesicht, während sie ihr neu geborenes kleines Mädchen in den Armen hielt. Louisa fühlte einen Stich in ihrem Inneren. Wie konnte Glenna noch immer lächeln? Louisa wusste, dass sie Jamie sehr geliebt hatte. Sie wusste, dass ihre Schwester noch immer von Zeit zu Zeit über seinen Tod weinen musste. Also, wie kam das?

Diese verwirrende Frage lenkte Louisa einen Augenblick lang ab. Sie wandte ihre Aufmerksamkeit wieder der Predigt zu.

„Der Glaube ist weit. Der Glaube ist allumfassend. Der Glaube ist mehr, als das Werk Christi auf Golgatha zu akzeptieren. Der Glaube ist wie eine warme Decke, die uns vor den kalten Nächten des Lebens schützen möchte. Der Glaube ist die Überzeugung, dass Gott genau weiß, was er tut, und dass er die Kontrolle über alles hat.

Seht euch mit mir Sprüche 21, Vers 30 an.“

Der Pastor blätterte in seiner Bibel, und Louisa hörte das Geraschel von Seiten, da auch viele andere die Stelle suchten. „‚Keine Weisheit, kein Verstand, kein Rat besteht vor dem Herrn.‘

Glaubt ihr das? Dann solltet ihr das Bedürfnis haben zu rufen: ‚Halleluja, Halleluja! Gott hat alles in der Hand. Nichts trifft ihn unvorbereitet. Niemand kann ihn überflügeln, ihn überlisten, übertrumpfen oder überdauern. Er ist Gott.‘

Das hatte Josef begriffen. Das ist der Grund, warum Josef wusste, dass er in den scheinbar so schlimmen Lebensumständen innerlich geistlich auferbaut wurde.“

Auf einmal konnte Louisa das Puzzle zusammensetzen. Erneut warf sie einen Blick hinüber zu Glenna. *Das ist es*, flüsterte sie vor sich hin. *Das hat Glenna verstanden. Darum kann sie lächeln.*

Louisa senkte den Kopf und kämpfte gegen die Tränen an. Es war eine neue und beunruhigende Erfahrung. Seit ihrer Kindheit hatte sich Louisa nur selten gestattet zu weinen. Mit fester Entschlossenheit schluckte sie die Tränen hinunter.

*

Der wunderschöne Herbsttag und der warme Sonnenschein mit der neckenden sanften Brise luden zum Schlendern ein und Louisa und Thomas schienen beide diese Stimmung zu spüren. Sie gingen langsam, hingen ihren Gedanken nach und unterhielten sich nur wenig. Louisa dachte noch immer über die Predigt nach und dass sie nun erkannt hatte, was ihre Schwester Glenna in die Lage versetzte, den größten Albtraum einer Mutter zu überleben und sogar zu überwinden.

Sie ist schon immer so gewesen, dachte sie. *Einfühlsam, offen.* Dann schob Louisa den Gedanken beiseite. *Na und, warum auch nicht?* Sie war die Begünstigte, die wegen ihrer Schönheit verwöhnt wurde. Ihr fiel es leicht, gut zu sein. Sie hatte nie um etwas kämpfen müssen.

„Josef war wirklich ein besonderer Mensch“, unterbrach Thomas’ Stimme ihre Gedankengänge.

Sie nickte.

„Was meinst du, wo er herkam?“, fragte Thomas.

Louisa blickte ihn an, sie verstand seine Frage nicht. Viele Sonntage hatte der Pastor damit verbracht, Josefs Herkunft zu erläutern.

„Ich denke schon seit Tagen darüber nach“, fuhr Thomas fort. „Wo kam er her?“

„Von Rahel“, meinte Louisa kurz angebunden.

„Nein. Nein, ich meine nicht körperlich“, erwiderte Thomas schnell. Er lachte über Louisas Anspannung. „Der *wirkliche* Josef“, erklärte er. „Der ganz auf Gott gehört hat. Ich meine, sieh dir den Mann doch einmal an. Sein Urgroßvater war Abraham, der aus einem Volk auserwählt wurde, das viele unterschiedliche Götzen anbetete. Abraham konnte über den wahren Gott nicht allzu viel gewusst haben. Doch ohne Widerrede erfüllte er Gottes Befehl, seinen Sohn zu töten. Sicher, bestimmt hatte er Zweifel daran gehabt, aber er war mit Menschenopfern vertraut, da dies in dem Land, aus dem er kam, durchaus keine Seltenheit war. Ich glaube nicht, dass es der Befehl Gottes (dem zu vertrauen er gelernt hatte) war, seinen Sohn zu opfern, der ihn beinahe zu Grunde gerichtet hätte. Es wäre die Tatsache gewesen, dass Gott diesen Sohn versprochen hatte und ihn nun zurückverlangte.“

Louisa war nie der Gedanke gekommen, dass Abrahams früheres Lebensumfeld, in dem Menschenopfer Teil der Kultur waren, in seiner Geschichte eine wichtige Rolle gespielt hatte.

„Und dieser Mann, Abraham, hat gelogen. Bei mehr als einer Gelegenheit hat er betrogen oder es zumindest versucht. Dann war da noch Josefs Großvater Isaak, ein unkluger Vater, der den einen Sohn dem anderen vorzog. Er und seine Frau spielten Tauziehen um die eigenen Kinder.“

Auf Louisas Seitenblick hin fuhr er schnell fort: „Oh, das ist vielleicht ein wenig zu hart. Aber man kann sicher davon ausgehen, dass sie keine klugen Eltern waren. Und jetzt zu Josefs

Familie. Denk doch nur mal nach. Jakob, der Betrüger, als Vater. Und ein Haus voller eifersüchtiger, keifender Frauen. Rahel und Lea, die immer versuchten, sich gegenseitig auszustechen, um Jakobs Aufmerksamkeit zu bekommen. Sie buhlten um seine Gunst. Was für eine Umgebung ist das für ein Kind? Der Lieblingssohn? Diese Tatsache trug bestimmt nicht dazu bei, dass sein Verhältnis zu seinen Brüdern gut war."

Louisa musste unwillkürlich lächeln.

„Also, wie war seine Herkunft? In seiner Umgebung waren Betrug und Egoismus an der Tagesordnung. Ein Haushalt voller Eifersucht und Manipulation. Wie wurde Josef zu dem Mann, der lieber Gefängnis oder sogar Tod auf sich nahm, als seinem Gott Schande zu bereiten?"

Sie zuckte die Achseln. Louisa hatte noch nie über Josefs häusliche Situation nachgedacht. Woher stammten Josefs Moral, seine Werte? Woher kam sein starker Glaube? Wer hatte ihm beigebracht, zwischen Recht und Unrecht zu unterscheiden?

„Für mich ist Josefs Geschichte aufregend", fuhr Thomas fort. „Sie bedeutet, dass alle Menschen die gleichen Chancen haben. Die Tatsache, dass der eigene Hintergrund nicht ideal ist, bedeutet nicht, dass man kein guter Mensch sein kann. Ich meine, Gott hatte Abraham erwählt und ihn aus einem heidnischen Land geführt, weil er sah, dass Abraham ein Mann war, mit dem er arbeiten konnte. Ein Mann, der lernfähig war. Der sich beugen konnte. Kein vollkommener Mensch, aber ein sehr verlässlicher."

„Du hättest Prediger werden können", meinte Louisa lächelnd.

Thomas lächelte sie ebenfalls an und fuhr fort: „Und Isaak und Jakob. Sie haben Fehler gemacht, aber Gott hat sie geführt, und auch sie haben ihre Lektionen gelernt, wenn auch manchmal auf die harte Tour.

Und dann kam Josef und er war wirklich lernfähig. Und sieh dir nur an, was Gott durch ihn hat tun können."

Louisa hob den Kopf und hörte einen Zaunkönig auf einem nahe gelegenen Baum singen.

„Es kommt also nur auf den Einzelnen an“, fuhr Thomas fort. „Man kann sich entscheiden zuzuhören oder man kann Gott ausklammern. Die Umstände, gute oder schlechte, formen einen Menschen nicht zwangsläufig. Josef hätte genauso werden können wie einer seiner bedauernswerten Brüder. Voller Mordgedanken und Täuschung. Aber so war er nicht.“

Louisa spürte einen Stich in sich. Konnte man tatsächlich frei entscheiden – oder wurde das eigene Leben von den äußeren Umständen diktiert? Dies war eine sehr schwerwiegende, beunruhigende Frage, eine Frage, mit der sie sich an einem so wunderschönen Tag nicht auseinander setzen wollte.

„Das ist ein interessanter Gedanke“, sagte sie zu Thomas und schob damit die Frage beiseite. „Und darüber muss man sehr genau nachdenken, doch heute ist ein zu schöner Tag, um so tief schürfende Fragen zu wälzen. Ich denke, ich werde schnell etwas essen und einen Spaziergang am Fluss entlang machen.“

„Möchtest du gern allein sein?“, fragte Thomas. „Oder darf ich dich begleiten?“

„Du kannst mitkommen, wenn du möchtest“, erwiderte Louisa, ohne zu zögern, aber mit gelassener Stimme.

„Das werde ich tun“, erwiderte er.

Sie erreichten Louisas Tor. Sie verlangsamte ihren Schritt. „Ich könnte ein paar Sandwiches machen, die wir dann am Fluss essen könnten“, bot sie an.

Er lächelte. „Das klingt großartig. Ich werde schnell nach Hause gehen und mich umziehen. Ich könnte etwas Limonade machen und Obst mitbringen.“

Louisa nickte. Wie es aussah, würden sie ein improvisiertes Picknick veranstalten.

⁂

Der Herbsttag war wunderschön. Bunte Blätter lagen bereits auf dem Weg, wenn auch die meisten Bäume noch ihr herbstliches Kleid trugen.

„Das ist meine Lieblingszeit im Jahr“, überlegte Louisa.

„Ich glaube, meine auch“, entgegnete Thomas. „Ich weiß nicht so genau, warum.“

„Ich denke, weil mich das an die Farm erinnert“, erklärte Louisa.

„Vielleicht. Für mich spricht sie von Gottes Fürsorge, glaube ich. Es ist die Zeit der Ernte, des Pflückens, des Obstes – alles erinnert uns daran, wie er für uns sorgt und wie er uns im Blick hat.“

Louisa nickte, seufzte tief und lehnte sich gegen den Baum, in dessen Schatten sie die Decke ausgebreitet hatten.

„Ich denke, der Herbst ist ein Geschenk Gottes vor dem öden Winter“, bemerkte sie.

Thomas sah sie erstaunt an. „Du magst den Winter nicht?“

Sie zuckte die Achseln. „Ich verabscheue den Winter nicht gerade. Es ist nur immer so kalt und hart, und alles, was man tut, wird erschwert. Und man muss häufiger im Haus bleiben und –“ Sie brach ab. „Wenn ich es recht bedenke“, meinte sie lachend, „habe ich überhaupt nichts dagegen. Ich mag das gemütliche Feuer im Kamin und das Lied des Kessels auf dem Herd.“

„Der leichte Geruch nach Holzrauch in der eiskalten Luft“, fügte Thomas hinzu.

„Ich setze mich gern mit einem Buch vor das Feuer“, fuhr Louisa fort.

„Die großen, weichen Schneeflocken, die langsam vom Himmel fallen und eine weiße Decke über die graue Landschaft breiten.“

„An einem klaren Tag scheinen alle Geräusche noch meilenweit zu hören zu sein, das Rufen der Kinder, das Klingeln von Schlittenglocken, das Pfeifen des Zuges, der um die Kurve biegt“, fügte Louisa hinzu.

„Und das Knirschen des Schnees unter deinen Füßen, wenn du durch die weiße Winterlandschaft stapfst. Oder das Zischen der Kufen, wenn man einen Hügel hinuntersaust“, ergänzte Thomas.

Sie lachten zusammen. So übel war der Winter gar nicht.

*

„Hast du heute Abend etwas vor?“ Es war Louisa, die diese Frage stellte. Thomas sah hinab auf das Buch, das er gerade von einem Regal genommen hatte. Dann blickte er sie wieder an.

„Nein, ich habe nichts vor“, antwortete er.

„Ich würde gern einmal nach Mama sehen. Ich war schon länger nicht mehr bei ihr. Ich habe mich gefragt, ob du mich wohl hinfahren würdest.“

„Natürlich“, erwiderte Thomas schnell.

„Ich würde gern unmittelbar nach Dienstschluss losfahren“, erklärte Louisa.

„Ich werde den Wagen holen“, erwiderte Thomas, der immer zu Fuß in die Bibliothek kam.

„Danke“, sagte Louisa und wandte sich wieder ihrem Schreibtisch zu. Miss Phillips lag mit einer Erkältung im Bett und die ganze Arbeit hing an Louisa.

Es dauerte nicht lange, bis Thomas vor der Tür vorfuhr. Louisa hörte den Motor laufen.

Es wird frisch werden, dachte sie. *Ich bin froh, dass ich mich heute Morgen, als ich aus dem Haus gegangen bin, warm angezogen habe.*

Auf dem Weg zur Farm sprachen sie nur wenig. Thomas erkundigte sich nach ihrer Mutter, und Louisa erwiderte, sie wisse nicht genau, wie es ihr ging, sie habe sie schon so lange nicht mehr besucht. Sie schämte sich, weil sie sie so vernachlässigt hatte.

Doch als sie auf der Farm ankamen, war Mrs. Berdette gerade in ihrer Küche beschäftigt. Sie freute sich, sie zu sehen, und bat sie ins warme Wohnzimmer.

„Ich war gerade dabei, eine heiße Suppe zu kochen“, erklärte sie. „Ich bin froh, dass ich genügend für zwei durchfrorene, hungrige Reisende gemacht habe.“

Sie lachte leise. „Und was führt euch an einem so kalten Abend hierher?“, fragte sie.

„Ich wollte sehen, wie es dir geht“, erwiderte Louisa. „Ich

bin schon lange nicht mehr hier gewesen. Ich hatte Angst, du würdest denken, ich hätte dich vergessen."

„Glenna und Parker waren ein paar Mal hier", erwiderte Mrs. Berdette. „Du meine Güte, das sind wirklich zwei süße Mädchen. Ich freue mich immer so, sie zu sehen. Manchmal wünschte ich, ich würde näher wohnen, damit …"

Ihre Stimme verklang.

„Und warum tust du das nicht?", fragte Louisa. „Warum ziehst du nicht zu mir in die Stadt? Du weißt doch, dass ich –"

„Ich weiß, ich weiß", erwiderte Mrs. Berdette. „Aber ich –" Sie brach erneut ab.

„Was ist mit dir?", fragte Louisa nach.

„Nun ich, ich möchte nicht – ich möchte dir nicht im Weg sein."

„Mir im Weg? Was meinst du damit? Du weißt doch, dass ich mich freuen würde, wenn du –"

„Ich weiß." Mrs. Berdette warf Thomas einen Blick zu. Sie zögerte.

„Also, was ist –?", begann Louisa.

„Nun, es ist einfach nicht richtig, dass eine Mutter in der Nähe ist, wenn ihre Tochter einen – Verehrer hat", sprach Mrs. Berdette den Satz schnell zu Ende, während sie Thomas einen weiteren Blick zuwarf.

Louisa wurde zuerst rot, dann blass. Nach dem anfänglichen Schock warf sie rasch ein: „Mama – Thomas ist nicht mein Verehrer."

Mrs. Berdette blickte sie zweifelnd an.

„Wirklich nicht", bekräftigte Louisa.

„Weiß Thomas das?", fragte Mrs. Berdette leise lächelnd, während sie sich auf einen Küchenstuhl sinken ließ.

Louisa wand sich vor Verlegenheit. Schnell sprang sie auf. „Natürlich", erwiderte sie. „Wir haben offen darüber gesprochen. Wir möchten nur Freunde sein. Darin sind wir uns einig."

Mrs. Berdette schien noch immer nicht überzeugt zu sein. Sie sah zu Thomas hinüber, der darauf nichts entgegnete, sondern nur Louisas Gesicht beobachtete.

⁂

Die Heimfahrt verlief schweigsam. Louisa war in Gedanken versunken. Sie wünschte, ihre Mutter würde endlich vernünftig werden. Wünschte, sie wäre nicht so eigensinnig. Ein Verehrer! Also wirklich! Das wäre doch lächerlich!

Sie warf einen Blick zu Thomas, der sich ganz auf die Straße konzentrierte. Er schien ihren Blick auf sich zu spüren und wandte sich ein wenig um und sah sie an. Sie errötete, weil er sie dabei ertappt hatte, wie sie ihn beobachtet hatte.

„Mama“, sagte sie, um ihre Verlegenheit zu überspielen. „Ich wünschte, sie wäre nicht so – so festgelegt. So altmodisch. Ich glaube, sie hat mir überhaupt nicht geglaubt, als ich ihr sagte –“

„Louisa“, unterbrach Thomas sie leise. „Ich möchte dir ja nicht widersprechen, aber –“ Er brach ab, als wüsste er nicht so genau, wie er den Satz zu Ende bringen sollte.

„Wir haben uns tatsächlich darauf verständigt, Freunde zu sein“, fuhr er schließlich fort.

„Genau das habe ich ja gesagt“, erinnerte Louisa ihn.

Er nickte. „Aber das ist es nicht, was wir beide uns wünschen“, fuhr er leise fort.

Sie sah ihn an, verstand aber nicht, was er sagen wollte.

„Ich muss einfach ehrlich sein“, sagte er ruhig. „Wir haben versprochen, immer offen zueinander zu sein.“

Louisa nickte.

„Ich war mit einer Freundschaft einverstanden. Aber ich – von ganzem Herzen wünschte ich, dass unsere Beziehung mehr wäre.“

Diese Worte erfüllten die Stille zwischen ihnen. Das einzige Geräusch, das zu hören war, war das Brummen des Motors.

„Oh, Thomas“, stöhnte Louisa schließlich. „Bitte verdirb jetzt nicht alles.“

Der Brand

Schnelle Schritte auf dem Gehweg rissen Louisa aus einem tiefen Schlaf. Beunruhigt rollte sie sich auf den Rücken und lauschte. Dann wurde an ihre Tür geklopft.

Sie warf die Decke zurück und schwang die Beine über den Bettrand. Ohne sich damit aufzuhalten, ihre Pantoffeln zu suchen, warf sie sich ihren Morgenrock über und eilte zur Tür.

Mama, war ihr erster Gedanke.

Ein ihr unbekannter Mann stand vor ihrer Tür. Er keuchte schwer und sein Atem stieg in kleinen Rauchwolken in die kühle Nachtluft auf.

Louisa öffnete den Mund, um ihn zu fragen, was er wolle, als er herausplatzte: „Die Bibliothek brennt."

„Brennt?"

Was der Mann erzählte, war so unglaublich, dass Louisa sich vorbeugte und zu dem Teil der Stadt blickte, in dem schon seit vielen Jahren die Bibliothek stand. Ein leuchtender Schein erhellte den Nachthimmel. Auf einmal nahm sie auch den Geruch von Rauch wahr.

„Was ist passiert?", fragte sie.

„Das weiß bisher noch niemand", erwiderte er Mann. „Man hat mir nur aufgetragen, Sie zu holen."

„Was um alles in der Welt kann ich tun?", fragte Louisa offen. „Wurde die Feuerwehr gerufen?"

„Die Feuerwehrleute sind bereits da", keuchte er. Er war schon wieder auf dem Sprung. Er hatte augenscheinlich nicht vor, das Ereignis zu verpassen.

„Wie schlimm ist es?", fragte Louisa schnell. Sie wollte ihn nicht gehen lassen, bevor sie so viele Informationen wie möglich von ihm bekommen hatte.

„Ziemlich schlimm“, sagte er und wandte sich zum Gehen. „Sie sehen es sich besser selbst an“, rief er ihr über die Schulter zu.

In ihrer Unruhe vergaß Louisa beinahe, die Tür hinter sich zu schließen. In aller Eile zog sie sich an und verließ ihr kleines Haus.

Vor sich sah sie den Feuerschein am Nachthimmel, wenn sie auch die eigentlichen Flammen noch nicht erkennen konnte.

„Was ist denn nur passiert?“, fragte sie sich immer wieder, während sie zur Bibliothek rannte.

Als sie um die Ecke bog, loderten ihr die Flammen entgegen. Der Rauch war so dicht, dass sie selbst in dieser Entfernung kaum Luft bekam.

Die ganze Stadt schien auf den Beinen zu sein. Die Leute drängten sich und liefen hektisch hin und her. Die Feuerlöschmaschine war tatsächlich schon an Ort und Stelle. Schwarz gekleidete Feuerwehrleute hielten einen Schlauch und spritzten im hohen Bogen Wasser in die lodernden Flammen.

Sie werden es nicht schaffen. Sie werden die Bibliothek nicht retten können. Louisas Gedanken wirbelten durcheinander. *All unsere Bücher – fort. Was werden wir nur tun?*

Eine tiefe Traurigkeit legte sich auf sie, und einen Augenblick lang war ihr so übel, dass sie meinte, sich übergeben zu müssen. Unter Aufbietung all ihrer Willenskraft kämpfte sie dagegen an und schaffte es schließlich, sich zu beherrschen.

Jemand zupfte sie am Ärmel, und als sie sich umdrehte, stand Miss Phillips neben ihr.

Das Sprechen fiel ihnen schwer. Das Gebrüll der Flammen, der Lärm des Feuerwehrwagens und das Schreien der Menschen erstickten die eigene Stimme. Der Rauch war so dicht, dass Louisa es vermied, tief Luft zu holen. Sie beugte sich zu Miss Phillips herunter und versuchte, die Worte zu verstehen, die von den blassen Lippen kamen.

„Sie ist tot“, sagte die Frau pathetisch. „Tot.“

Ihre Worte waren so voller Trauer, so vollkommen hoffnungslos. Instinktiv legte Louisa den Arm um die ältere Frau. „Sie sollten nach Hause gehen“, beschwichtigte sie sie. Sie hatte sich vorgebeugt und sprach direkt in ihr Ohr. „Hier können Sie doch nichts tun. Sie sollten nach Hause gehen."

Miss Phillips begann zu zittern.

„Kommen Sie", sagte Louisa. „Ich werde Sie nach Hause bringen."

Sie wusste nicht einmal, wo Miss Phillips wohnte. Sie hoffte nur, dass die niedergeschlagene Frau ihren Heimweg finden würde.

„Es ist fort. Alles fort", murmelte Miss Phillips ununterbrochen, während Louisa sie von dem brennenden Gebäude fortführte.

„Miss Phillips – ich werde Sie nach Hause bringen", setzte Louisa erneut an und drückte die Schulter der Frau. „Wo wohnen Sie?"

Sie bogen um die Ecke. Lärm und Rauch nahmen ab.

„Miss Phillips", wiederholte Louisa. Sie blieb stehen. „Sie müssen aus der Kälte raus. Wo wohnen Sie?"

Die Frau blickte sie nur noch verständnisloser an.

„Ihre Wohnung? Wo wohnen Sie? Denken Sie nach", forderte Louisa sie auf.

„Ich – ich –" Die Frau sah sich verwirrt um.

„Können Sie sich nicht mehr erinnern? Denken Sie nach. Wo wohnen Sie?", fragte Louisa erneut.

Die Frau setzte sich in Bewegung. Louisa zog den schweren Mantel enger um sie und folgte ihr durch die eiskalte Nacht.

Sie bahnten sich einen Weg über die verschneite Straße. *Ich hoffe nur, wir sind bald da*, dachte Louisa. *Mir ist eiskalt.* Sie warf einen Blick zu Miss Phillips. Diese trug nur einen leichten Mantel über ihrem Flanellnachthemd. Louisa bemerkte, dass sie auch nur Pantoffel an den Füßen hatte. *Sie wird erfroren sein, bevor ich sie wieder im Warmen habe*, dachte Louisa.

Unvermittelt blieb Miss Phillips stehen und sah sich verwirrt um.

„Miss Phillips, Sie müssen aus der Kälte ins Warme", ermahnte Louisa.

„Ich – ich verstehe nicht", murmelte Miss Phillips. „Es stand genau hier."

„Was stand hier?“

Miss Phillips sah sich um. Furcht stand ihr ins Gesicht geschrieben. „Ich habe in dieser Straße gewohnt“, sagte sie zu Louisa, „bis jemand es bewegt hat.“

„Es bewegt?“

„Mein Haus – es ist fort. Ich weiß nicht, was sie damit gemacht haben“, fuhr die Frau fort. „Es hat hier gestanden – irgendwo.“

Furcht machte sich in Louisa breit. Miss Phillips war vollkommen verwirrt.

„Kommen Sie“, sagte Louisa. „Ich werde Sie mit zu mir nehmen. Wir müssen aus der Kälte heraus, bevor Sie erfrieren.“

Aber die ältere Frau wehrte sich gegen ihre Hilfe und kämpfte gegen Louisas sanftes Schieben an.

„Bitte, Miss Phillips“, flehte Louisa, „bitte kommen Sie mit mir.“

„Es ist alles fort“, wiederholte Miss Phillips.

„Wir werden es finden“, beruhigte Louisa. „Sie kommen mit mir und wir werden es gemeinsam finden. Bitte, Miss Phillips. Kommen Sie mit.“

Die ältere Frau wehrte sich noch immer, allerdings gestattete sie Louisa, sie durch die Straßen zu ziehen, bis sie zu ihrem kleinen Tor kamen. Louisas Zähne schlugen vor Kälte aufeinander, und ihr ganzer Körper zitterte, als sie versuchte, mit tauben Fingern die Haustür zu öffnen.

„So, Miss Phillips, Sie setzen sich jetzt genau hierhin“, sagte Louisa und drückte die Frau in einen Sessel. „Ich werde das Feuer anfachen. Schon bald wird uns wieder warm werden.“

Louisa versuchte sich zu beeilen. Sie musste das heruntergebrannte Feuer wieder zum Brennen bringen, darum hockte sie sich vor dem Kamin nieder und blies den Holzscheit an.

„Alles ist fort“, murmelte Miss Phillips. „Die Bücher – mein Zimmer. Alles fort.“

Eine kleine Flamme loderte auf. Louisa legte ein Holzstück an die noch kaum belebte Flamme.

Sekunden später lag sie flach auf dem Rücken. Miss Phillips hatte sie vollkommen überrumpelt und ihr mit ungeahnter Kraft einen Stoß versetzt. Die Frau stand nun über ihr und Panik stand in ihrem Gesicht geschrieben.

„Das Feuer“, rief sie außer sich und deutete auf die kleine Flamme. „Jetzt ist es hier! Wir müssen fliehen!“ Und sofort rannte sie zu Louisas Tür.

„Nein“, rief Louisa und rappelte sich hoch. „Nein, gehen Sie nicht!“

Nur mit Mühe konnte sie ihre Kollegin aufhalten, bevor diese aus dem Haus stürmen konnte, aber Miss Phillips starrte noch immer wie gebannt auf den Kamin. Furcht flackerte in ihren Augen.

„Ich werde das Feuer nicht neu anfachen“, beruhigte Louisa sie. „Wir lassen es einfach. Kommen Sie. Kommen Sie in die Küche.“

Sie zerrte die Frau beinahe durch die Tür in die kleine Küche. In der einen Hand hielt sie die Lampe, damit sie sehen konnte, wohin sie traten. Die Küche war noch immer warm.

„Setzen Sie sich hierher“, befahl Louisa und drückte die Frau auf einen Küchenstuhl.

Louisa ging zum Herd und schirmte ihn vor der verwirrten Frau ab, bevor sie den Deckel hob. Das Feuer war noch nicht ausgegangen. Sie achtete sorgsam darauf, dass die Frau die Flammen nicht sah, und legte einige Holzscheite auf. Louisa betete, dass die schwelende Kohle das Holz bald anfachen und ein Feuer auflodern würde.

„Ich rieche Rauch“, rief Miss Phillips voller Panik und schnell ließ Louisa den Deckel wieder auf die Feuerstelle fallen. Sie wirbelte herum, bereit, ihren verängstigten Gast zu beschützen.

„Setzen Sie sich, Miss Phillips“, befahl sie streng. Verblüfft bemerkte sie, dass die Frau gehorchte, aber sie schnüffelte noch immer.

„Ich werde uns einen Tee kochen“, verkündete Louisa.

„Alles ist weg“, murmelte die Frau und schüttelt traurig den Kopf.

Sie barg das Gesicht in den Händen und begann zu schluchzen. Louisa ging zu ihr hinüber und legte den Arm um die dünnen, bebenden Schultern.

„Es ist alles in Ordnung, Miss Phillips", tröstete sie. Sie zog die Frau an sich und tätschelte ihr die Schulter. „Alles wird wieder gut. Wir werden uns darum kümmern."

Aber Louisa war nicht sicher, ob dies ihrer Kollegin helfen würde. Miss Phillips schien vollkommen verwirrt zu sein.

Louisa war sehr erleichtert, als der Teekessel endlich zu pfeifen begann. Sie bereitete den Tee, während sich Miss Philips auf dem Küchenstuhl hin und her wiegte und vor sich hin starrte. „Es ist fort", murmelte sie ununterbrochen. „Alles ist fort."

Plötzlich klopfte es. Louisa warf einen Blick auf Miss Phillips, dann einen weiteren auf ihre Küchentür. Diese war zwar mit einem Riegel gesichert, aber sie hatte trotzdem Angst, die Frau könnte den Riegel irgendwie zurückziehen und in die Nacht davonlaufen, während sie selbst zur Haustür ging.

„Da klopft jemand", sagte sie zu der Frau. „Mal sehen, wer das ist."

Miss Phillips zögerte.

„Kommen Sie", sagte Louisa und zog sie hoch. „Wir müssen zur Tür gehen."

„Nein", widersprach die Frau heftig und riss sich von Louisa los. „Mama hat gesagt, abends darf man nie die Tür öffnen."

Louisa blickte sie an. Die Frau starrte zurück. Verwirrung lag auf ihrem Gesicht.

„Es ist doch Abend, nicht?", fragte sie Louisa.

„Ja. Ja, es ist Abend."

Es klopfte erneut, dieses Mal beharrlicher. Louisa sah sich um und traf ihre Entscheidung. Sie würde zur Tür laufen und von ganzem Herzen hoffen, dass Miss Phillips bleiben würde, wo sie war.

„Sie warten hier", rief sie ihr über die Schulter zurück zu, als sie hinauseilte.

Parker stand vor der Tür. Louisa war noch nie so froh gewesen, ihn zu sehen.

„Komm schnell herein“, drängte sie ihn. Sie wollte die Tür schließen und in die Küche zurückkehren.

„Wir haben uns Sorgen um dich gemacht“, erklärte Parker. „Jemand hat uns gesagt, er hätte dich in der Nähe des Feuers gesehen – doch er wusste nicht, wohin du verschwunden warst.“

„Es ist Miss Phillips“, erwiderte Louisa und ging zur Küche. „Ich fürchte, sie ist –“ Sie blieb stehen und sah ihn an. „Ich kenne mich mit diesen Dingen nicht aus, Parker“, flüsterte sie, „aber ich glaube, sie hat den Verstand verloren.“

„Steht sie unter Schock?“, fragte er sie, während sie sich wieder in Bewegung setzten.

Miss Phillips saß noch immer auf dem Küchenstuhl. Sie wiegte sich auch weiterhin mit wildem Gesichtsausdruck hin und her. Als sie Parker entdeckte, schien sie sich auf ihn stürzen zu wollen.

„Haben Sie es genommen?“, fragte sie ihn aufgebracht.

Parker ging zu ihr hinüber und legte ihr die Hand auf die Schulter. „Miss Phillips“, sagte er mit leiser, beruhigender Stimme. „Miss Phillips, mit den Büchern wird alles in Ordnung kommen. Die Feuerwehrleute kümmern sich darum.“

„Haben Sie es genommen?“, wiederholte sie.

„Haben Sie etwas verloren?“, fragte Parker sanft.

Einen Augenblick lang wirkte sie perplex. Dann ließ sie den Blick durch die Küche schweifen. „Ich habe hier gewohnt“, versuchte sie zu erklären. „Aber man hat das geändert. Mein – mein blaues Kissen – ist weg.“

„Wir werden es finden“, versprach Parker. „Sie kommen jetzt mit mir und –“

„Sie ist halb erfroren“, erklärte Louisa. „Ich habe ihr gerade Tee gekocht. Möchtest du auch eine Tasse?“

Parker nickte. „Das klingt gut“, sagte er. „Ich bin fix und fertig.“

Er blickte Miss Phillips besorgt an. „Ich hole in der Zwischenzeit meine Tasche“, flüsterte Parker ihr zu. „Ich habe

Tabletten, die ihr vermutlich helfen werden, bis ich sie ins Krankenhaus bringe. Ich werde ihr einfach eine in den Tee tun."

Louisa betrachtete die ältliche Frau. Diese hatte ihr Gesicht in den Händen vergraben und wiegte sich noch immer hin und her. Louisa hörte sie murmeln, konnte aber nicht verstehen, was sie sagte.

⁂

Am nächsten Morgen fürchtete sie sich, das Haus zu verlassen. Vor allem hatte sie Angst vor dem Weg zur Bibliothek. Was war davon noch übrig? Stand überhaupt noch etwas? Sie wusste nicht, was sie erwartete.

Gerade als sie das Haus verlassen wollte, fuhr Thomas in seinem Ford vor. „Ich dachte, du würdest heute Morgen gern fahren", rief er ihr zu.

Louisa hatte nicht die Absicht, ihm zu widersprechen.

„Wie ich höre, liegt eine aufregende Nacht hinter dir", sagte er und half ihr in den Wagen.

Sie nickte. „Hast du irgendetwas von Miss Phillips gehört?", fragte sie ihn.

„Ich habe Parker getroffen. Er sagt, die arme alte Seele sei in keiner guten Verfassung. Sie steht unter Schock und ist noch immer vollkommen verwirrt. Wenn du gestern Nacht nicht gewesen wärst, wäre sie bestimmt draußen auf der Straße erfroren."

Louisa winkte nur ab. „Das arme Ding", sagte sie. „Die Bibliothek ist ihr Leben gewesen."

Thomas nickte. Er wandte sich zu ihr um. „Und du?", fragte er. „Wie geht es dir?"

Louisa hielt inne. Sie hatte noch keine Gelegenheit gehabt, die ganze Geschichte gedanklich zu verarbeiten. „Ich weiß es ehrlich nicht", erwiderte sie. „Ich habe keine Ahnung, was mich erwartet."

„Das Gebäude steht noch", informierte er sie. „Die Feuerwehrleute haben das Feuer löschen können, bevor es vollkommen zerstört wurde. Aber ich glaube nicht, dass du heute Morgen darin arbeiten wirst. Es sieht übel aus."

Thomas' Worte hatten sie nicht auf das vorbereiten können, was sie vorfanden. In der Nacht war das Wasser zu Eis gefroren. Die Vorderseite der Bibliothek war rußgeschwärzt, vor die herausgebrochenen Fenster waren Bretter genagelt worden. Sogar die Tür war fort und durch schwere Bretter ersetzt worden.

„Es – es sieht schrecklich aus", murmelte Louisa verhalten.

Thomas fuhr vor dem Gebäude vor und ließ Louisa Zeit, sich den Schaden anzusehen. Doch bevor sie aussteigen konnte, ergriff er wieder das Wort.

„Ich dachte, du solltest es dir ansehen", erklärte er. „Aber du wirst nicht arbeiten. Bürgermeister Henderson bittet dich, in seinem Büro vorbeizuschauen. Er möchte mit dir gemeinsam überlegen, wie es weitergehen soll."

Louisa nickte. Sie wollte das geschwärzte und beschädigte Gebäude nicht mehr länger sehen. „Lass uns sofort fahren", erwiderte sie steif.

Thomas lenkte den Wagen auf die Straße und zum Rathaus.

Bürgermeister Henderson rannte hektisch im Büro herum, als sie eintraten.

„Miss Berdette", sagte er, als er Louisa entdeckte. „Schreckliche Sache. Schreckliche Sache – die Bibliothek zu verlieren."

Er schnalzte mit der Zunge und schüttelte den Kopf, als sei er noch immer vollkommen schockiert.

„Kommen Sie herein. Kommen Sie herein", forderte er sie auf. „Wir haben einiges zu besprechen."

„Du brauchst nicht zu warten", sagte Louisa an Thomas gewandt.

Er nickte. „Ich habe jetzt auch Unterricht", gestand er.

„Danke, dass du mich abgeholt hast", sagte sie müde. Sie wandte sich um und folgte dem hektischen kleinen Bürgermeister in sein Büro.

„Schreckliche Sache. Schreckliche Sache", rief dieser immer wieder.

Den größten Teil des Vormittags sprachen sie über die Bibliothek und was in näherer Zukunft zu tun sei. Beide waren sich darüber im Klaren, dass Louisa im Augenblick nicht in der Lage sein würde, mit der Durchsicht der Bücher zu beginnen, da das Gebäude nicht geheizt werden konnte. Louisa hatte sowieso keine Vorstellung davon, was sie vorfinden würde. Sie fürchtete die vor ihr liegende Aufgabe.

„Ich denke, ich werde ein paar Leute hinüberschicken, die die Bücher in das leer stehende Gebäude am Ende der Straße schaffen werden", erklärte der Bürgermeister. „Dann können Sie mit dem Aussortieren beginnen, bevor das Gebäude wieder instand gesetzt worden ist. Man hat mir versichert, dass es repariert werden kann. Die Fundamente scheinen noch intakt zu sein. Aber das wird dauern, ja, Madam, das wird dauern."

Louisa nickte. Sie wusste, sie sollte sich freuen, dass sie ihren Job noch hatte.

Als sie ging, versicherte ihr der Bürgermeister, er werde sie benachrichtigen, sobald die Bücher aus der beschädigten Bibliothek geholt worden seien. Dann solle sie mit der Durchsicht beginnen und feststellen, was noch zu gebrauchen war.

Louisa machte sich auf den langen Heimweg.

Der Brandgeruch hing noch immer schwer in der Luft. Louisa hasste ihn. Er erinnerte sie an alles, was sic in den Flammen verloren hatte. *Arme Miss Phillips*, dachte sie bei sich. Sie fragte sich, ob ihre Kollegin wohl jemals wieder in Ordnung kommen würde. Von ganzem Herzen hoffte sie, dass die Verwirrung nicht von Dauer sein würde.

Ein Ende und ein Neuaufbau

Eine Woche später sah sich Louisa kopfschüttelnd in dem Raum um, in dem die Kisten mit den Büchern aus der Bibliothek gestapelt waren. Der scharfe Geruch nach Rauch umgab die Bücher noch immer, obwohl sie in ein anderes Gebäude gebracht worden waren.

„Ich weiß gar nicht, wo ich anfangen soll." Seufzend zog Louisa erst einmal ihren Mantel aus. Wenigstens war es in diesem Zimmer schön warm.

Ich hätte mir die ältesten Gartenkleider anziehen sollen, überlegte sie, als sie sich über die erste Kiste beugte und die Seitenteile zurückschlug. Die Bücher, die sie sah, waren mit Ruß verschmiert und vom Wasser durchweicht.

Auch du meine Güte, ich hoffe nur, sie sehen nicht alle so aus – denn dann werden wir nur wenige retten können.

Angewidert verzog sie das Gesicht und nahm sich die erste Kiste vor.

Sie hatte Recht. Als sie die Kiste durchgesehen hatte, hatte sie lediglich zwei Bücher gefunden, die noch zu gebrauchen waren. Aber selbst diese verströmten einen sehr starken Brandgeruch. Die anderen waren entweder verrußt oder vom Wasser durchweicht.

Den ganzen Morgen lang arbeitete Louisa über die Kisten gebeugt. Sie sortierte die Bücher in Stapel und machte sich Notizen. Wie es schien, würden sehr viel mehr Bücher ersetzt werden müssen, als sie gedacht hatten. Nur wenige waren noch zu gebrauchen.

Je länger sie arbeitete, desto mehr überlegte sie, ob es nicht sinnvoller wäre, alle Bücher einfach wegzuwerfen und noch einmal von vorn zu beginnen. Aber sie wusste, dass das nicht ging. Die Stadt war so stolz auf ihre Bibliothek und ihre Sammlung. Viele Jahre hatten die Menschen gebraucht, um sie zu dem zu machen, was sie gewesen war. Jetzt blieb nur noch wenig übrig. Aber die Bücher, die erhalten werden konnten, waren ein kleiner Sieg.

Das ist wirklich schlimmer, als ich es mir vorgestellt habe, dachte Louisa, als der Tag sich dahinschleppte. Ihr Rücken schmerzte, der Kopf tat ihr weh und ihre Kleider waren verschmutzt. Sie betrachtete ihre rußgeschwärzten Hände und fragte sich, ob sie wohl jemals wieder sauber werden würden.

Auf dem Heimweg von der Universität kam Thomas vorbei.

„Na, wie sieht es aus?“, fragte er mitfühlend.

„Es ist wirklich schlimm“, antwortete sie mit einem müden Lächeln. „Die Bücher, die nicht angekokelt sind, wurden vom Wasser beschädigt.“

„Das ist bei einem Feuer häufig das Schlimmste“, bemerkte er.

„Na ja, ich habe zwar gerade erst angefangen, aber ich habe nicht viel gefunden, das noch verwendet werden kann“, stöhnte Louisa. „Das ist schrecklich deprimierend.“

„Ich denke, für heute hast du genug gearbeitet“, bestimmte Thomas. „Hol doch deinen Mantel.“

Louisa betrachtete ihre verschmutzten Hände. „Mit diesen Händen möchte ich nur ungern etwas anfassen“, antwortete sie.

„Wo ist dein Mantel? Ich werde ihn dir bringen.“

Louisa deutete in Richtung Schrank und versuchte, den schlimmsten Schmutz abzuwaschen. Nicht einmal die Unterarme waren verschont geblieben. Vermutlich war sie, ohne es zu bemerken, gegen die Klappen der Kisten gestoßen.

„Ich muss daran denken, mich von den Kisten fern zu halten“, murmelte sie, während sie sich die Hände wusch. „Und morgen werde ich meine ältesten Sachen anziehen.“

Thomas hielt ihr den Mantel hin. „Hast du Lust, beim Hotel vorbeizufahren und zu Abend zu essen?“, bot er an.

„Nein, lieber nicht, ich muss zuerst in die Badewanne, vorher kann ich nicht essen“, erklärte sie und schlüpfte in ihren Mantel. „Ich fühle mich durch und durch schmutzig.“

Sobald sie nach Hause kam, nahm sie ein Bad. Mittlerweile war sie ungewöhnlich hungrig.

Ich hätte vorausplanen und das Essen zumindest vorbereiten sollen, sagte sie sich. *Ich hätte doch wissen müssen, dass ich erschöpft sein würde, wenn ich nach Hause komme.*

Da sie keine Lust hatte, eine ganze Mahlzeit zu kochen, bereitete sie sich ein Sandwich. Während sie es verspeiste, wünschte sie, Thomas' Angebot würde noch stehen.

Ich weiß nicht, wie Miss Phillips es schafft, sich von Snacks zu ernähren, überlegte sie. *Ich hätte das ganz schnell über.*

Bei dem Gedanken an Miss Phillips fiel ihr wieder ihr Besuch bei der älteren Frau ein. Diese lag noch immer im Krankenhaus, aber Parker hatte bereits eine Überweisung in ein Sanatorium veranlasst. Louisa hatte Einwände erhoben.

„Wir können sie nicht hier behalten", hatte Parker ihr jedoch erklärt. „Wir haben einfach nicht die Möglichkeiten, die ein Sanatorium ihr bieten kann."

„Gib ihr doch noch ein wenig Zeit", hatte Louisa dagegen gehalten. „Bestimmt geht es ihr in ein paar Tagen wieder gut."

Aber Parker hatte den Kopf geschüttelt. „Ich fürchte, sie wird nie wieder in Ordnung kommen, Louisa. Sie hat einen schrecklichen Schock erlitten – und sie war auch vorher in keiner guten Verfassung. Ihre Reserven waren bereits so weit aufgebraucht, dass sie die Ereignisse einfach nicht verkraften konnte. Was weißt du über sie? Sie sieht so aus, als hätte sie seit Monaten nicht mehr richtig gegessen."

Daraufhin hatte Louisa Parker das wenige, das sie über die Frau wusste, erzählt. Sie fühlte sich schuldig, denn sie hätte sich mehr um sie kümmern müssen. Jemand hätte eingreifen müssen, und Louisa schien der einzige Mensch zu sein, der dafür in Frage kam. Immerhin hatte sie jeden Tag mit der Frau zusammengearbeitet.

Während sie ihren heißen Tee trank, fragte sich Louisa, ob die Maßnahmen, Miss Phillips' Zukunft betreffend, bereits in die Wege geleitet worden waren. *Sie schien nicht einmal mich zu kennen*, überlegte sie weiter. *Na ja, wenigstens brauchte sie nicht diese schlimm zugerichteten Bücher durchzusehen.*

Louisa war sicher, dass der Anblick der kostbaren Bücher Miss Phillips' Zustand noch verschlimmert hätte.

Ein leises Klopfen ertönte an der Tür, dann wurde sie geöffnet, und Glenna steckte den Kopf herein. „Ich bin es nur“, rief sie.

„Komm herein“, forderte Louisa sie auf. Sie war zu müde, um auch nur von ihrem Stuhl aufzustehen.

Glenna trat ein und legte ein sorgfältig verpacktes Päckchen auf den Tisch. „Ich habe dir Kuchen mitgebracht“, erklärte sie. „Ich dachte, dass dir in den nächsten Tagen vermutlich nicht nach Backen zu Mute sein wird. Thomas sagte, du hättest heute mit der Durchsicht der Bücher angefangen.“

Louisa nickte.

„War es schlimm?“, fragte Glenna.

„Nimm dir eine Tasse Tee“, forderte Louisa sie auf, und als Glenna zum Schrank ging, um sich eine Tasse zu holen, sprach sie weiter: „Ja, es war wirklich schlimm.“

„Sind denn noch einige zu retten?“

„Nicht viele“, antwortete Louisa kopfschüttelnd.

„Das ist wirklich schlimm.“ Glenna goss sich eine Tasse Tee ein und setzte sich zu Louisa an den Tisch.

„Ist das alles, was du zu Abend isst?“

„Ich hatte keine Lust zum Kochen.“

„Parker sagt, dass Miss Phillips anscheinend gar nicht für sich gekocht hat, schon lange nicht mehr. Er sagte, sie sei nur noch Haut und Knochen.“

Louisa nickte. „Hat Parker schon entschieden, wann –?“

Aus irgendeinem Grund konnte sie die Frage nicht zu Ende bringen, aber Glenna wusste genau, was sie meinte.

„Sie ist bereits verlegt worden“, antwortete sie. „Die arme Frau. Mir tut es so Leid, dass niemand gemerkt hat, in welchem Zustand sie sich befand.“

Sie schwiegen.

„Ich habe es bemerkt – gewissermaßen“, gestand Louisa schließlich. „Oh, natürlich wusste ich es nicht genau. Aber ich hätte deswegen etwas unternehmen müssen.“

„Was hättest du denn tun können?“

„Ich weiß nicht. Aber es hätte bestimmt etwas gegeben. Was für ein schreckliches Leben."

Glenna nickte. „Hast du davon gehört?"

Louisa sah von ihrer Teetasse auf.

„Von ihrer Wohnung! Hast du gehört, wie sie gelebt hat?", fragte Glenna weiter.

„Nein", erwiderte Louisa.

„Parker war da. Sie hatte nur ein kleines Zimmer. Ungeheizt und eiskalt. Es gab keine Möglichkeit zu kochen. Eine Kiste mit ein paar Tellern und einigen Vorräten war unter ihrem Bett verstaut – aber sie war fast leer. Auf ihrem Bett lagen nur eine dünne Decke und ein zerschlissenes blaues Kissen und –"

„Hör auf", unterbrach Louisa sie und hob die Hand. „Bitte, ich glaube, mehr kann ich nicht ertragen."

Glenna trank einen weiteren Schluck Tee. „Soll ich ein Stück Kuchen abschneiden?", fragte sie fröhlich. Louisa wusste, dass sie auf diese Weise versuchte, sie abzulenken und etwas aufzuheitern.

„Bitte", erwiderte Louisa. „Ich könnte jetzt ein Stück Kuchen vertragen."

Glenna ging zum Schrank und holte ein Messer aus der Schublade.

„Ich war gestern bei Mama", erzählte sie, während sie schnell zwei dicke Stücke abschnitt und auf einen kleinen Teller legte.

„Wie geht es ihr?"

„Wie immer. Aber sie hält sich ganz gut. Sie strickt Handschuhe für die Mädchen. Ich schätze, das hilft ihr, sich die Zeit zu vertreiben."

„Ich wünschte, sie würde bei mir einziehen", murmelte Louisa.

„Ich glaube, sie mag die Farm", sagte Glenna. Sie kam mit den beiden Tellern zum Tisch.

„Wenigstens kocht sie für sich", bemerkte Louisa, als sie nach dem Kuchen griff. Schweigend verzehrten sie ihn. Louisas Gedanken verweilten bei Miss Phillips.

„Ich kann es noch immer nicht begreifen", sagte sie. „Ich meine, sie hat doch jeden Monat ihr Gehalt bekommen. Sie hätte sich doch ein anständiges Zimmer und Essen leisten können. Warum –"

„Sie hat alles in ihre Matratze gestopft", erklärte Glenna. „Man hat mehrere hundert Dollar gefunden."

Louisa starrte ihre jüngere Schwester mit offenem Mund an.

*

Tag für Tag ging Louisa die Kisten mit den beschädigten Büchern durch.

Ich bin nicht sicher, ob sich der ganze Aufwand lohnt, dachte sie. *Es sind nur noch so wenige brauchbar.* Trotzdem blieb sie und sortierte und erfasste. Die Winterwochen vergingen eine nach der anderen. Sie konnte es kaum erwarten, bis die kalte Jahreszeit endlich vorüber war.

Die Instandsetzungsarbeiten am Gebäude waren noch in vollem Gang. Wöchentlich erhielt Louisa vom Bürgermeister einen Bericht über die Fortschritte. Man hoffte, das Gebäude bis Ostern fertig gestellt zu haben.

„Dann werden wir die Bücher wieder hinüberschaffen und Sie werden sie in die Regale einsortieren können", meinte er zufrieden.

„Ich fürchte, das wird keine große Sache werden, Sir", seufzte Louisa. „Wir können leider nur noch wenige gebrauchen."

„Ich hatte nicht gedacht, dass das Feuer einen so großen Schaden angerichtet hat", meinte der Mann stirnrunzelnd.

„Nicht das Feuer, Sir. Das Wasser. Das ist unser größtes Problem."

Der Bürgermeister wirkte sehr enttäuscht. Er schritt durch den Raum, die Hände hinter dem Rücken verschränkt. Schließlich wandte er sich zu Louisa um.

„Nun", sagte er. „Wir haben schon einmal eine Bibliothek aufgebaut – dann werden wir eben noch einmal ganz von vorn anfangen müssen."

Louisa nickte.

„Machen Sie sich bitte Gedanken darüber, wie Sie dabei am besten vorgehen können“, fuhr der Mann fort.

„Ich?“, fragte Louisa erstaunt.

„Gelder auftreiben, Werbung, Backwarenverkauf. Wie man so etwas eben macht. Ich habe keine Ahnung, wie man früher vorgegangen ist. Aber Ihnen fällt sicher etwas ein.“

„Aber ich –“

„Vom Rathaus werden Sie jede Unterstützung bekommen, die Sie benötigen“, fuhr er fort, dann lief er wieder durch das Zimmer.

Louisa nickte langsam und noch immer überrascht.

„Ich bin sicher, die Damengruppen der Stadt werden Ihnen ihre volle Unterstützung zukommen lassen. Und die Schulen. Die Schulen haben auch früher schon geholfen.“

Louisa rührte sich nicht und sagte keinen Ton.

„Wie auch immer“, fuhr er fort und wandte sich zu ihr um, „ich werde das einfach Ihnen überlassen. Gehen Sie so vor, wie Sie es für das Beste halten.“

Louisa schluckte und nickte. „Ich werde tun, was ich kann“, versprach sie und erhob sich.

Das Bibliotheksgebäude war zu Ostern fertig gestellt. Die wenigen Kisten mit Büchern, die noch verwendet werden konnten, wurden ins Gebäude zurückgebracht. Louisa brauchte nur ein paar Tage, um sie wieder in die neuen Regale einzusortieren und die Karteikarten in die Schublade auf dem Ausleihtisch zu legen.

Dann richtete sie sich auf, schob ihr Kinn entschlossen vor und sagte: „Nun, ich schätze, es liegt eine Menge Arbeit vor uns, wenn wir diese Regale wieder füllen wollen.“

Sie atmete tief durch.

„Und vermutlich wird diese Arbeit allein an mir hängen bleiben.“

*

Die folgenden Wochen schienen ineinander überzugehen. Als der Frühling anbrach, sehnte sich Louisa häufig danach, nach draußen zu gehen, an dem kleinen Fluss entlangzuwandern und zuzusehen, wie das Leben wieder zurückkehrte. Aber sie hatte keine Zeit für Spaziergänge. Sie hatte kaum Zeit zum Schlafen. Tag für Tag verfolgte Louisa ihren unermüdlichen Feldzug, Bücher für die Bibliothek zu beschaffen.

Sie setzte jedes nur erdenkliche Mittel ein, um Geld aufzutreiben. Sie wandte sich an jeden Club, und jeden Verein in der Kleinstadt bat sie um eine Spende und darum, dass sie sich überlegen sollten, durch welche Aktivitäten sie Geld beisteuern konnten. Nach und nach kam das Geld herein. Sobald Louisa eine kleine Summe erhalten hatte, schickte sie Buchbestellungen los. Ganz allmählich füllten sich die Regale in der Bibliothek wieder mit neuen, bunt eingeschlagenen Büchern.

Louisa bekam ebenfalls Schenkungen in Form von gebrauchten Büchern. Bevor sie sie einsortierte, wurden auch diese durchgesehen und katalogisiert.

Der Sommer war schon fast vorüber, als der Buchbestand der Bibliothek sich wieder sehen lassen konnte. Es war ein langwieriger Prozess gewesen, der mehr Zeit und Energie erfordert hatte, als Louisa je für möglich gehalten hatte. Ihr war vollkommen unklar, wie sie das alles hatte leisten können.

Obwohl einige Regale noch immer leer geblieben waren, sprach Louisa mit Bürgermeister Henderson und schlug vor, die Bibliothek solle nun wieder geöffnet werden.

Dieser war sehr begeistert. „Wundervoll!“, rief er und rieb sich hocherfreut die Hände. „Wir werden eine große Eröffnungsfeier veranstalten.“ Er ging zu seinem Schreibtisch und sah seinen Kalender durch. „Mal sehen – Freitag, der 24., scheint frei zu sein. Ja, das würde gehen.“ Strahlend blickte er Louisa an.

„Übernehmen Sie doch bitte die Organisation der Einweihungsfeierlichkeiten“, teilte er ihr mit. „Es soll ein großes Ereignis werden. Wir werden den Leuten zeigen, wie sehr wir unsere Bibliothek lieben. *Ihre* Bibliothek. Die Bürger haben sich sehr dafür eingesetzt, damit sie wieder aufgebaut werden konnte. Jetzt wollen wir ihnen zeigen, wie dankbar wir für ihre Mithilfe sind."

Louisa atmete tief durch. Sie war von den vielen Wochen harter Arbeit sehr ausgelaugt. Und jetzt das.

Außerdem, dachte sie erschöpft, als sie sich erhob und ihre Handschuhe nahm, *ist dies das Wahljahr. Eine große Feier wird auch Ihnen zugute kommen, nicht wahr, Herr Bürgermeister?*

Und so plante Louisa erneut, organisierte und arbeitete, und die Stadtbibliothek wurde in einer großen Eröffnungsfeier der Allgemeinheit wieder zugänglich gemacht. Alle bezeichneten die Veranstaltung als einen großen Erfolg, und der Bürgermeister der Stadt konnte eine großartige Rede vor den Bürgern halten, ohne es eine Wahlkampfrede nennen zu müssen.

Louisa war der Erschöpfung nahe.

⁂

„Ich denke, ich werde Urlaub nehmen", sagte Louisa zu Bürgermeister Henderson, als die Erntehelfer auf die Felder zogen.

Er nickte zustimmend. „Sie haben großartige Arbeit geleistet", lobte er sie. „Die Leute sagen, die neue Bibliothek sei noch besser als die alte."

Louisa nickte, empfand aber nichts als lähmende Müdigkeit.

„Wird Miss Saunders in der Lage sein, sich um alles zu kümmern, während Sie fort sind?", fragte Bürgermeister Henderson.

„Ich denke schon", erwiderte Louisa. Sie freute sich über die rasche Auffassungsgabe des Mädchens, das nun ihre Assistentin war.

„Dann gehen Sie ruhig in Urlaub", meinte der Bürgermeister großzügig. „Nehmen Sie sich die ganze Woche, wenn Sie Lust dazu haben."

Louisa starrte den Mann an. Eine ganze Woche. Fand er das etwa großzügig? Louisa war sicher, sie würde einen Monat brauchen, um wieder zu Kräften zu kommen.

Sie nickte. „Das werde ich wohl machen, Sir“, erwiderte sie gleichmütig. „Die ganze Woche.“

Louisa ging zur Bibliothek zurück und sprach mit Miss Saunders. Das Mädchen schien von der Vorstellung, ganz allein die Verantwortung zu tragen, begeistert zu sein.

Als Louisa das Gebäude verließ, drehte sie sich noch einmal um und ließ ihren Blick über die Räumlichkeiten gleiten. Es sah hübsch aus. Obwohl sie vollkommen erschöpft war, hatte sie das Gefühl, etwas geleistet zu haben.

Sie wandte sich der jungen Frau hinter dem Schreibtisch zu. „Vergessen Sie nicht, die Tür abzuschließen“, hörte sie sich sagen.

Krankheit

An den ersten beiden Tagen ihres wohl verdienten Urlaubs tat Louisa nichts als auszuruhen. Außerdem machte sie lange Spaziergänge am Fluss entlang. Am dritten Tag war sie erholt genug, um ihre Mutter zu besuchen. Thomas musste arbeiten und konnte sie nicht in seinem Wagen hinbringen, aber das bedauerte Louisa nicht. Sie beschloss, zum Mietstall zu laufen und das Pferd für einen Ausflug zur Farm einzuspannen. Es war schon lange her, seit sie das letzte Mal Pferd und Wagen gebraucht hatte.

Sie freute sich auf die Fahrt durch die stille Landschaft. Das würde so gut sein wie ein Mittagsschlaf.

„Sie muss mal wieder richtig laufen", bemerkte der Stallbursche, als er das Pferd einspannte. „Es ist schon lange her, dass sie das letzte Mal richtig bewegt wurde. Wir sorgen natürlich dafür, dass sie auf der Weide läuft, aber das ist nicht dasselbe wie eine Ausfahrt."

Louisa nickte und nahm die Zügel. Sie schnalzte mit der Zunge und los ging es. Sie atmete tief die klare Herbstluft ein. Der Anblick jeder Herbstblume und jedes Vogels wurde von ihr genossen.

Herbst, sagte sie zu sich. *Meine liebste Jahreszeit.*

Ihre Gedanken wanderten zurück zu dem improvisierten Picknick, das sie und Thomas im Jahr zuvor veranstaltet hatten. Es war schön gewesen. In den vergangenen Monaten hatten sie nur wenig Zeit füreinander gehabt, weil Louisa mit der Bibliothek vollauf beschäftigt gewesen war.

Na ja, vielleicht wird jetzt wieder alles einigermaßen normal, dachte sie und trieb die Stute an. Sie freute sich darauf, den Tag mit ihrer Mutter zu verbringen.

Ihre Mutter hatte sich seit ihrer letzten Begegnung nicht verändert und war noch immer mit Stricken und Sticken beschäftigt. Aber kleine, halb fertig gestellte Projekte lagen auf allen Stühlen und Tischen herum, was Louisa seltsam fand. Ihre Mutter hatte immer zuerst eine Arbeit fertig gestellt, bevor sie eine andere begann.

Das hat vermutlich etwas mit ihrem Alter zu tun, beruhigte sich Louisa, als sie einen halb fertig gestrickten Strumpf auf einen Tisch legte, damit sie auf dem Stuhl Platz nehmen konnte.

„Wie geht es dir, Mama?“, fragte sie.

„Prima, sehr gut“, erwiderte diese.

„Wie ich sehe, hast du mehrere Dinge in Arbeit“, fuhr Louisa fort.

Mrs. Berdette lachte leise. „Vermutlich langweilt es mich, wenn etwas zu lange dauert“, sagte sie.

Louisa nickte. „Und was machst du gerade?“, fragte sie und hob die Handarbeit hoch, die sie gerade beiseite gelegt hatte.

Mrs. Berdette runzelte die Stirn. „Zeig mal“, sagte sie und nahm die unfertige Strickarbeit in die Hand.

„Ich weiß nicht, was das ist“, erwiderte sie verwirrt, dann fuhr sie fort: „Das gehört nicht mir. Es muss jemand anderem gehören.“

„Aber du wohnst doch allein hier“, erinnerte Louisa sic.

Die Frau wirkte noch verwirrter. „Das stimmt“, entgegnete sie schließlich. „Ich lebe jetzt allein.“

Dieses Gespräch beunruhigte Louisa, aber sie drang nicht weiter in ihre Mutter.

„Wie geht es deinem jungen Mann?“, fragte ihre Mutter.

„Wem?“, fragte Louisa erstaunt.

„Deinem jungen Mann. Wie heißt er noch gleich? Dieser Mann mit dem Wagen?“

„Du meinst Thomas?“

„Thomas. Richtig. Sein Name war mir gerade entfallen.“

„Mama, er ist nicht mein junger Mann“, widersprach Louisa mit fester Stimme.

Ihre Mutter sah schnell von dem Topflappen auf, an dem sie arbeitete. „Nicht? Was ist denn passiert?“

„Nichts ist passiert. Er ist – er ist nie mein junger Mann gewesen. Er ist nur ein Freund."

„Das ist schade", meinte ihre Mutter kopfschüttelnd. „Er scheint so ein netter junger Mann zu sein."

„Und er ist nicht jung", fügte Louisa hinzu. „Wir sind beide schon über 30."

Mrs. Berdette blickte sie erstaunt an. „Du? 30? Du meine Güte, wo ist nur die Zeit geblieben?" Sie seufzte tief.

„Ich weiß", meinte Louisa trocken. „Es ist, als wäre es gestern gewesen."

„Was ist, als wäre es gestern gewesen, Liebes?", fragte Mrs. Berdette.

„Nichts", erwiderte Louisa. „Ich dachte nur, du würdest jetzt wieder deine kleine Rede halten."

Mrs. Berdette lächelte. „Du und deine ältere Schwester –"

„Ich bin die ältere Schwester", korrigierte Louisa sie. „Du weißt doch. Ich bin Louisa. Und ich bin drei Jahre älter als Glenna. Hast du das vergessen?"

Mrs. Berdette hielt mit ihrer Arbeit inne. Sie schien über etwas nachzudenken. Schließlich ergriff sie das Wort. „Du bist die Älteste. Das stimmt. Du bist Louisa. Die jüngere ist Glenna. Das stimmt."

Louisa sagte nichts weiter, aber das seltsame Verhalten ihrer Mutter beunruhigte sie. Sie würde sobald wie möglich mit Parker darüber sprechen.

*

„Hast du Mama in letzter Zeit gesehen?", fragte Louisa Glenna an diesem Abend.

„Das letzte Mal am vergangenen Wochenende", erwiderte ihre Schwester.

„Und welchen Eindruck hast du von ihr gehabt?"

„Wie immer. Warum?"

„Ich war heute bei ihr", antwortete Louisa, „und sie wirkte wirklich sehr verwirrt. Vergesslich. Ich möchte mit Parker darüber reden."

Glenna blickte sie besorgt an. „Er ist im Augenblick bei einem Krankenbesuch. Ich habe keine Ahnung, wann er nach Hause kommt. Denkst du, wir sollten uns Sorgen machen – wegen Mama, meine ich?“

„Ich weiß nicht. Sie wirkt ganz normal, manchmal, und dann wieder sagt und tut sie seltsame Dinge.“

„Na ja, sie wird älter.“

„Nein.“ Louisa schüttelte den Kopf. „Ich denke, es ist nicht nur das. Sie erinnert sich nicht einmal daran, welche von uns die ältere ist.“

Glenna runzelte die Stirn. „Das ist wirklich seltsam“, meinte sie.

„Und überall liegen halb fertige Arbeiten herum, im ganzen Haus. Sie konnte sich nicht einmal daran erinnern, eine davon angefangen zu haben.“

Glenna wirkte nun mehr als beunruhigt.

Ein Geräusch aus dem Kinderzimmer unterbrach sie. Glenna stand auf und ging schnell zur Tür. „Die Mädchen haben beide einen schlimmen Husten“, erklärte sie, als sie aus dem Zimmer eilte.

Ihr Vater ist doch Arzt, um Himmels willen, dachte Louisa verstimmt. *Hat er denn nicht einmal Zeit, sich um seine eigenen Kinder zu kümmern?*

Bald war Glenna wieder zurück. Louisa bemerkte ihre langsamen Bewegungen, als sie sich auf den Stuhl sinken ließ.

„Bist du krank?“, fragte Louisa kurz angebunden.

„Ich? Nein, wieso?“

„Du bist ziemlich blass.“

„Ich fühle mich nicht besonders gut, da –“

„Ich dachte, du hättest gesagt, du wärst nicht krank“, unterbrach Louisa sie.

„Ich bin nicht krank“, erwiderte Glenna.

Sie starrten sich an. „Du bist wieder schwanger!“, rief Louisa. Glenna nickte. „Du meine Güte! Warum bringst du ständig Parkers Babys zur Welt, wenn er nie lange genug zu Hause ist, um dir zu helfen, sie zu versorgen? Irgendwann wirst du keine Kraft mehr haben.“

Glenna schwieg, aber Louisa bemerkte den Schmerz in ihren Augen.

„Louisa", sagte Glenna leise. „Was ist los? Du bist so aufgebracht, seit du dieses Haus betreten hast."

„Ich bin nicht –", begann Louisa, doch dann hielt sie inne. Es stimmte. Sie hatte das Gefühl, dass sie am liebsten auf jeden losgehen würde. Sie erhob sich und ging zum Feuer hinüber. Aber sie entschuldigte sich nicht bei Glenna. Sie *konnte* sich nicht bei ihrer jüngeren Schwester entschuldigen. Nachdem sie eine Weile in die Flammen gestarrt hatte, drehte sie sich zu Glenna um.

„Mama macht mir Sorgen", sagte sie stattdessen. „Ich hatte gedacht, Parker wäre hier. Ich wollte mit ihm reden. Ich hatte gehofft, er würde zur Farm hinausfahren und nachsehen. Mir gefällt der Gedanke nicht, dass Mama allein dort draußen ist, wo wir nicht wissen, was los ist. Und wenn sie nun einen kleinen Schlaganfall hatte oder so etwas? Und wenn sie etwas wirklich Dummes macht? Wir haben keine Ahnung, was –"

„Ich werde mit Parker sprechen, sobald er nach Hause kommt", unterbrach Glenna sie.

„Nun, wenn du meine Meinung hören willst, ist er viel zu häufig unterwegs", bemerkte Louisa. „Du siehst so aus, als –"

„Louisa, hör zu. Parker hat mir eine Hilfe für das Haus und für die Kinder besorgt. Parker ist trotz seiner häufigen Abwesenheit ein guter Mann und ein großartiger Vater. Bitte – bitte sag keine unfreundlichen Dinge über ihn."

„Nun, du brauchst auch wirklich alle Hilfe, die du kriegen kannst. Du sitzt in jedem Komitee und Wohltätigkeitsverein in der Stadt. ‚Mrs. Parker Oliver steht dem vor, organisiert jenes.' Kein Wunder, dass du so erschöpft wirkst. Du bist immer auf den Titelseiten für irgendetwas zu sehen – immer auf dem Sprung."

Glenna seufzte. „Es ist wirklich zu viel, und manchmal, häufig, habe ich es auch satt", gestand sie. „Alle erwarten von mir, dass ich mich für ihre Angelegenheiten engagiere, das

Krankenhaus, die Stadt. Ich habe es tatsächlich satt. Aber darum geht es doch im Leben. Man tut, was man kann – für andere."

„Unsinn!", fuhr Louisa sie an. „Ich denke, dir gefällt es, dein hübsches Gesicht in den Zeitungen zu bewundern."

Seit Jahren hatte Louisa nicht mehr so unverblümt mit Glenna gesprochen. Beide Frauen starrten sich an, beide verblüfft über den Ausbruch.

„Ich muss jetzt nach Hause gehen", sagte Louisa und nahm ihre Handschuhe. „Ich hatte einen schweren Tag. Ein schweres Jahr, um genau zu sein. Ich bin erschöpft."

Glenna akzeptierte Louisas unausgesprochene Entschuldigung. „Sobald Parker nach Hause kommt, werde ich ihm von Mama erzählen", versprach sie leise.

Ein Kind begann wieder zu husten, und Glenna wandte sich um, um nach ihm zu sehen. „Wir werden uns sobald wie möglich um Mama kümmern", rief sie über die Schulter.

Louisa verließ das Haus. Sie fühlte sich erschöpft. Niedergeschlagen. Deprimiert. Sie hatte gedacht, sie sei gewachsen. Sie hatte gehofft, in den vergangenen Monaten habe sie dank Pastor Talbots Reden viel über sich herausgefunden. Und jetzt, wo sie nur ein wenig unter Druck stand, stellte sie fest, dass ihr altes Ich wieder unmittelbar unter der Oberfläche lauerte. Sie hatte sich nicht wirklich verändert. Sie war noch immer ein Produkt ihrer Vergangenheit, ihrer Lebensumstände.

*

Als Parker noch an diesem Abend zur Farm hinausfuhr, um nach Mrs. Berdette zu sehen, war diese bereits zu Bett gegangen. Parker erzählte Louisa am folgenden Morgen, dass er nur mit Mühe seiner Schwiegermutter hatte erklären können, warum er sie zu so später Stunde noch besuchte.

„Sie ist ein wenig verwirrt", gestand er. „Ich weiß noch nicht genau, warum, aber sie ist verwirrt."

„Was können wir tun?", fragte Louisa. „Sie sollte nicht allein sein, oder?"

„Es wäre besser, wenn sie jemanden bei sich hätte“, stimmte Parker zu.

„Sie ist so stur“, meinte Louisa. „Immer wieder habe ich versucht, sie zu überreden, bei mir einzuziehen.“

„Auf der anderen Seite“, fuhr Parker fort, „könnte ein Umzug in eine neue Umgebung sie noch mehr verwirren. Zumindest kennt sie sich im Augenblick in ihrer Umgebung aus.“

Louisa war sehr beunruhigt. Sie beschloss, die Stute anzuspannen und zur Farm hinauszufahren.

„Das ist wirklich eine erholsame Woche“, brummte sie vor sich hin, während sie ihre Stute antrieb.

Mrs. Berdette goss gerade die Blumen im Garten, als Louisa ankam. Der Frost hatte ihre Blüten bereits absterben lassen und ganz offensichtlich waren sie verwelkt und leblos. In Louisa stieg Verzweiflung hoch, als sie ihre Mutter bei der Arbeit beobachtete.

„Was machst du da, Mama?“, fragte sie unwillkürlich.

„Anscheinend haben sie nicht genug Wasser“, erwiderte ihre Mutter. „Sie sind braun. Siehst du?“

„Mama, der Frost hat sie bereits absterben lassen. Für dieses Jahr sind sie verblüht“, erklärte Louisa und versuchte, ihre Mutter so schnell wie möglich ins Haus zu schieben.

„Warte“, widersprach die Frau. „Die hier habe ich noch nicht gegossen.“

„Ist doch gut, Mama. Ich werde mich später darum kümmern“, antwortete Louisa und bestand darauf, dass ihre Mutter in die Küche zurückkehrte.

Als sie wieder im Haus war, hellte sich die Stimmung ihrer Mutter auf. Während des restlichen Vormittags wirkte sie beinahe wieder normal. Erleichterung machte sich in Louisa breit.

„Wie ich höre, hat Parker dich gestern Abend aus dem Bett geholt“, bemerkte Louisa.

„Wer?“

„Parker.“

Mrs. Berdette runzelte die Stirn.

„Glennas Parker.“

„Ach ja. Parker. Du meine Güte, er war wirklich sehr spät noch unterwegs. Hatte er sich verfahren?“

„Nein, Mama. Er wollte nur nachsehen, ob es dir auch wirklich gut geht.“

Mrs. Berdette lächelte. „Ist das nicht süß“, meinte sie. „Genau wie Glenna. Bestimmt hat sie ihm gesagt, er solle vorbeikommen.“

„Mama“, sagte Louisa. „Ich möchte, dass du mit mir in die Stadt kommst.“

„Ein Besuch wäre wirklich nett“, erwiderte Mrs. Berdette. „Ich werde meinen Hut holen. Ist es so kühl, dass ich einen Schal brauche?“

„Nicht auf einen Besuch, Mama. Ich möchte, dass du bei mir wohnst.“

Die Frau blieb abrupt stehen. „Oh, das geht nicht, Liebes“, erwiderte sie schnell. „Jemand muss sich um die Pferde kümmern.“

„Mama, wir haben keine Pferde mehr“, widersprach Louisa.

Ihre Mutter blickte sie verständnislos an. „Nicht? Was ist denn mit ihnen passiert?“

Louisa gab auf. Ganz offensichtlich konnte man ihre Mutter nicht mehr allein lassen.

„Mama, ich werde jetzt ein paar Dinge für dich zusammenpacken und dann nehme ich dich mit nach Hause“, bestimmte sie. Sie würde keine Ausrede akzeptieren.

„Das ist nett, Liebes“, sagte Mrs. Berdette. „Du warst immer meine Helferin. Ich habe mich immer auf dich verlassen. Bei allem. ‚Louisa ist meine Verlässliche‘, habe ich immer gesagt.“

Louisa blieb abrupt stehen. „Und warum ziehst du Glenna mir immer vor?“, fragte sie scharf.

„Glenna“, sagte ihre Mutter. „Du meine Güte. Ich habe Glenna dir nicht vorgezogen.“

„Das hast du doch“, widersprach Louisa. „Du hast uns immer unterschiedlich behandelt.“

„Natürlich“, stimmte ihre Mutter zu. „Das musste ich doch. Ihr wart unterschiedlich.“

„Aber –“

„Was hätte ich denn tun sollen? Glenna in schmucklose Röcke stecken? Ihr die Haare abschneiden? Hätte ich darauf bestehen sollen, dass du Bänder und Rüschen trägst? Ihr wart unterschiedlich. Es wäre nicht fair gewesen, eine von euch zur Kopie der anderen zu machen. Oder?“

Louisa hatte nichts mehr zu sagen. Sie verließ das Zimmer, um einen Koffer zu packen.

*

Es war eine gute Idee gewesen, ihre Mutter mit in die Stadt zu nehmen, aber die ganze Angelegenheit stellte sich als sehr viel schwieriger heraus, als Louisa gedacht hatte.

Sie musste wieder arbeiten gehen. Ihre Mutter konnte nicht allein in ihrem Haus zurückbleiben, während sie in der Bibliothek war. Aber natürlich konnte sie ihre Mutter nicht zur Arbeit mitnehmen. Auch konnte sie niemanden finden, der ihrer Mutter zu Hause Gesellschaft leistete. Schließlich nahm Glenna ihre Mutter zu sich. Louisa wusste, dass es eine zusätzliche Belastung für ihre ohnehin schon mehr als ausgelastete Schwester war, aber sie konnte wenig dagegen tun.

„Ich komme vorbei und helfe dir, so oft ich kann“, versprach sie. Doch nach einem langen Arbeitstag in der Bibliothek blieb nur noch wenig Zeit, um Glenna etwas Arbeit abzunehmen.

Louisa hatte das Gefühl, als sei ihr Leben außer Kontrolle geraten. Auch schien sie jeglichen geistlichen Boden verloren zu haben, den sie im Laufe der vergangenen Monate erworben zu haben glaubte. Das beunruhigte sie sehr.

„Ich bin, wer ich bin“, sagte sie eines Abends müde, als sie sich für das Bett zurechtmachte. Sie versuchte, eine akzeptable Entschuldigung zu finden, aber tief in ihrem Inneren wusste sie, dass sie nach einem weiteren harten Tag niedergeschlagen war.

Ihre Worte halfen ihr nicht, sich besser zu fühlen.

Offenbarungen

„Mama geht es viel besser.“ Glenna verkündete Louisa die gute Nachricht, als sie auf der Treppe vor der Kirche standen und beobachteten, wie die kleine Rosie und ihre Mutter Hand in Hand mit dem Pastor plauderten.

„Sie scheint jetzt wieder klarer zu sein. Parker sagt, es könne ein kleiner Schlaganfall gewesen sein. Aber das werden wir wohl nie so genau erfahren. Manchmal passiert so etwas.“

Louisa blickte erneut zu ihrer Mutter hinüber. Sie machte tatsächlich einen besseren Eindruck, was sie sehr erleichterte.

„Vielleicht kann ich sie mit –“

„Noch nicht“, unterbrach Glenna sie. „Parker sagt, sie solle jetzt nicht wieder in eine neue Umgebung, solle nicht schon wieder eine Veränderung erleben. Wir möchten nicht, dass sie einen Rückfall erleidet.“

Louisa war ein wenig verärgert. Dachten sie vielleicht, dass ihre Mutter einen Rückfall erleiden würde, wenn sie bei ihr wohnte? War ihre Gesellschaft denn wirklich so unerträglich?

„In einer Woche oder so – vielleicht“, erklärte Glenna. „Parker ist der Meinung, die Kinder seien im Augenblick gut für sie. Sie scheinen sie aufzuheitern. Sie freut sich so über sie.“

Louisa nickte. Kinder hatte sie ihrer Mutter natürlich nicht zu bieten. Darum kümmerte sich Glenna.

Sie wusste, dass das Baby ihrer Schwester in wenigen Tagen geboren werden sollte. „Was wird Mama machen, während du – indisponiert bist?“, fragte sie. Sie gab sich große Mühe, sich ihren Groll nicht anmerken zu lassen.

„Mrs. Rudi wird in der Zeit bei uns wohnen. Mama wird es gut gehen.“

Louisa nickte. *Ist es tatsächlich besser, wenn sie bei einer unbekannten Haushälterin blieb statt bei ihrer eigenen Toch-*

ter?, hätte sie am liebsten widersprochen, aber sie biss sich auf die Zunge.

„Ich bin froh, dass es ihr wieder besser geht", sagte Louisa stattdessen und wandte sich zum Gehen.

⁂

Glennas Baby war ein Junge. Louisa hatte Angst, alle würden ihn mit Jamie vergleichen. Aber es bestand wirklich nur wenig Ähnlichkeit zwischen den beiden Kindern. Zumindest was das Aussehen betraf. Aus irgendeinem ihr unbekannten Grund war Louisa erleichtert. Sie hätte es nicht ertragen, Tag für Tag an den kleinen Jamie erinnert zu werden.

Nach der Geburt des Babys schien Mrs. Berdette aufzublühen.

„Ich glaube, es tut Mama gut, ein Baby versorgen zu können", meinte Glenna.

Ich hoffe, du hast nicht vor, sie auf diese Weise beschäftigt zu halten, dachte Louisa finster. Glenna hatte bereits vier Kinder zur Welt gebracht. Für Louisas Geschmack war das vollkommen ausreichend.

„Sie hält ihn gern im Arm und wiegt ihn – und singt ihm etwas vor. Ich höre diese Lieder jetzt zum ersten Mal seit meiner Kindheit wieder. Es ist so süß", bemerkte Glenna.

Louisa nickte. *Du hast mehr Lieder bekommen als ich*, hätte sie Glenna gern gesagt. *Mama hat sich nie mit mir so hingesetzt wie mit dir.*

Aber Louisa wandte sich ab.

⁂

„Wo ist Mama?", fragte Louisa, als sie ihren Mantel in den Schrank in Glennas Flur hängte und zur Küche ging.

„Sie hält Michael im Arm."

„Wo sind die Mädchen?", fragte Louisa.

„Rosie liest Anna etwas vor. Parker hat ihnen neue Bücher mitgebracht."

„Und Parker?“, fragte Louisa gereizt.

„Er wird bald da sein. Er ist noch im Krankenhaus vorbeigefahren. Gestern Nacht hatte er eine Blinddarmoperation.“

„Er hatte eine Blinddarmoperation? Du meine Güte – es muss ihm ja gut gehen, wenn er so bald schon nach Hause kommt.“

Glenna lächelte nur über Louisas Sarkasmus. „Du weißt schon, was ich meine“, sagte sie und ging zur Küche voran.

„Das klingt so, als hätten wir alle unsere Aufgaben“, meinte Louisa trocken.

„Na ja, nicht alle“, erwiderte Glenna und stellte sich an den großen Herd mit der emaillierten Front, um das Essen vorzubereiten. Louisa hatte noch nie einen so schönen Herd gesehen.

„Thomas kommt übrigens auch“, erklärte Glenna beiläufig.

Louisa hielt in ihrer Arbeit inne. „Ich dachte, Weihnachten sei ein Familienfest“, sagte sie.

„Das ist es auch. Familie und Gäste. Gelegentlich lade ich auch gern einen Gast ein. Leute, die keine Familie in der Nähe haben. Der Pastor hat in seinen Predigten doch immer wieder darauf hingewiesen, dass wir gastfreundlich sein sollen.“

Louisa hatte diese Predigt ausgeklammert und sich eingeredet, eine allein stehende Frau könne diesem Gebot sowieso nicht so einfach Folge leisten.

„Und Parker sagt …“, fuhr Glenna fort.

Wenn ich noch einmal „Parker sagt“ höre, dann schreie ich, dachte Louisa.

„… dass wir viel zu selten Gäste hätten. Er sagt, ich bekäme doch alle Hilfe, die ich brauche, und er gibt sich Mühe, hier zu sein. Er vermisst männliche Gesellschaft. Er mag Thomas.“

Das schien also geregelt. Louisa wandte sich wieder den Häppchen zu. Zumindest hatte Glenna nicht gesagt, sie habe den Eindruck, Thomas sei der perfekte Partner für Louisa. Dafür war Louisa dankbar – aber sie fragte sich noch immer, ob das nicht der Sinn der Einladung war.

*

„Mama würde gern zur Farm hinausfahren und noch ein paar Sachen holen", erzählte Glenna Louisa am darauf folgenden Sonntag. „Parker kann nicht fahren – und ich würde nur ungern den kleinen Michael mitnehmen. Kannst du Mama helfen?"

Louisa nickte zustimmend.

„Parker sagt, die Straßen seien im Augenblick mit dem Auto nicht befahrbar, aber du kannst gern sein Gespann und den Schlitten nehmen. Meinst du, Thomas wäre bereit, euch zu fahren?"

„Warum fragst du ihn nicht?", gab Louisa kurz angebunden zurück.

Glenna lächelte freundlich. „Das werde ich", sagte sie. Offensichtlich fühlte sie sich nicht beleidigt.

Trotz des Schnees auf den Feldern war es ein sonniger und milder Tag. Louisa sorgte dafür, dass ihre Mutter warm in den Decken eingepackt war. Parkers Gespann war sehr lebhaft, und Louisa war froh, dass sie nicht kutschieren musste. Souverän hielt Thomas die Zügel in der Hand. Es schien ihm Spaß zu machen, die Pferde zu lenken.

„Das ist schön", bemerkte Mrs. Berdette, während sie sich umsah. „Ich vermisse das Land."

Schon bald wurde Louisa klar, was Parker gemeint hatte, als er sagte, die Straßen seien mit einem Automobil nicht befahrbar. Immer wieder hatten Schneewehen die gesamte Straße zugeweht, aber für die Pferde stellte dies kein Problem dar.

„Ich vermisse es, hinaus auf die Felder zu sehen", sagte Mrs. Berdette nachdenklich. „Der Anblick von Häusern ist nicht dasselbe. Man kann eigentlich nichts richtig sehen."

Louisa fand ihre Worte amüsant. Glennas Haus lag im besten Wohnviertel der Stadt – in dem es viele große Rasenflächen und wunderschöne Häuser gab. Was würde ihre Mutter denken, wenn sie in einer der Straßen wohnen würde, in denen die Häuser ganz dicht nebeneinander standen?

Der Ausflug in der frischen Landluft schien Mrs. Berdettes Zunge zu lösen. Auf dem ganzen Weg plauderte sie munter über dieses und jenes, während Louisa meistens nur zuhörte. Thomas und ihre Mutter schienen sich gut über die Nachbarn zu unterhalten, die früher auf den verschiedenen Farmen der Gegend gewohnt hatten. Louisa fragte sich, wie viele davon noch von den ursprünglichen Familienmitgliedern bewohnt wurden – und wie viele bereits an Fremde verkauft worden waren.

„Glennas Kinder sind so niedlich“, sagte Mrs. Berdette in einem abrupten Themenwechsel.

Thomas nickte lächelnd.

„Wissen Sie, Kinder können so unterschiedlich sein“, fuhr Mrs. Berdette fort. „Jedes hat von dem Tag an, da es geboren wird, seine eigene Persönlichkeit.“

Thomas wirkte interessiert, sagte aber nichts.

„Rosie ist eine richtige kleine Mutter. Sie passt auf die anderen beiden auf. Genauso kümmert sie sich um kleine Tiere. Immer sorgt sie für irgendetwas. Anna, sie freut sich darüber, wenn man viel Aufhebens um sie macht. Sie möchte, dass Rosie immer für sie zur Stelle ist. Oh ja, sie nutzt Rosies Bereitschaft dazu richtig aus.“

Sie lachte und Thomas stimmte in ihr Lachen mit ein.

„Der kleine Jamie war von Anfang an sehr unabhängig und offen. Er hat sich seine Leute ausgesucht. Ja, das hat er getan. Er bevorzugte bestimmte Leute – und sogar bestimmte Familienmitglieder. Der kleine Michael, nun, er liebt alle, genau wie Glenna. Ich denke, er wird nach seiner Mutter kommen. So warm und liebevoll. Er schmust gern. Ich kuschle gern mit einem Kind. Er drückt einen an sich und scheint beinahe zu schnurren. Glenna war genauso.“

Mrs. Berdette lachte erneut. „Aber nicht Louisa“, lachte sie. „Oh nein, nicht Louisa. Ich konnte nie richtig mit ihr kuscheln. Sie wollte ihre Unabhängigkeit. Sie zog sich zurück und stieß mich von sich und sah sich mit diesen großen Augen um, als würde sie die Welt einschätzen, um zu entscheiden, was sie von ihr erwartete. Das war Louisa.“ Sie lachte liebevoll.

Louisa rutschte auf ihrem Platz herum. Die Bemerkungen ihrer Mutter waren ihr peinlich. Sie fragte sich, ob Thomas sich ebenfalls unbehaglich fühlte. Er schien jedoch vollkommen entspannt zu sein. Ob sie wohl lieber einmal reden oder husten sollte, um ihre Mutter daran zu erinnern, dass sie noch immer im Schlitten saß?

„Na ja, ich habe immer das Gefühl gehabt, man solle ein Kind so sein lassen, wie es ist. Oh, man versucht natürlich, es zu formen, um die besten Eigenschaften in ihm zum Vorschein zu bringen, und man betet, dass Gott einem bei dem Formen hilft. Aber man kann ein Kind nicht zwingen, wie ein anderes zu sein. Das geht einfach nicht. Und man kann es auch nicht mit einem anderen vergleichen. Das ist, als wolle man Orangen mit Äpfeln vergleichen. Man muss jedes Kind schätzen und lieben für das, was es ist."

Thomas nickte. „Das klingt in meinen Ohren vernünftig", meinte er.

„Nehmen wir unsere beiden Mädchen", fuhr Mrs. Berdette fort und Louisa wand sich erneut. Das Gerede ihrer Mutter war ihr höchst unangenehm.

„Sie waren von Anfang an unterschiedlich. Und dieselben Züge, die ich als Babys in ihnen entdeckte, finde ich auch jetzt noch. Louisa ist schon immer stark und unabhängig gewesen. Fähig. Du meine Güte, wie oft habe ich mich auf Louisa gestützt."

Hör auf, wollte Louisa rufen. *Hör auf, Mama. Das ganze Gerede ist einfach nur peinlich.*

„Ich habe Louisa so oft in den vergangenen Jahren gebraucht. Immer wieder habe ich Gott dafür gedankt, dass es sie gibt. Sie war ein vernünftiges Kind. Eine vernünftige Frau. Sie war immer in der Lage –"

Sie brach abrupt ab. Louisa wünschte sich nichts sehnlicher, als dass sie nicht fortfahren würde.

„Und Glenna dagegen", fuhr ihre Mutter etwas lebhafter fort. „Glenna war mein Sonnenschein. Sie machte das Leben besser, weil sie einfach nur da war. Alle liebten Glenna."

„Sie muss ein sehr hübsches Kind gewesen sein", bemerkte Thomas.

„Oh, das war sie. Niemand konnte das leugnen. Aber es war mehr als ihre Schönheit. Wissen Sie, ich habe schon hübsche Kinder erlebt, die man nicht in seiner Nähe ertragen konnte.

Nein, es war nicht ihre Schönheit. Es war die Haltung. Ja, die Haltung. Jedes Kind hat eine bestimmte Einstellung zu den Dingen. Das ist es, was uns alle voneinander unterscheidet, denken Sie nicht? Unsere Haltung."

„Ich schätze, das macht sehr viel aus, da haben Sie Recht", stimmte Thomas zu.

„Ja", sagte Mrs. Berdette nachdenklich. „Das stimmt. Zwei Menschen können genau gleich aussehen und doch ganz unterschiedlich sein. Ich kannte einmal Zwillinge, die hätten sich ähnlicher nicht sehen können. Die eine war fröhlich und heiter, die andere finster und immerzu schlecht gelaunt. Aber sie konnte nicht verstehen, warum die Zwillingsschwester so viele Freundinnen hatte."

Mrs. Berdette lachte erneut. „Als Kind habe ich mich auch darüber gewundert", fuhr sie fort. „Jetzt weiß ich es."

„Die Haltung", warf Thomas ein.

„Wissen Sie", fuhr Mrs. Berdette lebhaft fort, und sie schien begeistert darüber zu sein, eines der Geheimnisse des Lebens erkannt zu haben. „Ich wette – nein, ich würde nicht wetten. Was sagt man anstelle dieses Wortes? Wie auch immer, ich bin sicher, ganz sicher, dass es nicht besonders wichtig ist, was man hat oder wie gut man aussieht – die Einstellung entscheidet, wie das Leben verlaufen wird."

Thomas nickte.

„Wie man Gott sieht", fuhr Mrs. Berdette leise fort. Es war, als hätte sie Thomas und Louisa vergessen und würde diese Dinge für sich klären. „Wie man Gott sieht, das ist so wichtig. Wir müssen die Dinge sehen, wie Gott sie sieht. Wir müssen lernen, wie wir mit ihm in allem übereinstimmen."

Sie hielt inne und fuhr dann fort: „Und wie man über andere denkt. Wir müssen die anderen sehen, wie Gott sie sieht. Darauf kommt es an. Wenn man all das geklärt hat, dann hat man die richtige Einstellung zu sich selbst. Das ist es."

Sie wandte sich an Thomas. „Wissen Sie", sagte sie, „ich glaube, einigen Leuten fällt das sehr viel leichter als anderen."

Thomas nickte erneut. Louisa war froh, dass sie die Farm endlich erreicht hatten.

*

Es dauerte nicht lange, die Sachen zusammenzusuchen, die ihre Mutter mitnehmen wollte. Das unbewohnte Haus war kalt, und sie konnten es kaum erwarten, wieder in die Stadt zurückzukommen. Ein leichter Wind war aufgekommen und draußen wurde es immer unfreundlicher.

„Ach ja“, sagte Mrs. Berdette, als sie gerade losfahren wollte. „Ich brauche noch meine Medizin.“

„Welche Medizin?“, fragte Louisa. „Ich wusste nicht, dass du Medizin nimmst.“

„Ach, keine richtige Medizin. Nur Kräuter“, erklärte ihre Mutter und ging zum Medizinschrank, um herauszunehmen, was sie mitnehmen wollte.

Louisa verstaute die Flaschen in der Tasche mit dem Strickzeug und schob ihre Mutter zu dem wartenden Schlitten.

Zu Louisas Erleichterung verlief die Rückfahrt zur Stadt sehr viel schweigsamer.

Ein neuer Anfang

Obwohl sie beschlossen hatte, die Gedanken daran beiseite zu schieben, musste Louisa über das nachdenken, was ihre Mutter auf dem Weg zur Farm zu Thomas gesagt hatte. In den folgenden Tagen ließen diese Fragen sie nicht mehr los. War es wirklich die Einstellung? Oder waren es die Umstände, die ein Leben formten? Sie hatte immer den Eindruck gehabt, ihre Haltung sei durch die Tatsache geformt worden, dass sie gewöhnlich war, während ihre kleine Schwester die Schönheit war. Lag es etwa gar nicht daran? War das gar nicht der Grund, warum sie sich ihren Weg durch das Leben erkämpfen musste? Die Leute hatten eine Vorliebe für schöne Dinge. Und für schöne Menschen. Sie gingen ihr aus dem Weg. Nein, das stimmte nicht. Sie gingen ihr nicht aus dem Weg, aber ganz bestimmt machten sie nicht so viel Aufhebens um sie wie um ihre kleine Schwester.

Verlässlich. Das hatte ihre Mutter über sie gesagt. Nun, sie hatte ja auch keine andere Wahl. Ihr war nichts anderes übrig geblieben. Sie konnte ihr gewöhnliches Aussehen nicht ändern. Sie konnte nicht so heiter und fröhlich werden wie Glenna.

War das nicht das, was ihre Mutter gesagt hatte? Man war, wer man war. Nicht einmal die Eltern konnten daran etwas ändern.

Ja, sie war Louisa. Geformt durch die Umstände.

Oder war es ihre Einstellung zu ihren Lebensumständen? Damit kam sie einfach nicht klar.

„Denkst du, dass wir durch unsere Vergangenheit geformt werden?", fragte sie Thomas, als sie vom Morgengottesdienst gemeinsam nach Hause gingen.

„Geformt?"

„Dass unsere Vergangenheit Einfluss auf unsere Persönlichkeit hat?“

Thomas schwieg und dachte über ihre Frage nach. „Ja, natürlich, aber nicht nur“, erwiderte er schließlich.

„Was meinst du damit?“ Seine Antwort schien ihr auch nicht weiterzuhelfen. Louisa suchte nach greifbaren Antworten.

„Nun, wir sind nicht auf Gedeih und Verderben unseren Lebensumständen ausgeliefert“, erwiderte er mit fester Stimme.

Louisa betrachtete sein Gesicht. Fragend sah sie ihn an.

„Wir können entscheiden“, fuhr er fort. „Wir haben die Willensfreiheit, die Wahl zu entscheiden, was wir akzeptieren oder nicht akzeptieren wollen. Was wir aus einer bestimmten Erfahrung machen.“

„Sogar als Kind?“ Ihre Worte kamen zu scharf.

Er sah sie gleichmütig an. Er schien ihre Gedanken erraten zu wollen und dachte sorgfältig nach, bevor er antwortete.

„Als Kind können wir unangemessen beeinflusst werden. Wir können missverstehen, falsch deuten. Wir haben noch keine Grundlage, um Beziehungen oder das Leben an sich zu verstehen. Wir können sogar ein falsches Urteil fällen, das weit reichende Auswirkungen hat, aber – aber eines Tages müssen wir an den Punkt kommen, an dem wir die Dinge überdenken. An dem wir sie sorgfältig gegeneinander abwägen und – und die Verantwortung für uns übernehmen. Wir können nicht immer zurücksehen. Wir können nicht immer die Schuld für unsere Entwicklung bei dem suchen, was wir erlebt haben.“

„Du denkst, Kinder könnten bestimmte Dinge falsch deuten?“

„Ich weiß, dass das so ist.“

Er schwieg. Louisa fragte sich, was er wohl dachte.

„Als Kind“, begann er, „habe ich mir ein Fahrrad gewünscht. Ich sehnte mich regelrecht nach einem Fahrrad. Ich habe von einem Fahrrad geträumt. Ich habe sogar für ein Fahrrad gebetet. Und dann bekam Buddy Albert von seinem Dad ein Fahrrad geschenkt. Es war mein Traumrad. Buddy hat viel damit angegeben. Er hat mich damit aufgezogen, seine Eltern würden ihn so sehr lieben, dass sie alles für ihn tun würden. Und so kam ich zu der Überzeugung, dass ich kein Fahrrad bekam, weil mein Dad mich nicht liebte."

Er brach ab. Sorgsam suchte er den Boden ab, bevor er einen Fuß vor den anderen setzte. „Ich habe das in meiner Vorstellungswelt so aufgebauscht, dass ich schließlich vollkommen davon überzeugt war, nicht geliebt zu werden. Ich habe auf alles geachtet, Kleinigkeiten, die meine Überzeugung untermauerten. Und ich habe sie natürlich auch gefunden. Unmengen davon. Schon bald hatte ich eine vollständige Anklage gegen meinen Dad aufgebaut."

Er brach erneut ab. „Vermutlich wäre ich mein ganzes Leben lang davon überzeugt gewesen, nicht geliebt zu werden, wenn – wenn es nicht eine andere Begebenheit gegeben hätte."

Er lachte leise. Louisa hob den Kopf, um zu sehen, wieso er auf einmal lachte.

„Ich wurde losgeschickt, um die Kühe hereinzuholen. Wir besaßen einen alten roten Bullen. Normalerweise war er ganz friedlich, aber an diesem Abend war ich wegen irgendetwas wütend – vermutlich, weil ich mich nicht geliebt fühlte, schließlich war doch die Tatsache, dass ich auf der Farm mithelfen musste, ein Beweis dafür, oder?"

Er lachte erneut. „Auf jeden Fall war ich wütend und so hetzte ich den Hund auf den alten Bullen. Das fand dieser gar nicht lustig und er rannte dem Hund hinterher. Natürlich zog der Hund den Schwanz ein und brachte sich in Sicherheit – bei mir. Der Bulle zögerte nicht und ging nun auf mich los. Ich hatte solche Angst, dass ich wie erstarrt stehen blieb. Ich konnte sehen, wie dieser rote Bulle geradewegs auf mich zurannte, mit gesenktem Kopf und flatternden Nüstern, und ich wusste, ich würde sterben. Ich wusste es einfach.

Ich habe keine Ahnung, woher er plötzlich kam, aber auf einmal spürte ich, wie ich aus dem Weg geschoben wurde. Dad war da. Gerade noch rechtzeitig brachte er mich vor dem Bullen in Sicherheit. Aber er hatte keine Zeit mehr, sich selbst aus der Gefahrenzone zu entfernen. Der Bulle nahm ihn auf die Hörner und schleuderte ihn von sich. Mein Vater brach sich zwei Rippen. Aber weißt du, was er sagte, als er sich auf die Beine rappelte? Er fragte: ‚Bist du in Ordnung, Junge?‘, und als ich antwortete, mir sei nichts geschehen, seufzte er: ‚Gott sei Dank.‘ Nur: ‚Gott sei Dank‘, und dann barg er das Gesicht in den Händen und seine Schultern bebten.

Er stand auf und Hand in Hand gingen wir zum Haus zurück. Nach diesem Ereignis konnte ich mir nie wieder einreden, mein Dad würde mich nicht lieben.“

Louisa spürte Tränen in sich aufsteigen. Ihr war immer noch nicht alles klar, aber es gab vieles, über das sie nachdenken musste.

*

„Mama geht es wieder schlechter.“ Glenna sah sie besorgt an. Sie war in die Bibliothek gekommen und flüsterte Louisa die Neuigkeit zu.

Louisa spürte, wie sich Furcht in ihr breit machte. Sie deutete auf das kleine Zimmer.

„Was ist passiert?“, fragte sie, als sie Glenna hineinzog und die Tür hinter sich schloss.

„Wir wissen es nicht. Heute Morgen ist sie nicht aufgestanden, darum ging ich hoch, um nach ihr zu sehen. Sie – sie sah ganz seltsam aus.“

„Sagt sie wieder seltsame Dinge?“

„Sie spricht überhaupt nicht. Das macht mir ja solche Angst“, erklärte Glenna. „Sie – sie ist irgendwie wie erstarrt.“

„Was sagt Parker?“ Louisa hätte nie gedacht, dass sie diese Frage jemals stellen würde. Sie ärgerte sich so darüber, dass Glenna ständig Parkers Meinung wiedergab.

„Er ist verwirrt. Seiner Meinung nach handelt es sich nicht um einen Schlaganfall. Er weiß nicht, was es ist. Er ist jetzt bei ihr.“

„Ich komme mit“, sagte Louisa schnell entschlossen. „Ich muss nur meiner Assistentin Bescheid sagen.“

„Ich warte draußen auf dich“, erklärte Glenna. „Ich habe den Wagen dabei.“

„Du fährst?“ Louisa war schockiert.

„Parker sagt, ich solle nicht ans Haus gebunden sein, nur weil er sich nicht frei machen kann“, erwiderte Glenna über die Schulter zurück. „Er hat es mir beigebracht.“

Louisa sagte nichts mehr, sondern informierte Miss Saunders über ihre Pläne. Schon bald saß sie neben Glenna im Auto.

„Das ist so seltsam“, meinte diese, während sie durch die Straßen fuhren. „Es ging ihr so gut, als sie gestern Abend ins Bett gegangen ist.“

Dann korrigierte sich Glenna. „Nein, das stimmt nicht ganz. Mir ist aufgefallen, dass sie in den vergangenen Tagen ein wenig durcheinander war. Manchmal ist sie ganz vernünftig, und dann –“

„Nun, als wir am vergangenen Sonntag zur Farm hinausgefahren sind, war sie auf jeden Fall vollkommen klar. Noch nie habe ich Mama so viel reden hören.“

„Das ist seltsam“, überlegte Glenna. „Sehr seltsam.“

*

„Ich glaube, ich habe unser Geheimnis gelüftet.“

Parker kam ihnen im Flur entgegen, als sie das Haus betraten.

„Wie geht es Mama?“, fragte Louisa schnell.

Parker wandte sich ihr zu. In der Hand hielt er einige Fläschchen. Louisa erkannte sie als die Medizinflaschen, die sie in der Tasche ihrer Mutter mit dem Strickzeug verstaut hatte.

„Mamas Medizin!“, rief sie und deutete auf die Flaschen in Parkers Hand.

„Medizin?“, fragte Glenna. „Ich wusste gar nicht, dass Mama Medizin genommen hat.“

„Es ist keine richtige Medizin – nur irgendwelche dummen Kräuter“, erklärte Louisa. „Wie geht es ihr?“

„Sie schläft“, erwiderte Parker.

„Ist sie –?“, begann Glenna.

„Ihr geht es jetzt viel besser. Ich habe ihr den Magen ausgepumpt.“

Beide Frauen starrten Parker erstaunt an.

„Ich wurde misstrauisch, als ich diese Flaschen auf ihrer Kommode entdeckte. Dann erzählte Rosie, Gramma hätte ‚eine große Menge' davon geschluckt, weil sie so lange nichts davon genommen hätte, darum beschloss ich, ihr den Magen auszupumpen. Sie hatte tatsächlich eine Menge geschluckt."

„Aber das sind doch nur harmlose Kräuter", behauptete Louisa.

„Ja, vermutlich ist das so, ich bin mir jedoch nicht ganz sicher, da ich sie noch nicht analysieren konnte", gestand Parker. „Wenn sie in der richtigen Dosierung und voneinander getrennt eingenommen werden, sind sie vermutlich ganz harmlos, vielleicht haben einige davon sogar eine positive Wirkung. Aber so wie Mama sie eingenommen hat, waren sie beinahe tödlich."

„Tödlich?" Glenna wurde blass. Parker legte schützend den Arm um sie.

„Es hätte sehr ernst ausgehen können, Liebes", gestand er. „Aber jetzt scheint sie wieder auf dem Weg der Besserung zu sein. Oh, sie ist vielleicht noch ein wenig verwirrt, bis alles aus ihrem System ausgeschieden ist, aber ich denke, sie wird wieder in Ordnung kommen."

„Ist das auch der Grund, warum sie früher verwirrt war?", fragte Louisa.

„Da bin ich sicher", erwiderte Parker. „Vermutlich hat sie diese Kräuter schon seit Monaten in der falschen Kombination eingenommen und gedacht, sie würde sich etwas Gutes tun."

„Ach, du meine Güte!", rief Glenna. „Und wenn wir das nicht entdeckt hätten …"

Parkers Arm legte sich noch fester um sie. „Ich habe einen Kessel Wasser für frischen Tee aufgesetzt", sagte er. „Warum trinken wir nicht alle zusammen eine Tasse? Ich denke, wir können ihn brauchen."

„Ich möchte zuerst nach Mama sehen", erwiderte Glenna und ging zum Schlafzimmer ihrer Mutter. Louisa folgte ihr.

Mrs. Berdette schien friedlich zu schlafen. Sie hatte wieder Farbe im Gesicht und ihr Atem ging leise und gleichmäßig.

„Ich denke, sie wird wieder in Ordnung kommen", versicherte Parker noch einmal. Beide Frauen entspannten sich und ließen sich schließlich in die Küche führen. Mrs. Rudi stellte gerade einen Braten für das Abendessen in den Ofen. Glenna stellte Tassen und den Tee auf ein Tablett und ging damit ins Wohnzimmer. Parker zog bereits seinen schweren Mantel an.

„Bleibst du nicht?", fragte Glenna. „Ich dachte, du hättest gesagt, du brauchtest jetzt eine Tasse Tee."

„Ich habe schnell in der Küche eine getrunken", erwiderte er und gab Glenna einen Kuss auf die Wange. „Ich muss ins Krankenhaus zurück. Du kannst mich ja holen lassen, wenn du mich brauchst – aber ich glaube, jetzt ist alles in Ordnung."

Sie nickte.

„Er hat so viel zu tun", sagte Glenna zu Louisa, nachdem sich die Tür hinter Parker geschlossen hatte.

„Ich weiß nicht, wie du das aushältst", bemerkte Louisa mit einem Hauch von Kritik. „Ich glaube, wenn ich verheiratet wäre, würde ich wollen, dass mein Mann auch zu Hause ist, zumindest gelegentlich."

„Louisa", ermahnte Glenna, „lass das. Parker ist ein wundervoller Mann, und das weißt du ganz genau."

Louisa war verblüfft über Glennas Worte, aber vor allem über ihr Verhalten. Glenna sprach nur mit solcher Eindringlichkeit, wenn sie Parker verteidigte.

Louisa nahm ihren Tee und zog ihren Sessel näher an das Feuer heran. Sie fühlte sich erschöpft. Schon wieder hatte sie schreckliche Angst ausgestanden. Zum Glück schien eine weitere Krise abgewendet worden zu sein, gleichzeitig hatten sie eine wichtige Entdeckung gemacht. Und auch das war Doktor Parker zu verdanken.

„Ich fühle mich ausgelaugt", stöhnte Glenna. „Ich habe mir solche Sorgen gemacht."

Louisa nickte. „Nun, zumindest darin sind wir uns einig", erwiderte sie einfach.

Erstaunlicherweise lachte Glenna. Vielleicht war das eine nervöse Reaktion. Louisa blickte sie an. Aber Glenna wirkte vollkommen gefasst.

„Oh, Louisa", sagte sie. Sie lehnte sich in ihrem Sessel zurück und streckte ihre Hände dem Feuer entgegen. „Im Laufe der Jahre sind wir uns nur selten wirklich einig gewesen, nicht wahr?"

Louisa war verwirrt und ein wenig alarmiert. Sie erinnerte sich nicht daran, jemals mit Glenna über so persönliche Dinge gesprochen zu haben.

„Ich schätze nicht", stimmte Louisa schließlich zu.

„Abgesehen von Parker", meinte Glenna.

„Parker?"

„Wir beide haben Parker geliebt, weißt du nicht mehr?"

Louisa spürte, wie sie errötete. „Das ist ein – ein ziemlich starker Ausdruck, und es ist schon lange her", beeilte sie sich zu erklären. „Ganz bestimmt habe ich nicht –"

„Ich weiß", erwiderte Glenna. „Manchmal fragte ich mich, ob du ihn jetzt überhaupt noch magst."

„Natürlich mag ich ihn", widersprach Louisa und richtete sich auf. „Es ist nur – er wirkt so – so wichtig."

Glenna richtete sich ebenfalls auf. „Für wichtige Leute hast du nichts übrig, nicht wahr?"

„Was meinst du?"

Glenna zuckte die Achseln. „Ich weiß nicht. Ich habe nur das Gefühl, dass du allergisch reagierst, wenn jemand Aufmerksamkeit bekommt. Warum?"

„Ich – ich glaube nicht, dass ich allergisch reagiere, wie du das so schön nennst", gab Louisa zurück.

„Doch, das tust du. Ich habe es gespürt – häufig gespürt."

Louisa schwieg. Aber sie konnte Glennas direkter Frage nicht entkommen. Stimmte das, was Glenna sagte? Ärgerte sie sich über wichtige Leute? Machte es ihr etwas aus, wenn jemand besondere Aufmerksamkeit bekam?

Vielleicht. Vielleicht war das so. Vielleicht reichte das zurück in ihre Kindheit.

„Vielleicht ist der Grund dafür der, dass du, als wir noch Kinder waren, die ganze Aufmerksamkeit bekommen hast", wagte sie zu sagen.

„Aber so war es doch gar nicht", erwiderte Glenna. „Ich

erinnere mich noch genau daran, dass Papa dir das Reiten beigebracht hat, den Umgang mit den Pferden, wie man Mais anpflanzt und sogar wie man eine Angelrute hält. Hast du das denn vergessen?"

Louisa schüttelte langsam den Kopf.

„Solche Dinge konnte ich nicht lernen", fuhr Glenna fort.

Louisa schwieg. Sie hatte um die ganz besondere Verbindung zwischen ihr und ihrem Vater gewusst.

„Und Granna, weißt du noch, wem sie das Stricken beigebracht hat, wer ihre ganz besonderen Blumen versorgen durfte? Ich durfte nicht einmal in ihre Nähe kommen."

„Das lag daran, weil ich älter war", argumentierte Louisa.

„Und wer hat gelernt, wie man Kekse backt? Wer durfte der ganzen Familie Geschichten vorlesen? Und sie hörten zu, jeden Abend, Mama und Papa. Und wer wurde für die Schulprojekte eingeteilt, bei denen man stundenlang durch die Wälder und Wiesen streifen musste, um besondere Pflanzenarten zu sammeln?"

„Aber –"

Glenna winkte ab. „Und in der Schule. Wen riefen die Lehrer auf, um der Klasse eine Mathematikaufgabe zu erklären oder die Instrumente für einen Versuch aufzubauen?"

„Glenna, warst du eifersüchtig?", fragte Louisa.

Glenna lachte. Ein weiches, fröhliches Lachen. „Eifersüchtig? Ich war stolz. Stolz! Du warst meine große Schwester, und ich stand in deinem Schatten, aber es hat mir gefallen."

„Aber warum –? Ich kann dir nicht folgen."

„Weil ich glaube, dass du nicht weißt oder nie gewusst hast, wie andere dich sehen. Du scheinst dieses – dieses Bild von Louisa Berdette zu haben, das viel geringer ist als das, was du tatsächlich bist. Und ich habe keine Ahnung, woher das kommt."

Louisa rutschte nervös in ihrem Sessel herum.

„Sieh dich doch nur an, Louisa. Andere betrachten dich als –"

„Mir ist vollkommen egal, was andere denken", unterbrach Louisa sie scharf.

Verblüfft stellte sie fest, dass Glenna wieder zu lachen begann. Dann wurde sie ernst. „Oh, Louisa“, sagte sie mit liebevoller Stimme. „Das gehört zu den Dingen, die ich an dir geliebt habe. Um die ich dich sogar beneidet habe. Dir war immer egal, was andere denken. Das hat dich überhaupt nicht gekümmert. Ich habe mein Leben damit zugebracht, allen zu gefallen. Freundlich zu sein. Manchmal empfinde ich das als eine Last, die niemand tragen sollte.“

„Und warum machst du es dann?“

Glenna wurde ernst und zuckte die Achseln. Ihre Augen füllten sich mit Tränen. Sie stellte ihre Teetasse ab und griff nach einem Taschentuch. „Weil“, entgegnete sie kopfschüttelnd, „weil – weil es andere so – so unglücklich gemacht hätte, wenn ich es nicht getan hätte. Das konnte ich nicht ertragen.“

„Darum sind wir unterschiedlich. Mir wäre das egal gewesen.“

Beide schwiegen.

Louisa brach nach einer Weile das Schweigen. „Aber du erstaunst mich“, sagte sie und ihre Stimme hatte ihre Schärfe verloren.

Glenna sah sie nur an und kämpfte noch immer mit den Tränen.

„Ich habe immer gedacht, du wärst von Natur aus so – süß“, meinte Louisa.

„Von Natur aus? Oh nein. Nein, das ist nicht natürlich. Nicht einmal leicht. Ich habe mich so oft für das geschämt, was in meinem Inneren vorgegangen ist. Oh, ich habe mir große Mühe gegeben, freundlich und gut zu sein, aber manchmal fühle ich mich überhaupt nicht freundlich oder gut. Ich würde am liebsten sagen: ‚Warum ich?‘, oder: ‚Das ist nicht mein Problem.‘“

Sie errötete. „Manchmal erstaunt es mich, wie schrecklich selbstsüchtig ich innerlich bin. Ich muss Gott ständig um Hilfe bitten, das Richtige zu sagen, das Richtige zu tun. Selbst als Kind habe ich Gott ständig gebeten, mir zu helfen. Ich weiß, es ist schrecklich, so – so selbstsüchtig zu sein, wo – wo Gott doch so viel von – von sich gegeben hat – für mich.

Wo so viel Not um uns herum herrscht. Wo Menschen verletzt sind, und ich – und trotzdem wünsche ich, mir selbst zu gefallen.

Aber Gott hilft mir, das tut er wirklich, wenn ich ihn darum bitte und mir die Zeit zum Beten nehme."

Louisa starrte sie fassungslos an. Nie hätte sie gedacht, dass ihre Schwester so hart gearbeitet hatte, unter so großen persönlichen Opfern, um gut zu sein. Um so zu sein, wie sie nach Gottes Willen sein sollte.

„Das wusste ich nicht", erwiderte sie langsam. „Ich dachte – aber ich bewundere dich wegen – wegen –"

Glenna schniefte und putzte sich die Nase.

„Ich dachte nur", wiederholte Louisa, „dass du genauso gut wie hübsch bist."

Glenna lächelte. „Ich schätze, wir haben uns nie richtig sagen können, was wir tatsächlich empfinden."

„Nein", stimmte Louisa kopfschüttelnd zu. „Ich schätze, das haben wir nicht. Wir haben es nicht einmal versucht."

„Denkst du, es sei dazu zu spät?", fragte Glenna offen. „Ich meine, denkst du, wir könnten lernen, miteinander zu reden? Könnten wir – Freunde sein?"

„Nun, ich – ich –", begann Louisa. „Freunde?"

„Die Fehleinschätzungen der Vergangenheit vergessen?", erläuterte Glenna.

„Fehleinschätzungen?", wiederholte Louisa. „Ich schätze, es könnte durchaus Fehleinschätzungen gegeben haben."

„Ich liebe dich wirklich, Louisa", sagte Glenna leise und ihre Augen füllten sich erneut mit Tränen. „Das war schon immer so."

„Und ich – ich schätze …"

Aber Louisa konnte ihren Satz nicht zu Ende sprechen. Sie ging zu Glenna hinüber, die sich bereits aus ihrem Sessel erhoben hatte und ihr mit ausgestreckten Armen entgegenkam. Weinend fielen sie einander in die Arme. Es war das erste Mal, dass Louisa sich den Trost von Tränen gestattete.

Die Entscheidung

„Kommen Sie bitte mit, Miss Berdette", forderte der Pastor sie auf und deutete zu seinem Büro. „Es ist ein wunderschöner Tag, nicht wahr? Für einen Spaziergang hervorragend geeignet."

Louisa nickte zustimmend und nahm auf dem Stuhl Platz, den der Pastor ihr anbot. Sie knöpfte ihren Mantel auf und schob ihn zurück. Ihr war bereits zu warm.

„Wie geht es Ihrer Mutter?", fragte er mit aufrichtigem Interesse.

„Ihr geht es jetzt wieder gut", antwortete Louisa.

„Dann war Doktor Olivers Annahme also zutreffend? Es lag an der Kombination der Kräuter, die sie eingenommen hat?"

„Es hat ganz den Anschein."

„Nun, ich bin froh, dass die Ursache gefunden wurde, bevor noch größerer Schaden angerichtet wurde", sagte der Pastor.

Louisa nickte. Sie war nicht gekommen, um über ihre Mutter zu sprechen, aber sie wusste nicht so recht, wo sie anfangen sollte.

„Sie haben um ein Gespräch gebeten", half der Pastor ihr auf die Sprünge. Louisa atmete tief durch.

„Ich – ich habe versucht, über einige Dinge Klarheit zu gewinnen", gestand sie ehrlich. „Ich bin zu dem Schluss gekommen, dass ich – ein wenig Hilfe brauche."

Der Pastor nickte.

„Es sind so viele Dinge", erklärte Louisa und senkte den Blick auf ihre auf dem Schoß gefalteten Hände.

Der Pastor wartete.

„Bei Ihrem Amtsantritt haben Sie Ihre Predigtreihe über

Gott gehalten und ich war wirklich gefesselt. Ich wusste, dass ich, dass ich mehr über ihn erfahren musste, wer er ist und wie er – was er von mir erwartet."

Louisa redete einfach drauflos. Sie wusste nicht einmal, ob das, was sie sagte, Sinn ergab. „Und dann brach das Feuer in der Bibliothek aus, und ich war so eingespannt, und irgendwie kam alles zum Stillstand. Ich meine, ich habe aufgehört, in der Bibel zu lesen. An manchen Tagen habe ich nicht einmal mehr gebetet. Und schon bald war ich genau wieder da, wo ich früher stand."

„Und wo standen Sie früher?", fragte der Pastor leise.

Louisa senkte den Kopf. „Ich weiß nicht so genau." Sie sah den Mann hinter seinem Schreibtisch an und beschloss, ganz von vorn zu beginnen.

„Ich bin die Älteste", erklärte sie und überlegte, ob ihre Worte etwas erklärten. Der Pastor hörte aufmerksam zu.

„Und dann wurde Glenna geboren."

Er nickte erneut. Louisa senkte den Blick. „Nun, ich war – Glenna war immer so ein hübsches Kind."

„Und Sie nicht?"

„Nein. Nein, ich war immer gewöhnlich."

„Ich verstehe."

„Wo immer wir hingingen, machten die Leute viel Aufhebens um Glenna." Louisa schwieg erneut.

„Und Sie fühlten sich – ausgeschlossen?"

„Nun, ja, ich schätze schon. Ich glaube, es hat mich zornig gemacht, dass Glenna alle Aufmerksamkeit bekam. Ich glaube, ich war verletzt."

Schweigen.

„Das können Sie doch verstehen, oder? Ich war doch nur ein Kind. Ich wollte wissen – ich wollte, dass die Leute auch mich bemerkten."

„Natürlich", erwiderte der Pastor.

„Und so ging es weiter – Glenna stand immer im Mittelpunkt. Aber ich –?" Louisa zuckte die Achseln.

„Haben Sie Glenna das übel genommen?"

„Wie meinen Sie das?"

„Waren Sie gemein zu ihr? Haben Sie Ihre Verbitterung gezeigt?“

„Vermutlich schon. Aber nicht so sehr – angesichts der Umstände.“

„Der Umstände?“

Louisa schluckte. Erneutes Schweigen.

„Und wie kommt es, dass Ihnen das jetzt zu schaffen macht?“, fragte der Pastor.

Louisa schüttelte den Kopf. „Ich – ich weiß nicht. Ich kann das nicht richtig erklären. Es ist nur so, dass – in letzter Zeit habe ich mit Menschen gesprochen – viel nachgedacht.“

„Ja …“

„Thomas sagte, dass Kinder bestimmte Begebenheiten in ihrer Kindheit falsch interpretieren können.“

„Da stimme ich Thomas zu.“

„Und Mama ließ sich darüber aus, wie sie sich immer auf mich verlassen hat. Ich sei ihre Verlässliche gewesen.“

„Dasselbe hat sie mir gesagt“, erwiderte der Pastor. „Sehr häufig auf unterschiedliche Weise.“ Er lächelte.

„Aber ich wollte geliebt werden – wollte nicht diejenige sein, auf die man sich verlässt“, erklärte Louisa.

„Und Sie glauben nicht, dass Sie geliebt wurden?“

Louisa schüttelte den Kopf. „Nicht wie Glenna.“

„Vielleicht sollten wir Glenna für den Augenblick außen vor lassen“, schlug der Pastor vor.

Louisa fragte sich, wie Glenna aus dem Gespräch ausgeklammert werden konnte. Ging es denn nicht darum?

„Haben Ihre Eltern Ihnen gesagt, dass sie Sie lieben?“, fragte der Pastor.

„Natürlich“, gestand Louisa.

„Haben sie gesagt, sie würden Sie lieben, ‚falls‘ oder ‚wenn‘ – oder ‚weil‘?“, fragte Pastor Talbot.

„Nein … nie“, antwortete sie langsam.

„Und warum fällt es Ihnen so schwer, ihnen zu glauben? Warum denken Sie, sie hätten Sie angelogen?“

„Ich bin sicher, sie würden nie lügen“, beeilte sich Louisa zu sagen.

„Aber Sie haben ihnen nicht geglaubt."

„Nun – ich – ich bin sicher, sie haben gedacht, sie würden mich lieben. Ich bin sicher –"

„Aber Sie glauben, Ihre Eltern haben Sie nicht geliebt?"

Louisa rutschte nervös auf ihrem Stuhl herum. In dem Zimmer war es schrecklich warm. „Ich – ich bin sicher, sie haben mich geliebt", gestand sie. „Ich meine, ich fühlte mich nicht richtig ungeliebt."

„Nur nicht so sehr geliebt wie Glenna?" Das war eine peinliche Frage.

„Lassen Sie uns einen Schritt weitergehen", schlug der Pastor vor. „Wegen dieses Gefühls in der Kindheit, was empfinden Sie jetzt in Bezug auf sich?"

Über diese Frage dachte Louisa nach. Sie war schwer zu beantworten. „Ich – ich kämpfe noch immer", gestand sie.

„Ist Ihr Selbstbewusstsein bedroht?"

„Ich – ich schätze schon."

Er lächelte erneut. „Die meisten Leute wären bestimmt genauso erstaunt wie ich, das zu hören. Sie wirken so selbstsicher."

„Das ist alles Täuschung", erwiderte Louisa scharf.

„Dieses Gefühl, dass wir minderwertig – unwert – sind, ist das Werk des Teufels", fuhr der Pastor fort. „Er hat es sogar bei Christus versucht. ‚Beweise, dass du jemand bist', hat er Christus herausgefordert. ‚Sorg dafür, dass die ganze Welt dich beachtet.' Ich denke, auf die eine oder andere Weise fordert er damit jeden von uns heraus. Und damit verbunden ist die unterschwellige Botschaft: ‚Du bist ein Niemand, und das weißt du auch. Du bist gar nichts wert.'"

Louisa blickte ihn erstaunt an.

„Aber Gott sagt etwas anderes", fuhr der Pastor fort. „Gott sagt, dass jeder von uns etwas Besonderes ist. Zu einem bestimmten Zweck erschaffen – um eine besondere Aufgabe zu erfüllen. Er hat uns so sehr geliebt, dass er seinen Sohn Jesus gesandt hat, damit dieser für uns stirbt. Also, wenn wir so wichtig sind, dann müssen wir ihm doch sehr viel wert sein.

Sie sind etwas Besonderes, Miss Berdette. Nicht nur für Ihre

Familie, sondern vor allem für Gott. Glauben Sie das? Ich meine, können Sie die Liebe Gottes aufrichtig für sich in Anspruch nehmen?“

Louisa begann zu zittern. Glaubte sie von ganzem Herzen, dass Gott sie liebte? „Daran – daran muss ich arbeiten“, gestand sie. „Es fällt mir schwer –“

„Jedem von uns fällt das schwer, aber wenn wir diese Erkenntnis aufrichtig annehmen, dann sind wir frei, so zu werden, wie wir nach Gottes Willen sein sollen.“

„Trotz der Umstände aus der Vergangenheit?“, fragte Louisa.

Er nickte. „Unsere Vergangenheit hat im Grunde genommen weniger damit zu tun, als wir vielleicht denken“, führte er aus. Er nahm ein Blatt und einen Stift zur Hand. Während er sprach, machte er sich Notizen auf das Papier und zeichnete kleine Diagramme, um seine Ausführungen zu unterstreichen.

„Sehen Sie – wir haben Grund zu zweifeln. Zum einen sind wir in eine Welt hineingeboren worden, die von der Sünde verdorben wurde. Es war eine gute Welt – Gott selbst hat sie gut genannt, aber dann kam die Sünde. Und die Sünde bleibt – also hat die Sünde die Welt, in der wir leben, verdorben, und obwohl unsere Sünde vergeben werden kann, übt die Sünde noch immer einen großen Einfluss auf die Welt aus, in der wir leben.

Zum anderen kommen wir als Kinder in diese Welt. Wir haben keine Kenntnis über unsere Welt. Über unsere Beziehungen zu anderen. Im Laufe unseres Lebens sammeln wir Erfahrungen, aber wir haben wenig Kenntnisse oder Grundlagen, auf die wir aufbauen können, und darum gibt es häufig Fehleinschätzungen in unserem Urteil, also in unserer Einschätzung dessen, was wir erleben, genau wie Thomas gesagt hat. Und Kinder sind so leicht zu beeindrucken. Diese falschen Einschätzungen werden immer größer.

Drittens bauscht Satan alle falschen Informationen immer auf. Er achtet darauf, dass sie verstärkt werden, wieder und wieder, bis er sie gegen uns einsetzt und uns davon überzeugt, dass wir genau so sind, wie er uns eingeredet hat: nutzlos.

Ungeliebt. Schuldig. Was immer er uns einzureden versucht hat.

Also, wir können die Vergangenheit nicht ungeschehen machen und auch nicht die Art und Weise, wie wir die gesammelten Informationen interpretiert haben. Vielleicht hatten wir Recht. Vielleicht haben wir uns aber auch getäuscht. Wie auch immer: Wir müssen als Erwachsene dahin kommen, dass wir uns aufrichtig überlegen, wer wir sind, und unsere Entscheidung auf der Grundlage seiner Einschätzung unserer Person treffen."

„Man kann sich ändern?"

„Wir sind, wer wir sein wollen. So hat Gott uns geschaffen. Er hat uns den freien Willen gegeben. Wenn wir ganz die Opfer der Umstände wären, wäre Gott schrecklich unfair. Aber wir können entscheiden. Zwei Menschen, die unter denselben Umständen groß werden, können entscheiden, der eine zum Guten, der andere zu seiner eigenen Vernichtung. Alles läuft auf eines hinaus. Unsere Entscheidungen. Unsere Haltung."

„Haltung", meinte Louisa. „Das hat Mama auch gesagt."

Der Pastor nickte.

„Und unsere Haltung kann sich schon sehr früh im Leben zeigen", fuhr der Pastor fort.

Ihre Mama hatte das auch gesagt. Und dann fielen Louisa die Wort ihrer Mutter ein, die sie ihr vor vielen Jahren gesagt hatte: *„Louisa, ich fürchte, dein Trotz und dein Jähzorn werden dir in deinem Leben noch schwer zu schaffen machen."* Louisa war den Tränen nahe.

„Also war ich es – die ganze Zeit", sagte sie mit leiser und zitternder Stimme.

„Sich selbst zu verstehen ist der erste Schritt", sagte der Pastor. „Und zwar ein großer Schritt. Wenn wir unsere Motive verstehen, unsere Einstellung, dann haben wir die Gelegenheit, unser Denken zu akzeptieren oder zu ändern und das, was wir mit unserem Leben machen. Bei uns allen gibt es Dinge, die geändert werden müssen. Nur mit Gottes Hilfe wird uns das gelingen."

Die restliche Zeit verbrachten sie damit, Bibelverse durchzugehen, die für Louisa auf einmal lebendig wurden. Sie begann sich selbst auf einmal in einem vollkommen neuen Licht zu sehen.

⁂

Während der folgenden Tage las Louisa viel in der Bibel und betete. Mehr und mehr verstand sie Gott – aber sie verstand auch sich selbst.

Ich habe mich geweigert zu lieben, weil ich mich selbst nicht liebenswert fand, gestand sie sich eines Abends ein, nachdem sie über Gottes große Liebe für sie gelesen hatte.

Sogar den kleinen Jamie. Sogar Jamie. Ich konnte nicht einmal Jamie sagen, dass ich ihn liebte.

Louisa legte den Kopf auf die Arme und begann zu weinen.

⁂

Ganz allmählich begann sich Louisa zu verändern. Rosie und Anna schienen das zu bemerken. Jeden Sonntag rannten sie fröhlich auf Tante Berty zu, um sie zu begrüßen. Louisa kam sogar während der Woche vorbei, nur um mit ihren Nichten zu plaudern oder an einer Teeparty der Kinder teilzunehmen. Sie bemerkte nicht, dass ihre Mutter und Glenna sich mit tränenverhangenen Augen ansahen.

Der kleine Michael lief auf sie zu, wenn sie zu Besuch kam, und manchmal quietschte er bei ihrem Anblick sogar vor Freude. Louisa nahm ihn auf den Arm und flüsterte ihm sogar liebevolle Worte zu – Worte, von denen sie von ganzem Herzen wünschte, sie hätte sie Jamie gesagt.

Während die Wochen und Monate ins Land zogen, fühlte sich Louisa langsam erneuert, innerlich lebendig und auf einem Weg, den sie bislang nie betreten hatte. Sie fühlte sich von ihrer inneren Fessel befreit.

⁂

„Du hast dich verändert", bemerkte Thomas eines Sonntags, als sie am Fluss entlangwanderten, um zu sehen, ob die ersten Veilchen bereits blühten.

„In welcher Hinsicht?", fragte Louisa unschuldig.

Er sah sie an, studierte ihr Gesicht. „Ich weiß nicht genau. Du – du strahlst irgendwie."

Louisa lächelte. Das war ein schönes Kompliment.

„Was ist es?", fragte Thomas. „Ich will natürlich nicht neugierig sein, aber ich würde zu gern von deiner – deiner glücklichen Entdeckung erfahren."

Er lächelte sie an, und Louisa spürte, wie Freude ihr Herz erfüllte.

„Ja", sagte sie selbstsicher. „Ja, ich denke, das war es, *ist* es: eine Entdeckung. Ich – ich habe gelernt, Louisa zu akzeptieren."

Sie lachte. Dann fuhr sie fort: „Oh, es gibt noch immer einige Dinge, die mir an ihr nicht gefallen, aber ich habe sie akzeptiert, und ich bin bereit, ihr zu helfen, diese Dinge anzugehen, die zu ändern sind."

Sie lachte erneut.

„Na ja, ich hoffe, du wirst sie nicht allzu sehr verändern", erwiderte Thomas ernst. „Ich habe sie nämlich immer gemocht – so wie sie ist."

Etwas in seiner Stimme ließ sie wieder ernst werden. „Oh, Thomas", sagte sie, „ich – ich habe mich verändert. Ich verstehe jetzt einiges, was ich vorher nicht verstanden habe. Ich habe mit Pastor Talbot gesprochen, und er hat mir geholfen zu erkennen, was ich in meinem Inneren mit mir herumgeschleppt habe. Und mir gefiel nicht, was ich da gesehen habe."

Sie ließ den Kopf hängen. „Ich bin selbstsüchtig, gemein und gehässig gewesen. Vor allem der armen Glenna gegenüber. Aber – aber ich habe tatsächlich meine eigenen Entscheidungen getroffen. Das erkenne ich jetzt. Über die Jahre hinweg habe ich mir meine Unzufriedenheit und mein Unglücklichsein selbst geschaffen."

„Ich denke, du gehst zu hart mit dir ins Gericht", meinte Thomas und ergriff ihre Hand.

Louisa zog sie nicht fort. „Mein Leben wurde vielleicht als Kind geprägt“, fuhr sie vor. „Ich war gewöhnlich – Glenna der strahlende Mittelpunkt. Aber jetzt bin ich erwachsen. Ich muss die Verantwortung dafür übernehmen, wer und was ich bin. Ich kann es mir nicht mehr länger leisten zu schmollen. Und ich fange an, ich fange gerade erst an, mich selbst zu begreifen.“

Stille hing zwischen ihnen. Sein Griff um ihre Hand verstärkte sich. Er sagte: „Also – wenn du Louisa jetzt kennst, wie ich sie die ganze Zeit gekannt habe, dann musst du erkennen, dass sie ein ganz besonderer Mensch ist.“ Seine Stimme war leise.

Sie sah ihn an und zum ersten Mal lag in ihren Augen ein Versprechen.

Er schien den Atem anzuhalten. „Denkst du, dass die – die neue Louisa einen Platz für mich in ihrem Leben finden könnte?“, fragte er leise.

Louisa atmete hörbar aus. Dass er sie trotz ihrer Distanziertheit, ihrer Zurückweisung, noch lieben konnte, erstaunte sie. Ihre Augen füllten sich mit Tränen. Sie konnte nur mit dem Kopf nicken und hielt den Blick fest auf ihn gerichtet.

Einen Augenblick lang sah er sie an, dann zog er sie an sich.

„Du glaubst nicht, wie lange ich dafür gebetet habe“, flüsterte er ihr ins Ohr. „Und jetzt kann ich kaum glauben, dass es wahr ist. Nach all den Jahren – ich –“

Sie wandte sich leicht von ihm ab und ließ den Blick über die scheinbar unendlichen Felder mit dem frischen grünen Präriegras schweifen, die sich auf der anderen Seite des Flusses erstreckten. In der Ferne entdeckte sie dunkle Punkte, Vieh, das sich kaum bewegte. Vielleicht konnte sie seine Bewegungen auch nur im Spätnachmittagsdunst nicht richtig erkennen. Sie wandte sich Thomas wieder zu.

„Du bist viel geduldiger gewesen, als ich es verdient habe“, gestand sie. Aus dem Gefühl heraus, dies weiter erläutern zu müssen, ihn an ihren tiefsten Gefühlen Anteil haben zu lassen, fuhr sie fort: „Ich habe endlich akzeptiert, wer ich bin. Ich bin ich. Ich bin immer ich gewesen. Oh, ich weiß, das klingt töricht, aber es stimmt, und irgendwie ist das auch wichtig.

Verstehst du, ich dachte, ich meine, ich fühlte – na ja, ich hatte das Gefühl, ein Niemand zu sein. Ich wurde von den Umständen geformt und geprägt, von Dingen, die außerhalb meiner Kontrolle lagen, und das stimmt auch, bis zu einem gewissen Maß."

Sie sprach viel zu schnell. Redete wirr. Bestimmt verstand er nicht, was sie zu sagen versuchte. Er hielt sie bestimmt für beschränkt. Vielleicht würde er seine Meinung sogar ändern. Sie lehnte sich wieder an ihn und legte ihre Hand an seine Wange.

„Ich meine, also, ich bin – ich war – ich – wir alle sind von den Umständen geformt und geprägt. Aber, wie du gesagt hast, sind wir nicht nur Opfer, die hierhin und dorthin geschleudert werden, die keinen eigenen Willen haben. Ich meine – wir können schon bei unserer Entwicklung mitbestimmen. Das habe ich gelernt. Ich bin an den Punkt gekommen, wo ich die Verantwortung für mich übernommen habe. Ich kann nicht mehr sagen, Mama oder Glenna seien schuld gewesen oder der frühe Tod meines Vaters. Diese Dinge haben Einfluss auf mich ausgeübt, das ist wahr, aber meine Persönlichkeit war bestimmend dafür, in welche Richtung diese Dinge mich geprägt haben. Ob sie mich haben aufblühen oder verwelken lassen. Ich bin ich. Ich treffe die Entscheidungen.

Vielleicht gefalle ich mir nicht, vielleicht mag ich nicht, was ich in meinem Inneren entdecke, aber ich bin ich. Das ist wichtig. Und nun, da ich das akzeptiert habe, bin ich frei, mit Gottes Hilfe an dem zu arbeiten, wer ich bin, tief in meinem Inneren."

Mit zitternder Hand strich sie den Kragen ihrer Bluse glatt. Ihr Blick hielt seinem Stand. Er sagte noch immer nichts, aber er legte den Arm um sie. Sie entdeckte so großes Verständnis in seinen Augen, dass sie den Atem anhielt. Nervös zupfte sie an seinem Hemdsärmel.

„Ich – vermutlich rede ich wirres Zeug", stammelte sie.

„Überhaupt nicht", erwiderte er leise.

Und dann begannen seine Augen zu funkeln. Das erinnerte sie an den Jungen von früher, der sie immer geneckt hatte. Ach, wie lange war das schon her. Sie fragte sich unvermittelt, warum sie nicht erkannt hatte, wie sehr sie ihn geliebt hatte, selbst damals schon.

„Ich wusste immer, wer du warst – bist“, sagte er ihr. „Seit du meine Kaulquappen ausgegossen hast.“

Bei diesen Worten hätte sie sich am liebsten zurückgezogen, aber er hielt sie fest. Sie spürte, wie sie errötete. „Ich –“, begann sie, aber er unterbrach sie schnell.

„Ich wollte mich nicht lustig machen –“

„Nein, das ist schon in Ordnung. Wirklich. Mir macht dein Necken nichts aus, aber du solltest wissen, verstehen, dass meine Pilgerreise nicht zu Ende ist. Ich meine, ein langer Weg liegt noch vor mir, aber ich habe das Gefühl, jetzt auf dem richtigen Weg zu sein.“

Er blickte sie lange an, betrachtete ihr Gesicht, und in seinen Augen konnte sie lesen, dass er sie schon so lange liebte. „Das ist dir wichtig, nicht wahr?“, fragte er mit belegter Stimme.

Sie nickte langsam. Aus Gründen, die sie nicht begreifen konnte, traten erneut Tränen in ihre Augen.

„Dann – dann ist es auch mir wichtig“, sagte er so leise, dass sie die Worte kaum verstand.

Sie wusste, es stimmte. Er verstand sie so gut. Hatte sie immer verstanden, auch als sie sich selbst noch nicht verstanden hatte. Sie hob die Hand und strich ihm über die Wange.

„Weißt du, warum das so wichtig ist?“, fragte sie ihn und eine Träne rollte ihr über die Wange.

Er antwortete nicht, aber sie wusste, er wartete darauf, dass sie fortfuhr.

„Weil ich erst, nachdem ich entdeckt hatte, wer ich bin, was ich bin, erst nachdem ich die Verantwortung für die Person übernehmen konnte, zu der ich geworden war, und mich akzeptieren konnte, erst danach konnte ich auch dich akzeptieren.“

Einen Augenblick lang sah er ihr unverwandt in die Augen, dann zog er sie langsam in seine Arme.

*

Louisa summte, während sie die Tassen auf das Tablett stellte. Von der Veranda war das Quietschen der Schaukel zu hören. Anna und Rosie vertrieben sich offensichtlich damit die Zeit.

Sie brauchten eine Pause vom Nähen der Kleidung für die Hochzeit. Ihre Mama hatte ebenfalls die kleine Küche verlassen, wo genäht wurde, und war in den Garten gegangen, um ihre Glieder zu strecken und frische Luft zu schnappen.

Louisa lächelte. Mit der Arbeit kamen sie gut voran. Sie konnte immer noch kaum glauben, dass sie in zwei Wochen Mrs. Thomas Hawkins werden würde.

„Was machst du, Gramma?“, hörte sie Rosie fragen.

„Ich füttere die kleinen Vögel.“

„Die Meisen?“, fragte die kleine Anna.

Louisa legte den Kopf zur Seite und lauschte auf die Antwort ihrer Mutter. Die Meisen nisteten sich nun schon seit drei Jahren in Folge in dem Nistkasten im Garten ein. Sie liebte ihre strahlenden Farben – ihr fröhliches Lied am Morgen.

„Vielleicht die Meisen“, erwiderte Mrs. Berdette.

„Und wenn die Spatzen es fressen?“, fragte Anna besorgt.

„Das ist auch in Ordnung“, erwiderte ihre Großmutter.

„Die Spatzen“, meldete sich nun Rosie zu Wort. „Spatzen sind nicht hübsch.“

Stille. Dann sprach Mrs. Berdette mit leiser Stimme weiter. „Gott hat die Spatzen erschaffen und auch die Meisen. Sie sind für ihn wichtig, und wenn er für sie sorgt, wie es in der Bibel steht, dann, denke ich, sollten auch wir uns um sie kümmern“, sagte sie. Dann fügte sie mit Wärme in der Stimme hinzu: „Ich liebe die kleinen Dinger. Es sind lustige kleine Vögel. So keck und unabhängig. Außerdem sind sie sehr wohl hübsch, auf ihre Weise. Wir würden doch nicht wollen, dass es nur Meisen auf der Welt gibt, oder? Die Welt braucht die Vielfalt der Schöpfung Gottes.“

„Was ist Vielfalt?“, fragte Rosie, die das Wort sehr langsam und betont aussprach.

„Unterschiedlichkeit“, erklärte die Großmutter. „Einzigartigkeit. Es bedeutet, dass man ist, wer man ist. Wozu man geschaffen ist. Ob nun Vogel, Tier, Blume oder – oder Mensch, jeder hat einen wichtigen Platz.“

Louisa hörte die Antwort der Mädchen nicht mehr. Ihre Augen hatten sich unvermittelt mit Tränen gefüllt. Ihre Mutter hatte das gewusst – die ganze Zeit. Louisa war so dankbar dafür.

Und sie war vor allem dankbar, dass Gott mit dieser Wahrheit auch endlich ihr Herz erreicht hatte. Sie begann erneut zu summen.

Janette Oke:

FRÜHLING DES LEBENS

Endlich ein Wiedersehen mit den beliebten Hauptpersonen der berühmten Siedler-Serie von Janette Oke!

Virginia, die Tochter von Belinda und Enkelin von Marty und Clark, ist inzwischen eine junge Dame von 14 Jahren. Doch die Teenagerzeit ist nicht leicht für das sensible junge Mädchen.

Besonders die Freundschaft zu der lebhaften und bestimmenden Jenny macht Virginia zu schaffen. Ständig versucht der temperamentvolle Rotschopf, Virginia in ihre gefährlichen Streiche und Ideen hineinzuziehen. Virginia ist hin- und hergerissen zwischen dem Wunsch, das Richtige zu tun, und dem Bedürfnis, zu Jennys Clique zu gehören.

Während Virginia noch mit der Frage kämpft, wie weit ihre Loyalität zu Jenny geht, wie sie sich bei schwierigen Entscheidungen verhalten soll und ob sie ihren Eltern wirklich alles erzählen muss, passiert ein schrecklicher Unfall ...

Gebunden, 235 Seiten, Bestell-Nr. 815 713

Janette Oke:

WARTEN AUF DAS GLÜCK

Die Schulzeit geht für Virginia langsam zu Ende und es scheint, als würden die Jahre der Trennung von ihrem geliebten Jamison endlich vorbei sein. Virginia wurde an derselben Universität angenommen wie Jamison und beginnt eifrig mit den Vorbereitungen.

Doch da kündigt sich bei ihrer Schwester Clara Nachwuchs an. Und weil es Clara in ihrer Schwangerschaft nicht gut geht, verzichtet Virginia zunächst auf ihr Studium, um zu helfen. So kommt es, dass sie ein wenig wehmütig am Bahnhof steht, als sich ihre beste Freundin Jenny zum Studium verabschiedet.

Doch auch zu Hause gibt es für Virginia viel zu tun, so viel, dass es sie über die verlängerte Trennung von Jamison hinwegtröstet. Aber da erhält sie plötzlich einen Brief, der alle ihre Pläne auf den Kopf stellt. Und auch von Jenny gibt es schlimme Neuigkeiten. Wird Virginia die Kraft haben, um all den Herausforderungen zu begegnen?

Gebunden, 240 Seiten, Bestell-Nr. 815 758